那一刻

我爱上了这座城

一座城

动脉是未来

静脉是历史

现在

我只想聆听

它的心跳

魏新 著

山东城市出版传媒集团·济南出版社

图书在版编目（CIP）数据

那一刻，我爱上了这座城 / 魏新著. —— 济南: 济南出版社，2023.2（2023.7重印）

ISBN 978-7-5488-5044-1

Ⅰ. ①那… Ⅱ. ①魏… Ⅲ. ①随笔 – 作品集 – 中国 – 当代 Ⅳ. ①I267.1

中国版本图书馆CIP数据核字(2022)第237527号

那一刻，我爱上了这座城

出 版 人	田俊林
责任编辑	姚晓亮　姜　山　孙彦晗
摄　　影	吕廷川
装帧设计	帛书文化
出版发行	济南出版社
地　　址	山东省济南市二环南路1号（250002）
编辑热线	0531–87906698
印　　刷	济南龙玺印刷有限公司
版　　次	2023年2月第1版
印　　次	2023年7月第2次印刷
成品尺寸	145mm×210mm　32开
印　　张	11
字　　数	220千
印　　数	5001–8000册
定　　价	48.00元

（如有印装质量问题，请与出版社联系调换，联系电话：0531–86131736）

序——致济南书

济南：

你好。

原谅我对你直呼其名。或许，叫你泉城，显得更亲近。不过，这个昵称也不过百年，民国时，许多人爱管你叫水都，听起来也场面。你将来会不会有别的名字，不好说。济南，原指济水之南，济水都没了，当年的河道里流的是黄河，按理说你也可以叫河南。那样的话，河南省就尴尬了，所以，不中，还是不中。

不管叫啥，你都和水有关系。贾宝玉说，女人是水做的。城市若有性别，在表格上，你肯定得填"女"，看照片也能分辨出来，就是特别端庄一小妮儿，荷花枝招展，柳眉清目秀，被周边一圈山东大汉追求：身强力壮的淄博，高大威猛的泰安，聊城靠文化那股水灵劲儿，滨州使孙子兵法斗心眼，德州拿着刚出锅的热扒鸡，都难获其芳心。不过，还是莱芜小弟有诚意，直接"倒插门"过来，和你结为一家。

"济南潇洒似江南"，这话不虚。颜值上能和你旗鼓相当的，还真得是苏杭。有的小城虽美，却只能看个新鲜，卡在山里，或夹在水中，脑袋没睡圆，身材也不够匀称。要是外国也算，威尼斯倒差不多。不过，你不是那种第一眼美女，也不怎么在乎梳妆打扮，平日多为素颜，更不会穿得少，露得多，博人眼球；只有细看，常看，才能看出你的好。是的，越看山越清，水越秀，越看越像加了滤镜，能把人的眼睛看得生出滤镜来，情人眼里出济南，看着看着，不觉就把你看成了情人。

我第一次看到你，到现在，已经二十七年了，和你朝夕相处了四分之一世纪。听起来不短，说起来也不长。和你的历史没法比。你之前的事，我了解一些，近万年前，就有人在你这里生活，打磨石器，砸大梁骨吃，然后把泥捏成瓶瓶罐罐，烧硬了，盛水。你问他们水甜吗，他们也不懂，含糊着点头——甜。

四千多年前，最热闹的，是今天产小米的龙山，一大堆手艺人，按"非遗"的标准烧黑陶。艺分高低，器有粗精，一堆堆被埋在城子崖，挖一次，就震撼一次。我不仅被震撼过，还总觉得有缘。有一次，我看着博物馆里的蛋壳黑陶杯，脑海中突然浮现出一张人脸，是制陶这哥们，四千年前，我们一起和过尿泥，后来我被拉到狩猎群，第一次进林子深处，就被一群野猪给当外卖吃了，要不我怎么这么爱吃把子肉呢，就是要报前生的仇。

　　你帮我回忆一下，到底有没有这回事。人要能转世，估计你还得见着我好几次，只是不会太注意。"公会齐侯于泺"那回，我是鲁桓公的一个跟班，在趵突泉边上，他和齐襄公喝断片儿了，吐了我一袖子。那次还有一个叫文姜的女人，她是齐襄公同父异母的妹妹，和哥哥有段不伦之恋，最终嫁给了鲁桓公。这一年春天，鲁桓公顶着旧绿，从曲阜到趵突泉又去了临淄，一直住到夏天，一次喝多了死在车上，不知是呕吐物窒息，还是被老婆和大舅哥气的，也有可能是被下了黑手。这并不重要，我只记得趵突泉很美，泉水中那个女人的倒影很美。

　　人们开始"济南""济南"地念叨，还是从汉朝置济南郡开始，治所在平陵，和龙山很近。有一次，我从龙山文化博物馆出来，车来到平陵城遗址，在一片片的农田中间，我竟有些恍惚，那座繁华的城市哪里去了？只残留几段夯土的城墙，上面长满荒草。后来，有人说曾有仙人留下通关密钥：城西南三千二百步，有一棵酸枣树，九曲十八弯，三十六根枝杈——那是一把钥匙；城东北，有一口井，九九八十一个青石碌碡砌成的——那是一个锁孔。把酸枣树伸到井里去，城就开了。那天我走了两万步，"微信运动"终于排到了好友前十名，也没找到酸枣树，想来仙人可能不是为了指路，而是调整了分管的口儿，去负责全民健身了。

　　不知道你是否留恋汉朝。两汉之间，王莽出生在此，当时我应该在曹县，属于济阴，刘秀的父亲当过县令。我老喜欢琢磨老刘家的事，会不会得罪"隔水"老王？老刘家终归还是被老曹家给替换了，曹操年轻的时候，还在你这里做相，那时汉室已成残局，相不能过河，他跳着马就去卧槽了，在赤壁被别了马腿，还好退了回来。其实，历史就是一盘下不完的棋，一次次被抹去输赢。

一座城市，牛气与否，文人最重要。所以，你得感谢李白和杜甫，尤其是少陵兄，唐朝你改叫齐州，他还是说"济南名士多"，甭管当时在酒宴上他说的是不是真心话，但他说完，名士确实更多了，后来全印在核酸检测粘贴上了。李白不喜欢"白发死章句"的山东老学究，但在你这里感受到了鹊华的仙气。到了宋朝，你升为济南府，一口气出了李清照和辛弃疾两位大词人，了不起。女性文学家里，易安前无古人，后面得到张爱玲，才有她百分之三四十的才情。琼瑶阿姨学了点皮毛，让夏雨荷落户济南，给大明湖带来不少游客。还有遥墙出生的辛弃疾，有点苏东坡和岳飞合体的感觉。

元朝时，亏了一个南方人赵孟頫，在这里又写又画；本地人要数张养浩有才，墓还在北园，写舜祠，写白云楼，写"兴，百姓苦；亡，百姓苦"。众生皆苦，苦肠好吃，愁肠寸断。

我去过白雪楼，不是公园里那个，而是明朝李攀龙建的，在鲍山，去之前要先把诗隔着水飘过去，写得不行，不让船渡。古体诗我哪儿会啊，就整了一段"轻轻的，我走了，正如我轻轻的来……"他不知道我是抄徐志摩的，更不知道徐志摩的飞机未来会在这里掉下来，对了，他不知道飞机，倒是写过达摩渡江"万里风波一苇前"，也算高科技了。不过，如果有机会，徐志摩应该也愿意来白雪楼。李攀龙有个做菜特别好吃的小妾，尤擅葱味包子，葱香浓郁，馅中却无葱，我是奔着这个来的，眼看包子上屉了，热气腾腾，一掀开，白茫茫一片，什么也看不见，我就醒了，口水湿了枕头。

后来我看文史资料记录军阀张宗昌，他在这里时爱吃韭菜饺子，韭菜整根包里面，熟了拔出韭菜，不知是不是受葱味包子的启发，但他的诗可没学李攀龙，很可能也不写诗，雅兴大多用在找小老婆上，"大明湖里有蛤蟆，一戳一蹦跶"肯定是别人故意安他身上的。

到了清朝，你比之前还热闹，皇帝没少来打卡。趵突泉公园里面那块"爷孙碑"，一面康熙，一面乾隆，雍正太正了，也宅，没工夫出来溜达。乾隆第一次过来，他最爱的富察氏带病随行，从运河一路到德州，人突然不行了，把乾隆伤心的，"四度济南不入城，恐防一入百悲生。"这比他大多数诗都好，真情流露。所以，你肯定也看见了，这名当年被万人簇拥的天子，那一脸洗不掉的落寞。

同样落寞的还有蒲松龄，他来一次，落榜一次。从贡院墙根街溜达出去，去大明湖散心，写诗，也写《聊斋》。《寒月芙蕖》中，一道人在隆冬季节，让湖上开满荷花，怎么看怎么像大型情景魔术。后来，收集蒲松龄手稿最多的路大荒，也住大明湖边上，死得很可惜，上次去，他的故居还是一酒吧，倒是不闹腾，还好。

刘鹗也爱上过你，通过《老残游记》，给你留下了"家家泉水，户户垂杨"的签名。我之前没读过这本书，后来准备翻翻，也没看完，印象最深的就是黑妞白妞，唱大鼓。那本是农民在田间地头的娱乐方式，敲着犁铧片，刘鹗改成了"梨花"，和赵丽华的"梨花体"无关。黑妞白妞，搁到今天，肯定是网红顶流，哪个平台都抢，刘鹗写公众号也行，篇篇"十万加"浏览量，再加《铁云藏龟》的学术研究，没必要去做开发商，被诬告发配新疆充军，一腔热血涌出导致脑出血。

　　我非常喜欢民国时的你，摇身一变，突然有了成熟的风韵。男人剪了辫子，女人放开小脚，仿佛迎来空前的自由。那时的你商埠林立，官贾云集，各路文人你来我往，挺让人神往。那时，我爷爷来过这里，回去给我讲你的好，揭块石板都有泉水，我做梦都想不出来什么样，结果还尿床了。

　　那时，我根本没见过泉水，对你的印象，也无比凌乱：在捡来的"泉城"烟壳上，在天气预报的郑州前面。我爸工厂里，有个副厂长，口音很奇怪，和我们家是前后邻居，人豪爽热情，能两只胳膊倒立着走好几米，要教我武术，后来突发脑血栓，走路都不利索，但每天出去走，走很远，慢慢竟康复了。后来我才知道，他是济南人，说的是济南话，挺艮。

　　十六岁那年，我第一次见到你。不过，来你这里上学，我已经十八岁了。学校就在文化东路，火车站下车，坐18路公交，十二站，下车再走三四百米。那时轻易不敢打的，"面的"起步五块，够点一盘土豆丝，加一瓶啤酒。那时我对你的了解，主要通过山师东路，每一个小饭馆都熟悉，闭上眼睛，用鼻子闻着味也走不错。但是，出了这里，就哪里也不知道了。第一次找工作，我都闹不清西门在哪儿，还是一师妹带我过去的。记得那师妹长得像吴倩莲，我们常在宿舍楼下的车棚前面瞎聊，后来她把我们瞎聊的事告诉了她的师妹，搞得我有几年，谁一说是我师妹，我都不好意思。

　　再后来的事，我写过很多，你也都见过吧？"魏道泉城"公众号这七八年，我想起来点么，就写么，像做梦一样，就过了七八年。人年龄一大，梦也多，要能记下来，得是几十本《红楼梦》，但我几乎全忘了，只留下一点残念，比老残还残，写成这一篇篇散碎文字，但愿它能留下来，为那些一起做梦的人。

　　为你。

目　录

风　华

济南的春天 ………………………………… 002

济南的夏天 ………………………………… 006

济南的秋天 ………………………………… 011

济南的晚秋 ………………………………… 016

济南的冬天 ………………………………… 019

济南的雨 …………………………………… 024

那一刻，我爱上了济南 …………………… 028

济南的南 …………………………………… 032

华不注山 …………………………………… 036

春来发几枝 ………………………………… 041

泉生慈悲 …………………………………… 043

春风一吹，济南就成了江南 ……………… 049

"区区"莱芜 ………………………………… 052

烟 火

济南烤串简史 …………………………………… 058

早安，济南 ……………………………………… 066

喝二场 …………………………………………… 070

总有人排队的路边店 …………………………… 073

烤地瓜 …………………………………………… 080

板面故事 ………………………………………… 084

像黄焖鸡一样生生不息 ………………………… 088

吃盒饭 …………………………………………… 092

一百块钱一个的烧饼 …………………………… 095

油旋传 …………………………………………… 097

吃饭这么小的事儿 ……………………………… 113

吃饭这么大的事儿 ……………………………… 118

吃饭这不大不小的事儿 ………………………… 124

"鸟窝"故事 …………………………………… 128

大济南的小地摊 ………………………………… 135

喝羊汤奇遇记 …………………………………… 139

1999 年，我在济南请你吃什么 ……………… 143

1999 年，你们在济南请我吃什么 …………… 148

虾老板故事 ……………………………………… 156

街 巷

我的洪家楼 ………………………………………… 162

再见城顶街 ………………………………………… 169

山师东路的繁华与寂寞 …………………………… 174

英雄山的树荫和书香 ……………………………… 178

县西巷，济南的万丈红尘 ………………………… 183

市中老街巷 ………………………………………… 189

这里是银座 ………………………………………… 192

济南曾有"灰姑娘" ……………………………… 196

郎茂山居记 ………………………………………… 202

那时山艺 …………………………………………… 207

曼陀铃酒吧及阴影往事 …………………………… 212

告别鱼翅皇宫的年代 ……………………………… 225

我的剧院 …………………………………………… 228

往 事

五龙潭神秘往事……………………………………236

孝堂山"郭巨埋儿"小考……………………………242

蒙古帝国的汉人济南王……………………………246

济南民国往事——没有文化的人不伤心……………256

那些年的万水千山——山东省立医院往事…………269

济南电影院简史……………………………………275

1921，济南觉醒年代………………………………287

1931，济南血雨腥风………………………………301

那些年，老舍吐槽过的济南………………………314

那一年，济南的鹊华秋色…………………………322

写给李清照的一封信………………………………331

风华

济南的春夏秋冬
如同年轮
在我的身体里
长出皱纹

扫码看视频
《从此，爱上济南》

济南的春天

1995 年，我第一次来济南。先坐近两小时汽车去菏泽，再从菏泽转乘一列绿皮火车，晃荡了六七个小时，到济南时，已晚上八九点钟。当时济南火车站在重建，火车停在济南南面的一个小站。下车后，外面一片黑乎乎，接着，我又挤进一辆黑乎乎的中巴，颠簸一个多小时，到了一个叫解放桥的地方。下车后，我感觉膀胱要撑破了，松着腰带跑去路边。那泡尿我足足尿了三分钟，才如释重负，一脸惬意，提着裤子走时，发现不远就是护城河，一对青年男女正在台阶上接吻。

之前，在现实生活中，我只见过一次接吻的场面，是我邻家大哥和他的女朋友，在黑漆漆的小胡同里，差点被我的自行车撞到。而这次，他们就在路旁，就在河边，就在灯下，如此投入，如此忘情，像是从来没有接过吻一样，像是最后一次接吻一样，像是电影中一样。一阵风吹来，掠过平静的河面，掠过恋人的拥抱，掠过一名少年心中泛起的涟漪，风里全是春天的气息。

那一刻，我爱上了济南。

那时，我对济南，当然没有如今这么熟悉，只是觉得济南的春天充满感性，像一名初次远行的少年。这是比喻，也是事实。每到春天，总有很多少年从各地来到济南。他们背着画板，抱着乐器，怀着梦想，挺着腰板，来到这座城市。他们之中有很多人，第一次登上千佛山，第一次吃到把子肉，第一次见到大学里的教授，第一次参加和艺术有关的考试，第一次感到父母不在身边的孤单。他们之中有很多人，后来留在了济南，上学，工作，结婚，生子；也有很多人，回到家乡，或去了更远的远方。对他们来说，济南的春天就是一个小站，曾经停靠过自己的青春。虽然停靠的时间就像青春一样短暂。

如今，我对济南，依然没有想象中那么熟悉。济南就像它的春天一样，让人捉摸不定。在你以为春天已经来了的时候，一夜北风又把冬天吹了过来，在你赶紧把羽绒服从大衣橱底部取出时，一日南风又把冬天赶到九霄云外，济南的春天就是一个不稳定的系统，总是要重启几次，才能正常工作，而这时候，你会发现，春天已至尾声。

青春都是短暂的，一座城市的青春亦是如此。或许，只有短暂，才显得珍贵，才让人难忘。

济南的春天，就像所有人的青春。柳树的嫩芽，心头发过；清澈的泉水，眼中流过；山坡的野花，刹那开过；高处的冰雪，瞬间融过。

你生命中，总有一些人，像春天那样来过，在春天的时候来过。那时，还没有似锦繁花，还没有五谷丰登；那时，还未经历过风雨交加，大雪漫天；那时，还没走过那么多路，没看过那么多风景；那时，以为春天一旦到来，就永不消失……事实上，这样的春天只有一次。那一次，和现在已经相隔了无数个春天。

正是在无数个春天之中，我们被岁月渐渐改变，这种改变并非堕落，而是对生命充满善意的包容。就像济南现在的春天，比过去要宽广，要丰富，不仅仅是城市中的生机盎然，在城市的外围，春天有着更美的落点。像桃花落在了彩石，杏花落在了张夏，梨花落到了济阳，玫瑰落到了平阴，被群山环抱的济南在春天被花团锦簇，让人感慨这座城市的艳福。

在济南的春天，曾乘一辆面的，穿过泺源大街，那时还没有泉城广场，夜色却似乎更美。我曾感叹济南竟有如此美丽的夜色，像用富士胶卷冲洗出的夜色，在用数码记录一切的现在，很少有人还记得胶卷的珍贵和美丽。

在济南的春天，曾去一家叫曼陀铃的酒吧，在山师东路，无数人初恋的地方。那一杯咖啡很贵，相当于五盘酸辣土豆丝或一盆半水煮肉片，一不小心，就会"倾家荡产"，但为了爱情，每个人都可以不顾一切，在春天来临的时候。

在济南的春天，曾去灵岩寺爬山。那时我扛着摄像机，我们系里的M9000，在黑白的取景框中，留下了一张张年轻的脸庞。那时候班花和班草还在热恋；那时候班草还是一个羞涩的男孩；那时候班花长发飘飘，白衣胜雪；那时候我好

海棠依旧，趵突泉公园万竹园

像也很帅，青春挥洒在泰山山麓幽绝的高处。很快，我把那些画面剪辑出来，配上深夜的录音机里常放的歌：青春的花开花谢让我疲惫却不后悔；四季的雨飞雪飞让我心醉却不堪憔悴；纠缠的云纠缠的泪纠缠的晨晨昏昏；流逝的风流逝的梦流逝的年年岁岁……

一个人的青春，很容易会和一座城市的春天混淆在一起。如果你爱过一座城市，如果你在这座城市的春天有过爱情，如果你爱这座城市的春天，如果你对爱情和春天心怀憧憬……是的，春天不会永远，但永远会循环；爱情不会永久，但青春永远值得怀念，不管是一个人，还是一座城市。

济南的夏天

济南的夏天来得最早，去得最晚。这张被称为"四季"的麻将桌上，上家刚连了两把庄，就被夏天截和，接着又是清一色又是一条龙，就是不下来。直到下家发狠，出啥吃啥，打么碰么，秋风扫落叶一样无情，夏天才悻悻地把庄让出去。

济南的夏天很热。上苍创造这座城市的时候，只考虑了它清秀的外观、优良的性能，却忽略了必要的散热系统。三面环山的城市，热气只能向上。有人试过在泉城广场的地面上煎鸡蛋，我觉得，不妨做一个飞碟一般的笼屉，在济南最热的那几天，放在最高的那座雄伟建筑顶上，里面摆上包子，试试多久能熟。

包子我爱吃羊肉胡萝卜馅的，到时候我得去掐着表，蒸过了，馅会不香。

羊肉在济南的夏天尤受欢迎，因为串儿。济南人对羊肉串的爱好在全国数一数二，甚至可以把"数二"去掉。包括新疆，包括内蒙古，包括青海，包括我去过的中国所有的地方，烧烤摊的人气和密集度都无法和济南相比。

这座城市任何一个小区附近都会有烤羊肉串的，至少一家，多则数家；至少一个炉子，多则很多炉子；炉子至少两米，长则很多米；吃串的人少则两三桌，多则两三百桌。没错，两三百桌的羊肉串摊子绝非夸张，在二环南路的一个大院里，负责点串的人统一穿着迷彩服，一手拿点菜机，一手拿对讲机，在浓烟笼罩的人群中穿梭，那劲头像士兵在战场上冲锋。

在济南，没有烤串，夏天的晚上真有点无所适从。和三五个朋友，随便找张桌子，坐在马扎上，挽起裤管，大口吃串，大杯喝扎啤，是再惬意不过的事。

济南的夏天，可饮扎啤散热，也可入青山乘凉。这座城市的南部，郁郁葱葱的群山是人们的避暑胜地。周末的时候，一家人，一辆车，一座山，一条河，必能寻一处好阴凉。最好是在山中住一晚，像九如山的木屋，旁边就是泉水，在里面冰上一个西瓜，切开，吃的时候，牙缝里都是泉水的甘甜。尤其在黄昏来临的时候，听着瀑布声，闻着山气日夕佳，看着飞鸟相与还，那种日子，陶渊明都会羡慕。

五年前，我几乎去过南部山区所有开发的景点，但几乎一座山都没有爬过。每次去了，就是和朋友喝酒打牌，昏睡半宿，次日匆匆回来。总觉得山中风景虽美，却不如人间烟火热闹。现在再去，才感到流连忘返，不管是春天的花，还是夏天的树，不管是秋天的落叶，还是冬天的白雪，都深深打动着我。或许是年龄大了几岁，心灵就离自然更近了几步。一个人生命中的夏天，是山林最茂盛的时候，看着如此繁茂的山林，会想到自己的未来也会变成山林的一部分。

济南的夏天，因山而眉清，因泉而目秀。偏偏，它的脾气没那么好。雨不多，下起来就让人猝不及防。有一个日子，因为下雨，济南的夏天被刻骨铭心：2007 年 7 月 18 日。

那一天上午，并没有更多下雨的迹象，直到下午下班时，倾盆大雨突然从天而降。当时我在报社上班，下午 5 点，和人约好了去电影院看《变形金刚》，那时天色刚刚阴沉，等到半小时后下班，已暴雨如注。临走前，我还和同事开玩笑，幸好是看《变形金刚》，要是看《后天》，大概会害怕。于是，我顶着大雨冲进了一辆公共汽车。汽车没开 5 分钟，就绝望地停了。

在上新街和经七路的路口，泥水翻着浪花从西向东流。车上的人纷纷打电话，忽然又开始惊呼，一辆停靠在路边的黄色小轿车被水流冲走，横着漂了十几米，撞在了路边的一棵树上。又过了一会儿，路边小商店门口的铁箱子也漂了起来，转着圈向前。一个蹚水的女人被水冲倒，如果不是她抓住了路边的栏杆，不知道会被冲到哪里去。接着，水越漫越深，漫过了公共汽车车门，乘客赶紧往车后面走，水已经漫过了堵在路上的那些小车的车轮，一辆出租车被水冲得直接撞到了前面一辆车上。

车上的人开始交谈，分析雨的形势，分析积水的多少，原本的陌生人此时仿佛变成了共患难的朋友，大雨竟然在这一刻冲走了人们心灵之间的堤坝。

我不知道车要堵到什么时候才是尽头，执意要下车，一车人都在劝我，说太危险，别下。我当时也不知道究竟有多危险，蹚着齐腰深的水过了马路，愣是没耽误看电影。散场后，水基本退了，满大街的汽车让我恍恍惚惚，它们会不会在雨中变成力大无穷的机器人？我想找个厕所，就在泉城广场旁边，本打算去地下一层那家麦当劳，走了两步，看到那边黑乎乎的，就没有再下台阶。我站在路边，等了一个小时车，出租车很少，并且没有一辆空车。昏黄的路灯下，我看到柏油路面被雨水冲出了很多坑，感觉整个城市弥漫着一股奇怪的味道。

那里离我住的地方很远，公交早没了。我没办法，就给报社的总编打电话，他正在报社值班，接到电话，开车过来接我，告诉我，已经有四五个人死在这场雨中。

我有点诧异，第二天一早，看到铺天盖地的新闻，昨晚，这场雨，死者三十四人，这个数字来自于报道。

那是让这座城市极其悲痛的一夜。在那之前，没有人能够想到，一场大雨会让一座城市失去那么多生命。从此以后，在济南的夏天，每当阴云密布，都会让人心有余悸；每当大雨滂沱，都会有人泪如雨下。

济南的夏天，阳光明亮起来有些刺眼，阴影处，总有人低着头思考心事。

济南的夏天，有时比火热，有时比冰冷。如许多想要逃避的事物，挣扎反而使人深陷，反抗最终导致毁灭。你想躲开，却发现总是狭路相逢；你想忘却，却发现又是一个轮回。

济南的四季，就像一个人的喜怒哀乐；一个人的心情，亦如一座城市的春夏秋冬。

济南的秋天

之前，我从未说过，我有多么热爱这座城市的秋天。

这种热爱，是一种说不出口的信仰，在每年夏末，在第一阵秋风迎面扑来时，我的心总是微微颤动。

这座城市的秋天，有太多美好的记忆。老舍先生在1931年《齐大月刊》上写过："上帝把夏天的艺术赐给瑞士，把春天的赐给西湖，秋和冬的全赐给了济南。秋和冬是不好分开的，秋睡熟了一点便是冬，上帝不愿意把它忽然唤醒，所以作个整人情，连秋带冬全给了济南。"

尽管老舍那篇《济南的冬天》让天下人对这座城市神往，但在老舍先生的印象中，济南的美好是从秋天开始的。

济南的秋天，总以一种生动鲜活的方式，在某一时刻突然打动我们。比如早晨在某个公交站牌下，闻到细雨中泥土的气息；比如黄昏漫步在曲水亭的老街巷，看到泉水边久违的炊烟升起；比如深夜徜徉在护城河畔潮湿的石板上，听到

黑虎泉声如虎啸

黑虎泉咆哮的水声。

　　每当秋天来临的时候，总有一拨年轻的孩子来到济南，他们来自四面八方，城市抑或农村，山野或者海边，带着通知书和厚重的行囊。他们来到济南，脸上还没有褪去青涩，眼睛里还闪烁着理想的光芒。他们要在济南度过未来的三四年，然后再去不知何地的四面八方，其中有不少人选择留了下来，在济南这座城市生活，从此就是一生。对于他们来说，这一生最重要的一次迁徙，就发生在济南的秋天。

　　我就是这些人中的一个。在许多年前的秋天来到济南，之前从未想留在这里，之后数次试图离开这里，却未想到竟像落叶一样生根、腐烂，融进济南的泥土之中。

　　济南的泥土是黄色的，被黄河冲刷出来。我曾数次在秋天去黄河岸边，穿过泺口浮桥，去赵孟頫画中的荒凉鹊山，山脚下那些古旧的村寨，满地红色的树叶没过脚踝，踏过去，听到青春在秘密地破碎。

　　读大学的时候，我们经常在秋天去黄河边烧烤，去爬当时已经弃用的德国人修建的铁路桥。我曾看到一对恋人站在桥的最高处接吻，在用孤零零的铁栏杆架起来的高处，他们如此深情，如此忘我，如此陶醉，秋风把他们的头发旗帜般猎猎吹起。没有人知道他们的爱情是否会有结果，那一年的秋风只是见证了一段曾经刻骨铭心的爱情。

　　那时我们因年轻而勇敢，赤脚在河滩上踢球，足球踢进了河中，穿着衣服就跳下去，游到水中央，在漩涡中进退两难。那时我们不知天高地厚，不畏山高水深，在美丽的秋天肆无忌惮，天空如此蔚蓝，我们以忧伤佐酒，对酒当歌。在米香居，在天香园，在好特，在辣妹子，一次又一次喝醉，摇摇晃晃走在灯火阑珊的山师东路上。

　　在秋天相爱的人最容易在秋天分手。我印象中，同学中的几对都是在毕业后的那年秋天分手的。当时他们天各一方，从浪漫回归到现实当中，爱情像火焰一样无法坚持，痛苦像蛀牙一样无法自拔。终于，在那个孤独的秋天，一场雨后，在清冷的早晨，他用手机给她发短信，她没有回，默默地流了一阵泪。他们彼此之间连电话都没有勇气通，曾经的海誓山盟在秋天化作云烟，短信的信号路过济南的时候，被山风吹散了。

在秋天，音乐和电影都多了一份明媚的忧伤。像《阳光灿烂的日子》，金黄的色调，因为回忆中的青春都是金黄色的。我也是在济南的秋天看的那部电影，去了两次历山剧院，最终才看上。第一次厅里只有我和一对情侣，马上就要开场时，工作人员告诉我由于观众太少，影片取消放映，可以用票去一楼看通宵。我问他多少观众才可以放，他说至少也得七八个，第二天，我们宿舍的八个人一起来看了个专场。很多年后的秋天，依然在历山剧院，当我写的第三部话剧上演时，我看到现场竟然来了那么多观众，不由自主想起了当年来这里看电影的那个秋天。

话剧中的乐美溪音像店早已不复存在，当年这里就是一个音乐的宝藏。崔健、黑豹、唐朝、郑钧、许巍、魔岩三杰、面孔、鲍家街43号的专辑几乎都是从这里买的。最后一次，我记得在这里买的磁带是朴树的第一张专辑，那时候他还在唱《我去2000年》，还是一个迷惘无助的大男孩，而现在他的新单曲，已平静淡泊，仿佛一切如云烟。

在秋天成长，在秋天老去。像歌里唱的：我曾经像你像他像那野草野花，绝望着也渴望着，也哭也笑平凡着。

回忆让济南的秋天更美好、更连贯，仿佛一个秋天连着一个秋天，没有夏和冬，甚至也没有春天。是的，济南的春天太短暂了，且随机播放，春寒还没有倒过来，就已经感觉到了夏天的燥热，来不及细细品味就已逝去，脑海里只留下风沙和柳絮。而秋天相对稳定，让人盼着它来，又舍不得它走，每次都恨不能把它存到银行里，零存整取，利息全是美好的时光。

济南的秋天光芒万丈，所有的光芒之中，必有一束，来自你不曾熄灭的心。

济南的晚秋

济南的晚秋，螃蟹肥，小龙虾瘦，扎啤凉，火锅热，卖羊汤的小馆生意兴隆。

最美的季节过得最快，如同人生。初秋、仲秋和晚秋之间，只隔几场雨。一场雨，秋便晚了一点，几场雨，就到了晚秋。

晚秋的色彩最斑斓，路边的树呈现数种颜色。有些叶子性急，早早就红了；有的要等雨催黄，还有的依然绿着，似乎在痴守青春。

济南的晚秋，有些凉，暖气未到之前，在家里洗澡水要烧热些。即使开浴霸，温度也不能提高多少度，因此叫"浴霸"不能。出门必须多带衣服，宁可望穿秋水，也别"忘穿秋裤"。正午的太阳下还是热的，晚上就凉了，风把人吹得打战，把大明湖吹得发抖，把千佛山吹得发晃。

这时候适合画画，像赵孟頫画鹊山和华山。

这时候适合写诗，像李清照和辛弃疾。这两位出生于济

凌晨的舜耕路

南的诗人，有太多诗写在这个季节。李清照的"燕子回时，月满西楼"；辛弃疾的"少年不识愁滋味"。到处都是意象，随地都有情感，在自带哀愁的晚秋。

这时候适合想念，特别是想念那些在晚秋相识的人，曾相拥取暖。还有在晚秋分手的人，让季节更加凄美。晚秋是一座车站，有人停了，有人继续前行；晚秋是一串音符，有人沉默，有人还在唱歌。

这时候适合唱歌，在家里，在路上，在KTV，在未知的远方。可以唱许巍那首《我的秋天》；也可以唱毛宁那首老歌；还可以叼支烟，找架钢琴，模仿周星驰在电影中唱起"秋意浓……"。晚秋是一种现实，更是一种回忆；晚秋是一种怀念，更是一种思念。

思念在夜凉如水时浮出水面。半年里，有四位"70后"甚至"80后"的朋友匆忙离去。我清楚地记得，和其中一位在山师校园里，聊韩东的《有关大雁塔》以及当代诗歌；和另一位夜爬千佛山后到大排档吃烧烤；还有一位曾和我同事多年，还有一位一直在约一顿小龙虾，还未来得及去吃……他们都没有等到济南的这个晚秋，没看到今年的落叶，就像落叶一样融进了泥土。

　　我想自己会慢慢习惯告别，只是没想到告别会从这么早就要开始。

　　就像一个美丽的秋天，仿佛刚刚开始，就已经结束。

　　济南的晚秋，有人满眼寒露，满头霜降。

济南的冬天

冬日护城河

　　济南的冬天，没风，有雾。白日依山近，黄河常断流。春夏秋的热闹，突然就被清冷地没收了。城市好像吃了两片安定，闭上了眼，却睡不熟，夜长梦多，醒来后一个梦也不记得。

满大街的扎啤摊和烧烤摊都被门脸儿吞到了屋里。室内吃烧烤太憋屈，总觉得屁股随时要从油腻的马扎上滑下来。啤酒也太凉了，实在爱喝，只能让老板搬盆温水泡一泡，隔着玻璃瓶，依然有一种洗脚水的味道。

济南的冬天，内敛得有些压抑，只有喝醉的人才会有偶尔的狂放，我在济南喝得最多的一次就是在冬天。十年前，参加一个诗人组织的活动，我忘记了自己喝了多少，也忘记了怎么回的家。令我惊奇的是，半夜醒来，身边竟然躺着一个男人。根据他的描述，我才知道是一个师弟打车带路，两个人把我架了回来。

这个和我同眠一宿的男人来自日照，是一位颇有才华的年轻诗人，那天为了我的生命安全，他没敢离开我的房间。这件事想起来有些后怕，所以十年来我再也没敢在喝酒上如此放纵。

那场酒是在经一路的宝宝酒馆喝的，那时喝酒的年轻人还都没有宝宝，从不担心脂肪肝和学区房。那时经一路还没有扩，两旁都是古旧的商埠建筑。我住的房子在洪家楼大教堂后面，据说是成仿吾先生的故居，现在早已片瓦无存。那场酒从头到尾的两个地点都已烟消云散，却永远留在了我记忆中济南的冬天。

想在济南的冬天出出汗，最好去吃火锅。一定要老式的铜火锅，烧木炭。汤是清汤，放上姜片和葱段，再倒进去几粒花椒、几片紫菜。每人一碗麻汁调料，根据口味可添些腐乳、韭花酱、香菜等；爱吃辣的话可嘱咐服务员要一碗炸辣椒油，辣椒可以要整根的，也可以要碎的，碎的会更辣，舀几勺放在面前的调料碗里，就等着汤滚了下羊肉了。

对于这种火锅来说，羊肉一定要特别新鲜，不能有太多水分，必须是现切出来的：一片一片，不能太厚，太厚容易煮老；也不能太薄，太薄不够嚼劲儿。厚薄恰到好处的肉片放到锅里，涮上几下就可以吃，口香胃暖。因此，每到冬天，在济南，只有火锅店总是热浪滚滚，犒劳着一群群渴望温暖的人。

除此之外，最大的期盼就是下雪。雪比雨还不听话，不服从天气预报管理，和气象台对着干。气象台越是预报下雪，就越不下，天阴沉着脸，湿冷地望着换好了防雪服的人们，像一对分居的夫妻，用沉默互相对峙。直到人们都以为这场雪已经错过，在一个不经意的瞬间，雪花突然如神兵天降。

在济南，有太多关于雪的美好记忆。比方说在雪天，坐在大学宿舍楼的暖气片上打够级；再比方说在雪天，去看一个久违的朋友，谈迷茫却坚定的未来；还有，在雪天，走很远的路……雪，落在大明湖里，就变成了湖；落在趵突泉里，就变成了泉；落在千佛山上，就融进了山；落在记忆里，就再也化不了，变成你心中那一片美丽却永远充满凉意的地方。

数年前，我在报社上班，白天工作繁忙，只有晚上才能静下心写点自己想写的东西。有一个周末，在办公室熬了一宿，然后回家。一下楼，就看到灰蒙蒙的天上，大片的飞雪像撕破的棉絮纷纷落下，马路上几乎没有一个人，没有一辆车。我独自走回家，一路上茫然四顾，那种心情，如同林冲在山神庙杀了陆谦、富安，喝光了葫芦里的冷酒，提着枪离开，不知道要到哪里去，也忘记了从哪里来，没有退路，只能迎着风雪向前。

　　那是无数个通宵写作的周末之一，也是我唯一能记起的。因为，那个黎明有雪。

　　或许，济南的冬天并非这么伤感。但是，总有人会把喜悦在青春耗尽，总有树会把叶子在深秋落完。心情就像一条

天桥北村，大雪纷飞

大河，在冬天结冰，未必是件坏事。四季分明，才是一座城市最宝贵的品格；喜怒哀乐，才是真实完整的人生。

我不喜欢雪莱那句名言。应该是：冬天来了，就让我们坚强面对，就让我们相拥取暖。

如果你正在济南经历冬天，如果你曾在济南与冬天相遇，如果你所在的地方和济南有着同样的冬天，不妨静下来，听一听脚下这片土地孤独的心跳，只有在冬天，它才如此清晰。

济南的雨

济南的雨，说下，总不下；没说下，突然就下；说下大，往往下不大；说下不大，可能下很大。济南的雨，像醉酒的姑娘一样捉摸不定。

济南的雨，如今总是先下在微信朋友圈里，各种微信群中，有的是文字，有的是链接，有的是盖着红印章的文件截图，非常紧急的样子，但这种情况，往往会不了了之。天倒是一直阴沉着，最后挤出几滴，勉强交了差。济南的雨，不太愿意服从组织安排，容易辜负广大人民群众的厚望。

生活在济南的人，相比别的城市，更喜欢下雨。都市里生活的人，已对农耕丧失了敏感性，旱涝都发工资，不会因多收了三五斗而涨奖金，对雨的关注，主要为了出行或洗车。但是，济南不一样，这座城市里的泉水随时可能干涸，那样的话，趵突泉会变成一潭死水，黑虎泉会变成一组石雕，珍珠泉会变成一个臭水坑，所以，济南人盼下雨，是因为爱泉城。

不过，济南人对雨还是有些芥蒂，尤其是夏天的大雨。这座城市曾经历过大雨带来的创伤，许多生命就消失在那一天的大雨中。

那天晚上，我还去新世纪影城看电影《变形金刚》，从杆石桥上公交车，到饮虎池就抛锚了，我下车，蹚水走到了西门，路上，看到好几辆路边的汽车漂了起来。那场电影看得有点"潮"，空调很凉，散场后，雨停了，城市的交通已经瘫痪，如同有变形金刚搏斗过。

我才深刻感受到，城市，在大雨面前，如此脆弱。就像罗大佑的那首《天雨》：

> 看看那天色的样子，它似乎已注定要身临其境
> 看看那变色的风云，它变得像突然要大煞风景
> 听听那缥缈的暴雷在不远的局势里苦苦待命
> 隐隐地觉悟了平凡的人生里终究也难以安宁
> 稀稀疏疏的它终于也降临如预料般中的无情
> 哗啦啦啦啦的是翻云覆雨使人们如大梦初醒
> 越来越看起来像一场未完的天灾的浩劫本性
> 越来越难学习如何地全身而左右地躲个分明

前几天，有朋友打电话，说想在济南组织几个本地网红歌手，开一场线上演唱会，对标罗大佑那场，他说年轻人都觉得罗大佑那么油腻，演唱会竟然还有流量……我有些震惊，不知道说什么好，只是突然觉得自己还算幸运，年轻的时候，没有听垃圾音乐长大。那时的雨很大，但是很干净。

　　雨下大了，苦了那些要赶时间的人。雨让他们的身体凝固了下来，赶不上飞速运转的时间。这样也好，总是把生命放在赶时间上，看似没有虚度的生命其实毫无意义。不如停下来，下雨的时候，看雨；下雪的时候，赏雪；或者看乌云在空中游动，闪电在远方眩目。比起世界的奇异变幻，人们精心开发的 3D、VR 等技术又能算得了什么呢？

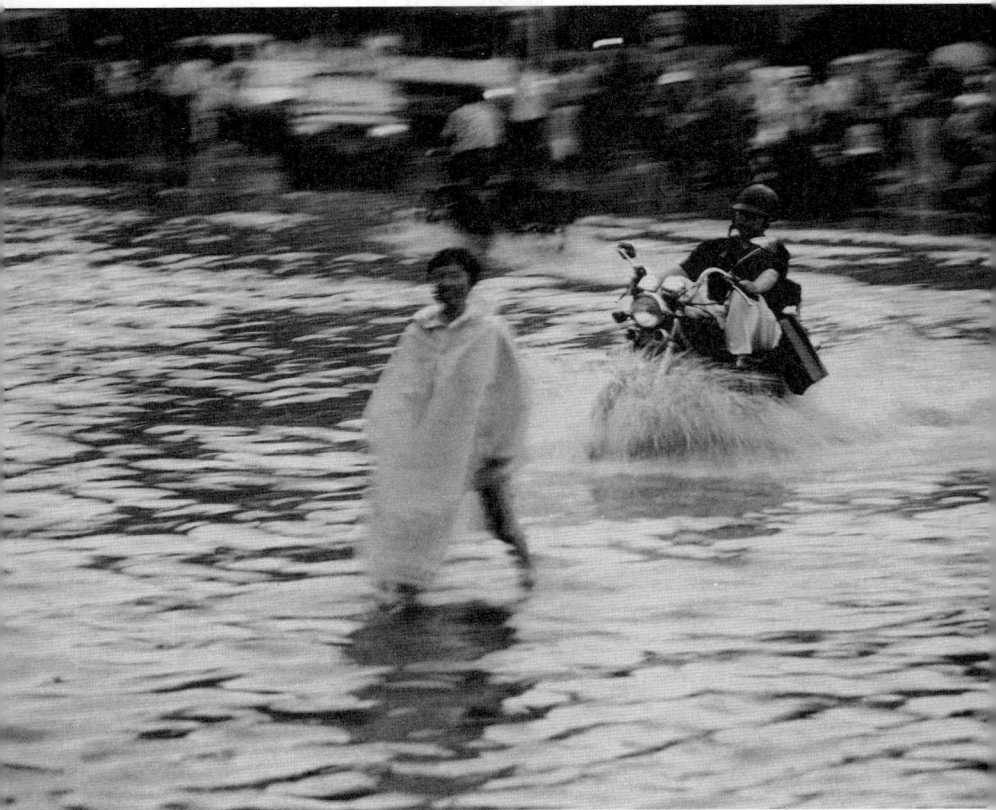

雨中赶路

想起了朋友轩辕轼轲的《在人间观雨》：

在人间观雨甚好，但雨会停
在城头观山景甚好，但山会崩
在时局观棋不语甚好，但棋会输
在东窗观飞鸟甚好，但鸟尽会衔走良弓
在山东喝酒甚好，但鲁酒不可醉

当年，轩辕来济南拍一个以他这首诗的题目为名的人物专题片，在曲水亭街的酒吧喝酒，等下雨，一直快喝多了，雨还没下。好不容易落了几滴，他赶紧跑到河边，做观雨状，可惜时间太短，诗人的衣服都没怎么湿。

济南的雨是慢性子，也是急脾气，而且，越来越有区域性。经常是东边大雨如注，西边还只是阴云密布；高新区下大了，市中区还出着太阳；九如山已经被洗刷得郁郁葱葱了，千佛山还像是摆在屋里要浇水的盆景……

是的，济南已经越来越大了，需要更多的雨，更广阔的爱，更从容的心。能把这座城市连通起来的，并不仅仅是轨道交通和高架桥，而是横跨在整座城市上空的彩虹。

此刻，雨准备落下来。

那一刻，我爱上了济南

1997 年，春天的早晨，我到艺术学院去找一个老乡，正是早操时间，操场很小，喇叭里音乐声很大，许多女生穿着花花绿绿的运动服，正做伸展运动。她们看上去那么美，让人觉得青春很美，济南很美。

那一刻，我爱上了济南。

1999 年，新建成的泉城广场上，大屏幕前涌动着黑压压的人群，正在直播足协杯决赛，泰山队一个赛季也没有进过一个球的外援罗梅罗上演了帽子戏法，让泰山队第一次夺了双冠王，终场哨声响起，整个广场如山呼海啸。

那一刻，我爱上了济南。

2001 年深秋，我刚写了《骑着自行车到瑞典去》，通过榕树下网站，第一次认识了这座城市的两位诗人。我们仨在经一路一家小酒馆聊到深夜，从顾城、海子，到于坚、伊沙，我第一次知道，济南也有人如此热爱诗歌，比我还要热爱。

最后，我骑着自行车回家时，落在地上的梧桐叶被压出特别清脆的声音，我想，也许是遥远的瑞典在向我召唤。

那一刻，我爱上了济南。

2003年，有个周末，和几个朋友夜爬千佛山。到了山顶，俯瞰这座城市，夜色阑珊，灯光延绵，山风穿透胸膛的那一刻，我爱上了济南。

2004年夏天，有次在解放阁附近的一家酒吧喝酒，时间已至凌晨，有朋友提议去看黑虎泉。沿着被水打湿的石板路，晃晃悠悠走到泉边，朋友拍着栏杆说：逝者如斯夫，不舍昼夜……泉水的咆哮中，我爱上了济南。

2007年7月18日，那场大雨夺走了这座城市的许多生命。有一辆车被大水冲进了排洪沟，车上的一位男子，在最后关头，把未婚妻从破碎的车窗中推了出来，自己和车上另外一对准新人沉进水底。那天，他们刚刚挑选了婚纱，这座城市应该永远记住他们的爱。

2008年，我骑着一辆自行车，每天从杆石桥到洪家楼往返，当时，特别喜欢从那些老街巷中穿过。生活在那里的人，在泉水里游泳，在小河边洗衣服，似乎从未被城市打扰过。

那一刻，我爱上了济南。

2009年，整座城市似乎都在拆迁，大金庄和段店的旧货市场，经常有百十年前的老家具，我正好搬了新家，经常去淘换。那些家具虽不是珍贵的木材，却透着老百姓的历史感，每一张桌子都有故事，每一把椅子都有秘密，打开雕花的橱子门，扑面而来的，仿佛是普洱茶的味道。

穿行老街巷

那一刻，我爱上了济南。

2011 年的最后一天，我写的第一部话剧在都市实验剧场演出，黑漆漆的空间里，爆发一次次掌声和欢笑声，谢幕时，观众久久不散。

后来，全体主创去 KTV 唱歌，直至新年来临，所有人都喝了很多酒，拍了许多不忍直视的照片。

那一刻，我爱上了济南。

爱上济南，还有许多时刻。比如在灵岩寺的宋代罗汉像前，在四门塔的千佛崖下，在城子崖遗址；再比如每次往返机场的高架上，看到远处的华不注山，和赵孟頫笔下的一模一样，像是从画中生长出来，在送我远行，或接我归来。

爱上济南，其实是时时刻刻。出门迎面，遇一群儿童放学；亲友聚会，说一晚欢声笑语；馋虫上身，吃一桌烧烤龙虾；薄醉归家，见一轮新月如钩。

爱济南，爱这座值得去爱的城市，爱这座城市里值得爱的人。

济南的南

太行之东，称山东；济水之南，为济南。济南的南，有山，有水，是泉城之源。

每次，春天进攻济南，总是先派几颗绿色的嫩芽做探子，从解放阁潜入，在护城河畔露个头，再安排一根根的柳枝当宣传队，去大明湖畔摇旗呐喊。一切就绪了，才开始用仲宫的桃花梨花、张夏的杏花、双泉的油菜花将济南包围。

春天是从南边向济南发动总攻的，以摧枯拉朽的速度、战无不胜的决心，纵使精兵数万，全副冰冷的盔甲，也挡不住春之雄师。就算把阻拦春风的玉门关沿黄河搬来，也无济于事。春天的济南"战役"是真正的草木皆兵，是花朵的十面埋伏。

所有赞美春天的诗都可以用来赞美济南的春天，"沾衣欲湿杏花雨""千里莺啼绿映红""万条垂下绿丝绦"……所有赞美济南的诗都不足以赞美济南的春天，济南的春天就是诗，济南就是一名诗人，有清照之婉约，又有稼轩之豪放，在"绿肥红瘦"之中，低吟道："春在城南芳草路。"

春天在济南的南美若仙境。济南的南，是江南的南。

济南的南，有太多美味。山里长出来的，水里捞出来的，地里刨出来的，沟里钻出来的。和环城高速之内的味道不同，这里吃的是土生土长，吃的是原汁原味。可以在半山坡吃放养的笨鸡，亦可在水库边吃野生的炖鱼，还能喝古井里泡着的啤酒，整提放进去，捞出来，打开喝时，啤酒似乎也浸入了井水的甘甜。

野菜只有在这里吃，才能感受到带着地气的野味。苦菜、荠菜、马蜂菜、面条菜、花椒叶、薄荷叶、香椿芽……可拌，可炸，可蒸，拌出来的是清香，炸出来的是浓香，蒸出来蘸料堪称酱香。在济南的南，菜如酒香醉人，酒如花香迷人，当然，若酒精过敏，不要盲目举杯，否则和花粉过敏一般。

如果不敢吃昆虫，可自动略过这段。若敢吃昆虫，一定可以在这里吃过瘾。入门级的，有蚕蛹和金蝉；升级的，有马蜂、蚂蚱和豆虫；还有样子更吓人些的，做法基本上都是炸，一盘炸上几样，金灿灿地端上来。

前几天，有外地朋友来，闹着吃夜宵。所住酒店的服务员把厨师从二十多公里外的家中叫来，上了一盘炸四样，这四样他都未吃过，嚼起来竟面无惧色，一个人吃了多半盘。

这哥们当天和我住一个房间，我特别担心他打呼噜时嘴里会往外飞蝴蝶。

胃口在济南的南浴火重生。济南的南，是吃货指南的南。

济南的南，属泰山余脉，分布着许多佛教古迹。山东最早的寺院神通寺遗址还在，与四门塔和千佛崖浑然一体；曾经的海内四大名刹灵岩寺，依然保持着完整的格局，其中的宋代罗汉像是保存下来的古代顶级彩塑，"天下罗汉两堂半"我都曾去过，偏爱灵岩寺这一堂。

第一次去灵岩寺，是在二十年前的春天，系里组织到灵岩寺游学，记得一下大巴，沿着山坡往上走，视线里全是绿色的光影，满山葱郁，心潮澎湃，正映着当时的无敌青春。前两天在北京见了一位老同学，喝酒时说道，他大学年代的恋情就是从那次去灵岩寺开始的，后来相爱多年，最终虽未成正果，却也算是一段善缘。

除了灵岩寺这样的名刹，济南的南还有颇多古寺，如义净寺、兴教寺、衔草寺、四禅寺等，还有那些散落在各座山上的摩崖造像，让济南的南充满禅意。

山东现存的最大的石窟造像，就在济南的南，称"齐鲁第一大佛"，绰号虽"山寨"了些，却也名副其实，而且年代到隋，携云冈之清秀，直奔龙门之丰腴，是北朝和唐代石窟的重要过渡。

遗憾的是，大佛近年被虔诚的佛教徒重塑了"金身"，"纹"了眉，"丰"了唇，还戴了"美瞳"，古韵少了许多，倒是香火气浓了。

当然，还是应该感谢生活在大佛脚下的村民，正是他们的淳朴，大佛才完整地保存了下来。从石到佛，原本就经历了千刀万剐，又何惧俗世的几番涂抹？

诸佛在济南的南，慈悲地注视着众生。济南的南，是南无阿弥陀佛的南。

济南的南，还是值得济南人身体和心灵栖息的南。如果说，每个人的心就是他所在的城市，那么，许多生活在济南的人，心里或许都装着一个东部的职业目标、西部的高铁过往、北部的跨步理想，但一定不会忘记，在内心最柔软处，还藏着一个南部的田园梦乡。

即使没有来过济南的人，在他们心里，也有一个类似这样的地方，可以是济南的南，也可以是近在咫尺的远方。

华不注山

一座小山，能有大名气，难得。华不注山即是。

华不注山不高，海拔不到二百米。华不注山名气大，诗多，多经典。画少，却有一张传世。为其写诗的，有李白；作画的，有赵孟頫。度过了这么久的岁月，山依然像

雾中华不注山

李白写的那样："昔我游齐都，登华不注峰。兹山何峻秀，绿翠如芙蓉"，依然像《鹊华秋色图》中那样，山势峻峭，草木华滋，一点样子也没变。

许多名气大的山，早已面目全非了。三山五岳早就成了热闹的景区，在导游扩音器的动静中，人们探着脑袋到此一游，纪念品如出一辙，小吃难吃到怀疑人生。

华不注山虽也卖过门票，但没多少人来。外地到济南市区的，多去千佛山。千佛山比华不注山高接近一百米，面积也大许多，似乎更有故事，传说舜耕作的历山就是此处，遗迹却很少，几处古迹也在周围的黄石崖和佛慧山上，万佛洞听起来很厉害的样子，其实是四大石窟的微缩模型。有次下雨，我一时找不到避雨处，买了张票进去，草草看了一遭，佛造像有其形，未得其神。

因为没受打扰，华不注山更有山的味道。如果说那些游客如织的山，仿佛中年油腻男发福的肚腩，华不注山则像少女挺拔的乳房，让人看一眼就难忘。曾巩当年写"翠岭嫩岚晴可掇"，或正有此意。

华不注山的名字乍听起来奇怪，似乎又陡又滑，站不住人。简称华山，又和西岳重名。其实，华不注山的"不"应为古音"fū"，花骨朵的意思。当年山下是湖，比大明湖大太多，唐代的段成式在《酉阳杂俎》中记载，湖面方圆二十余里，多莲花，华不注山在湖中含苞待放。

直到清朝，山周围的水才退去，康有为晚年来时，还畅想着应把都会迁到此处，这事无论放在从前或现在，都不太

华不注山冬日倒影

靠谱，但康先生后半生做事，一直都不怎么靠谱。

我只登过一次华不注山，离现在差不多有十年了。当时和几个朋友，绕过一个村庄，从后山爬了上去。确实是爬，许多地方都得手脚并用，尤其对我这个不爱爬山的人来说，一个人爬都爬不上去。那时候华不注山附近还未开发地产，村庄颇为荒凉，散发着动物粪便的味道，山脚下有好几家卖烤全羊的店。据说那些店大多是我老家曹县人开的，曹县的烤全羊自然是好，但那次没来得及吃，后来再未去过。

但我常注视这座山，每出远门，从顺河高架到机场的路上，远远就看见它站在那里，在高楼大厦的远处，隔着车窗，似乎在默默送别。回来时，再看见它，还是站在那里，又好像在迎接我。送别和迎接其实并不重要，只是每次我看见它时，心里不是增了几分牵挂，就是添了一些踏实。

我有一位摄影家朋友，叫吕廷川，他拍了十多年的华不注山了，每个节气都要去，用镜头记录了这座山的改变。在城市的规划中，这里要挖掘六千亩的人工湖泊，要迁走山脚下的十九个村庄。吕廷川先生这组摄影作品，刚刚获了阮义忠摄影人文大奖，实至名归。

我一直不懂摄影，手机拍照也从不修图，但不知为什么，看到这组照片时，心里充满感动。如此真实，又如此梦幻。如这次大奖的终审评委陈丹青所言："摄影是一件没有边界、没有真理的事情，但同时又是件残酷的事情。"

我理解的这种残酷并非评奖的过程，而是摄影本身，让我们如此熟悉的生活，瞬间就变成了恍若百年的历史。比文字更直观，比绘画更真实。

和吕廷川先生曾同在一栋楼里工作，除了见面时打招呼，那十年，几乎未打过别的交道。但他这次的摄影作品一下就把我震撼了。我正在深圳出差，让他赶紧发给我，他手机中只有一部分，我来回地翻了几遍，竟热泪盈眶。

华不注山，我难以想象它未来变成的样子，但它曾经的样子，我一定是忘不掉了。

再次感谢吕廷川先生。

春来发几枝

早年间，济南南部山区，各种旅游景点如雨后春笋。有一次，跟朋友去了一处，爬到半山腰，突听到工作人员持喇叭大喊："旅行团来了，放瀑布！"顷刻间，前方一崖壁，水飞流直下。

这待遇，李白在庐山也享受不到。

那些年周末，单位常组织去南山春游，我腿脚懒，几乎从不爬山，只跟着晚上打牌。有一次一觉醒来，得知同事们都去山顶吃饭了，我心里顿时涌出一种被"憋三"了的感觉，只得起身去追，到山腰发现就有卖吃的小摊，于是对付两口，没再上，算是"开点"了。

再后来去九如山最多，山还是没有爬过，但我喜欢在山间的感觉，尤其是傍晚，所谓"山气日夕佳"，正是如此。

想起一个段子，唐代诗人刘长卿有疝气，女诗人李冶用谐音梗问候他："山气日夕佳？"刘长卿也借陶渊明诗回应：

"众鸟欣有托。"据说，"托"是一种当时治疗疝气的设备。

陶渊明写的是《饮酒》，在山里饮酒，酒量涨两成，下了山，又跌回去。

我不懂炒股，听说大盘在下山，大概是因为春天，山和韭菜都绿油油的。

上周去神秀谷，发现比多年前去时绿了很多，青山环绕着绿水，桃花盛开，还种着特别好吃的长果桑葚，号称"果桑之王"，倒也不虚。

所谓"神秀"，来自杜甫的《望岳》，其所在的马山本属泰山山脉。据说，马山奶奶和泰山奶奶还是亲姐妹，马山奶奶是老大，中间还有个五峰奶奶，三姐妹离得都不远，不光能保佑别人，还能互相照应。为一睹马山奶奶真颜，我咬着牙爬到山顶，有两个据说是唐代留下来的山门，很小，还有几座村民自建的小庙，里面的神仙都很朴实，除了这三姐妹，我还看到了妈祖，也许是担心她们待久了闷，三缺一。

转悠一会儿，我看到前面墙上有一行字"真心许诚愿，向东去正殿"，才知道这几座小庙是不够级别的，就按照提示方向继续走，没几步路，被前面两棵树之间的横幅拦住，"登山既祈福，不必进大殿"。然后，就有点不知所措了。

还是忍不住吟诗一首：

满路飞花满岭松，岩高削出玉芙蓉。
鸟声清亮泉声雅，人立马山第一峰。

当然，这首诗是别人写的，作者是清代人，要我写的话，更好——不准不信。

泉生慈悲

济南泉多，多名泉，甜且美。有的壮观，如蛟龙腾空，猛虎下山；有的悦耳，如古琴巧拨，琵琶轻弹；有的轻盈，如白云甘露；有的高调，称天下第一；有的低调，大隐于市。不管怎样，泉都是好的，比江河湖海都好，温润，节制，仁爱，友善。从古至今，未听说有讨厌泉的人，凡有泉，总能让人心里生出喜悦来。我在泉城生活了二十载，常感受到泉水给人带来的幸福，着实难以取代。

许多泉名也充满着禅意，如袈裟、锡杖、洗钵、菩萨，将其相联，便生出一幅生动的僧人诵经礼佛的图画，让人不觉泛出空灵的遐想。

这里原本就是佛教东渐的重镇，每处与佛有关的地址都有泉水涌出。而且，我发现，泉水发源之地，竟也是佛教在山东的发源之地，名泉汇集之处，也是佛教的兴盛之处，泉与佛之间，存在着冥冥的天意。

佛教从西域正式传到山东，是在公元 351 年，一位法号僧朗的禅师创建第一座寺庙，被称为朗公寺，隋唐时重建，隋文帝因"通征屡感"，改名为神通寺。在济南南，泰山北，南部山区柳埠镇，青龙山和白虎山之间，原本是香火缭绕的道教圣地，从此，一种新的信仰渐渐渗入到人们心中，像泉水一样神通广大。

历经千年沧桑，神通寺几度兴废，如今虽只剩下了遗址，但其中的四门塔、龙虎塔、墓塔林和千佛崖依然能让人穿越时光，感受到这里曾经的佛光万丈。在其不远处，便有一泉，从山谷石缝中流出，汇而成溪，从一虎头喷涌而出，注入净池，名为涌泉。涌泉名称的由来有一个传说，大体意思是一对出家的父女，父亲在神通寺，女儿在涌泉庵，女儿为报养育恩，为父洗衣，所谓"滴水之恩，涌泉相报"。然而，我脑海中，却有另外一种幻想：一千六百多年前，一名僧人怀着传播佛法的理想，从西向东而来，经过了漫长的跋涉，依然未能找到传法之处，疲惫的他在层峦叠嶂之间，看到了山涧的清泉，于是驻足，喝了个饱，又脱去鞋袜，如昔日年轻的乔达摩·悉达多在尼连河沐浴，清凉的泉水洗刷着风尘仆仆的他，使他豁然开朗：既然此处无人礼佛，不如就从此地开始建佛寺吧。

涌泉，是人足心的穴位，也是他信仰的落脚之处。涌泉，是僧朗法师的尼连河，也是他的菩提树。

在神通寺落脚之后，僧朗常到泰山西北岩下说法，讲授《放光般若经》。据《神僧传》记载，每次说法时，听者有千余人。"如幻、如响、如梦、如影、如热时焰，何以故？"

在僧朗的讲经声中，山石亦连连点头。听众们十分惊讶，僧朗颔首道："此山灵也，为我解化，他日涅槃，当埋此处。"后来，僧朗在此"创筑房室，制穷山美，内外屋宇数十余区"，即是灵岩寺的前身。

灵岩寺位于长清区万德镇，有更多的泉水：卓锡泉、檀抱泉、双鹤泉、白鹤泉、甘露泉、饮虎泉、上方泉、飞泉、黄龙泉，还有纪念僧朗的朗公泉。最有名的，也是最神秘的，当属袈裟泉，位于"转轮藏"庙堂遗址的东侧悬崖下，泉边有一片被称为"铁袈裟"的铸铁块，因此得名。

"铁袈裟"高 2.05 米、宽 1.94 米，有许多凸起的纹络，纵横交织，形似袈裟，传说为达摩遗留的"天赐衲衣"。后来数次驻跸灵岩的乾隆对此极感兴趣，写诗考证其为铸钟不成的废铁。近年来，通过对鲁班洞内唐代山门遗址的考古，在碑文记载中看到唐高宗时期曾在此铸六身铁像，铁袈裟应为其中力士的部分残件，若真如此，也真难怪当年的灵岩寺能被誉为"四大名刹"之首。

神通寺和灵岩寺都在济南的南部山区，这里既是佛教在这片土地上的源头，也是泉水在这座城市的源头。

同样在南部山区的张夏镇，在唐代出了佛教大师——义净。同是西天取经的和尚，如不是因为《西游记》，义净于后世的知名度不会比玄奘小。论成就，论精神，论能力，他丝毫不亚于玄奘。论取经之难度系数，义净甚至更高些，玄奘走的是"丝绸之路"，义净则是"海上丝绸之路"；玄奘从河西走廊沿天山北麓前往天竺，经历的是戈壁和冰川；义净法师则是从广州经苏门答腊转至印度，历经的是台风与海啸。在四周无边际的沙漠或大海，他们度过了人生中最漫长的绝望，终于抵达了自己的彼岸。

史上"西天取经"的僧人并不少，真正取回来并出了成就的寥寥无几。开此先河的是三国时的朱士行，他从长安到了于阗，由于法号"八戒"，所以《西游记》中的猪八戒因他而命名，若真如此，沙悟净大概就是因为义净了。

如今的义净寺几乎找不到唐代的影迹，但其中的双龙泉还在喷涌着，轻柔、温和、持久。或许，这汪泉水曾倒映过一名僧人年轻的脸庞，给了他舍生取义的勇气和信心。

信仰曾经如泉水般，从南到北，渗入这座城市的土壤之中，每一个泉眼都是一朵莲花，让信仰盛开，让信仰喷涌。

这座城市也多了因信仰而生的名字。比如因为佛慧寺，山也"佛慧"了；寺改为"开元"，附近小区也"开元"了；山顶有宋代大佛头，山又被俗称为"大佛头"了。呼来唤去，泉都是必须有的，就像佛慧山，一眼"秋棠"，一汪"甘露"，二泉在山中映月，二泉在山中相对，如释迦佛和多宝佛对坐，一个说"天地相合，以降甘露"，一个说"芍药多情，海棠无香"，二泉在一代代僧人们的诵经声中，静观草木枯荣，感受天地慈悲。

泉水自带慈悲，自生禅意。闭上眼，体味王维的"明月松间照，清泉石上流"，如读《维摩诘经》："若菩萨欲得净土，当净其心，随其心净，则佛土净。"王维字摩诘，是维摩诘的粉丝，他从京师长安被贬至济州时，满腹不平，还念念不忘"少年曾任侠，晚节更为儒"。或许，正是在此处，在寺院的钟声和泉水汩汩流淌的声音中，他觉悟了，达到了后来"身世两忘，万念皆寂"的境界。

我在《维摩诘经》译者鸠摩罗什的出生地龟兹，看了中国最早的克孜尔石窟，再到吐鲁番柏孜克里克，到敦煌莫高窟、榆林窟、西千佛洞，到张掖马蹄寺，到天水麦积山，到大同云冈，到洛阳龙门，到山西各座古庙宇，到山东济南、青州，越来越深刻地体会到佛教在中国的延续，和其世俗化关系甚大。佛教融合了中国文化，才没有被废弃。同样，世俗化的泉水才是最可爱的，比起藏在山涧或者深谷中的泉，融入百姓生活的泉没有那么孤傲、清冷，反而显得更加可爱生动，和人更加亲近。

比如《老残游记》中"家家泉水，户户垂杨"的地方，今天的县西巷、曲水亭街、芙蓉街，许多泉都在街边、路旁，甚至在人家里的院子中。也是在这一带，十几年前修路时，发现了堪称中国最精美的佛教地宫，其中有唐代的经幢基座，有阴线人物石刻，还有大量年代更为久远的佛像。可以断定，就在这片泉水密集、人群熙攘的地上，也曾伫立着一座盛大的寺院，山门庄严，大殿雄伟，斗拱如山，出檐深远，螭吻精美，僧人众多，香客如织。

是佛保佑着这座城市的泉水吗？还是泉水滋养出这座城市的文明与辉煌？我的问号如同一枚钱币，从清澈的水面渐渐沉下去，只能在想象中听到它发出了清脆的声音，仅此而已。

泉水，是这座城市的"般若波罗蜜"；泉水，是这座城市的"阿弥陀佛"。泉水，像守着它的僧人所诵念一样：不生不灭，不垢不净，不增不减……

面对泉水，我们亦当双手合十。

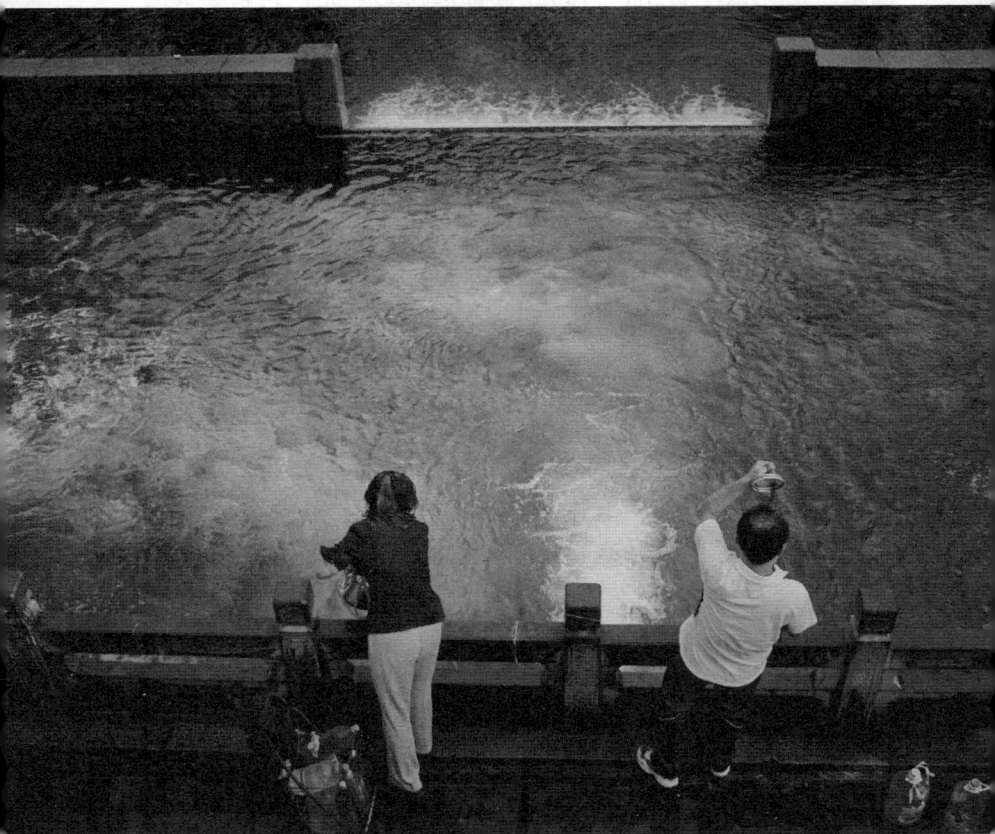

家住泉畔，黑虎泉

春风一吹，济南就成了江南

济南的春天一直有风。

济南的春风不止十里，从南向北，吹出了护城河畔杨柳的嫩芽；吹开了趵突泉公园里的玉兰花；吹皱了大明湖平静的水面；吹到在画中永远一派秋色的鹊华，再折返过来，吹绿了南山。

春风一吹，济南就成了江南。

济南的春风时大时小，小如一对恋人的耳边叮咛；大起来，要站在风中，发型和心情一起凌乱。仿佛有一个吹风机，能调几个不同的档位，包括冷和热，冷的时候，仿佛在提醒人们还是春寒料峭，不要穿太少、露太多；一旦热了，一夜就能把春天吹走，把自己也吹得无影无踪，只剩一个睡眼惺忪的夏天。

济南的春风，是有香味的，从香椿的香，到榆钱的香，再到槐花的香，春风越来越香，也越来越甜。从鼻尖香到舌尖，从嘴里甜到心里。

　　济南的春风，从千佛山到工艺美院时特别大，再到山艺，略小了一点，到山建工基本上就没了，再到山大，似乎风平浪静。

　　很多年前，在我的记忆中，风就沿着这些地址吹，吹过山师东路，吹过山大路，使使劲，还能吹到水屯路。狭长的水屯路，快到山师北院时，有一座铁索桥，风把桥吹得摇摇晃晃。当时那里还没有通公交车，要走很远，从黄昏走到天黑，才看到一排亮着灯的小酒馆。很多人都在那里醉过，在自己年轻的时候，太容易喝醉，尤其是春天，喝醉后，风特别大，铁索桥晃得厉害，不小心，就把泪水从眼眶里晃出来。

　　济南的春风，吹过许多人的爱情。他们还没有夏天般的火热，更没有结出秋天的果实。在济南的春天，在忽高忽低的温度中，每一阵春风，都是一丝温暖的慰藉，把人的骨头吹软，把人的心吹化。

　　在济南的春风中，你是否恋爱过？是否分手过？曾经的爱与恨，是否已被春风吹远？

　　济南的春风中，飘扬着无数人的青春，如漫天柳絮在风中飞舞，试图生根发芽，却终归落在地上，化为泥土。

　　每一年，都有人在春风中告别，春风吹过石碑，那里刻着我写的墓志铭，刻着我抹不平的怀念。

　　每一年，都有人在春风中出生，他们是这座城市的希望，希望春风可以对他们更好一些，希望春风能够把这座城市吹得更温柔一些，希望他们能够把世界变得更美好一些，让济南的春风吹得更久一些。

　　每一年，济南的春风中，我都会想起自己第一次到济南，这座城市的春风吹着我的脸，吹着我的脚步和梦想。吹着吹着，就吹出了我的皱纹和白发。济南的春风，一年又一年，把时光从漫长吹得短暂，把岁月从过去吹向未来。

　　在济南的春风中，我有时会忘了，这里就是济南。

『区区』莱芜

　　之前，山东省十七地市里，莱芜最小。面积小，年龄也不大。曾是县级市，归泰安。1992年才设地级市，就俩区，十来个乡镇。奇怪的是，明明小，偏愿称大，莱芜人爱说大莱芜，是自信，更像是自嘲。

　　大莱芜从来没有大过，它在济南和泰安之间，在黄河与泰山之间，不可能大起来。但小不是不好，莱芜虽然小，却称得上小而全。既有盐铁之利，又依山傍水，山能瞧见峻秀，水能观其壮阔。莱芜人爱说"俺莱芜有"，虽然来自一个老段子，但莱芜确实什么都不缺。

　　莱芜的羊汤也好。我第一次喝成盆的羊汤，就是在莱芜，差不多二十年前，应该是在金家老店，几个人坐在马扎子上，围着一个不锈钢盆，自己用大勺穿过热气往碗里舀，就着饼，吃得酣畅。莱芜烧饼名气更大，稳居山东烧饼排行榜前三。但当地哪家烧饼最好，我还真不知道。济南倒是有很多莱芜烧饼小店，我常去买，通常来说，油酥的最好，只是得等。可能是因为便宜，故意做得拖拉些。不过，时间不久的话，等等也不是坏事，刚烤出来的更好吃，皮脆瓤厚，吃时得用一只手在下巴上接着，否则落一地碎渣。

莱芜的蚂蚁应该很幸福，天天有大块的烧饼渣吃。莱芜的鸡运气就没那么好了，随时可能被炒。炒鸡在莱芜很盛行，鸡块炒成酱红色，看着就流口水。

莱芜还有许多好吃的。过去，济南人比较熟悉的，是雪野湖的鱼头。雪野湖在章丘区和莱芜之间，电台的小凤曾把雪野湖加莱芜称之为"雪莱"，特别有诗意。我去得不多，基本上都是为吃鱼。那里的鱼是我吃过的最好的淡水鱼之一。孟子在不可兼得的前提下，舍鱼而取熊掌，是因为吃熊掌的机会不多，另外也没吃过雪野湖的大鱼，有一二十斤，可清炖，炖出的汤呈奶白色。我更喜欢红烧的，那味道，像把子肉成了精。

莱芜没有把子肉，但有一种咸肉非常特别。一块块，石子大小，腌好了，煮熟，不挂色，更突出了肉的原汁原味，是下酒的好肴。

还有一道菜，名字起得特别，叫勾魂巧媳妇。当然，和老婆饼里没老婆一个道理，这道菜里也没把媳妇当食材。名字背后有一个故事，说的是有一男子婚后迷上了赌博，常夜不归宿。老婆很伤心，只好去公婆处告状。婆婆说儿子有道爱吃的菜，把腌好的咸白鳞鱼，同花生、肉丁、芝麻、辣椒一起剁碎，再置热油中翻炒至酥，用煎饼卷着吃。儿媳妇学会后，男子一吃，果然回心转意，为了这道菜，戒掉了赌博，天天回家，老婆孩子热炕头。所以，这道菜叫勾魂巧媳妇。

这个故事其实是一句心灵鸡汤：抓住男人的心，要先抓住他的胃。这句话经不住推敲，比如男人有了外遇，绝不会因为小三的厨艺好。但是，一个地方吸引人，先吸引人的胃是没错的。

我去莱芜很多次，因为在那里，我有不少诗人朋友：忘川、赵东、牛耕、盛兴、段磊等，诗人比小说家或散文家好玩，彼此很少有利益之争，像一个句子挨着一个毫无关联的句子，中间有无限的空间让人想象。所以，和诗人喝酒是最放松的，也容易喝多。我每去莱芜必醉，记得有次，在一个水坑边，喝了特别多的酒，最后都吐水坑里了，估计那个水坑里的鱼，平常也是醉醺醺的。

莱芜的诗人朋友，年龄和我相仿，但填表格时籍贯比较复杂，小时候他们填泰安莱芜，后来直接填莱芜，现在要填济南莱芜了。我不知道他们开不开心，不知道。但我挺开心，至少，他们不能再说济南的羊汤不好喝了，难道莱芜区的不好吗？

莱芜虽小，但成为济南的区，是济南大事，也是山东大事。从此，没人再说莱芜小了；未来，更多的人会感叹济南大。大济南像一个"人"字，有了捺，也有了更多的人。济南，还会越来越大。从面积上，越来越像一座大城市。"俺莱芜有"变成了"俺济南有莱芜"。

那个关于"俺莱芜有"的段子，大概是说中国申奥时，萨马兰奇来考察，发现莱芜人都会用英语说我爱你，非常满意。其实，把莱芜听成"love"挺好的，相信莱芜人都能感受到，莱芜，是一种爱，永远的爱。

希望莱芜这种爱，连着这座城市的酸甜苦辣咸，也一同注入到济南，让济南也有了更丰富的味道。

烟火

烟火是城市的灵魂
是秘密的爱
连上黑夜的 Wi-Fi
看到
满地星光

扫码看视频
《吃了吗济南》

济南烤串简史

　　我曾以为，济南的烤串像济南的历史一样悠久。幻想中，舜耕于历山，就烤串，作《南风歌》，站在铁皮炉子边吆喝："南风之时兮，可以阜吾民之财兮。"他盼着天暖和了，吃串的人多，才能多挣钱。扁鹊分管食品卫生局，到处检查，"望闻问切"，肉新不新鲜，看得特别准。后来，秦琼爱吃串，每天从刑警队下了班，马一拴，袍一掀，马扎子一坐，和各路兄弟大串撸起，老板看他面子，肯定打折。再后来，李清照、辛弃疾都是串迷，就着扎啤，一个"醉里挑灯看剑"，一个"误入藕花深处"……如果这帮人围坐在一张桌子上撸串，这座城市该是多么神奇，这座城市的烤串该是多么前无古人后无来者。

　　事实上，济南的烤串历史，并不比我老家县城早多少。

　　大部分人最早的记忆都是在"一九烧烤"，1994 年左右，纬九路有了济南本土最早的烤串专卖店。更早些的，是二十世纪八十年代，明星电影院门口、普利街东头、师范路、城顶街等地，有几个新疆大叔烤羊肉串，看的人多，吃的人少，时间不长，后来，大叔们就不再卖羊肉串，改卖切糕了。

为寻找济南最早的烤串遗址，我专门到明星电影院走了一遭，在纬十二路，曾是济南最早的电影院，改成了烤鸭店，目前正在整修中，脚架林立，尘土飞扬，肉串不知何处去，鸭子挂在烤炉中（如今，烤鸭店已关门）。当年，这里也曾繁华，商埠林立，人群熙攘，吸引了各路大小商贩。再加上旁边就是北大槐树清真寺，所以新疆羊肉串最初选址于此，还是颇具眼光的。

但新疆烤串的风格并不能被更多济南人接受，所以，从"一九烧烤"开始，济南的烤串才开始形成自己的本土化风格：串小、味足、样多、价廉。

串小是济南烤串的传统，近几年才开始出现的大串，猛一吃过瘾，可持续性不强，几串就有饱意。小串则可以一直吃，慢慢吃，吃起来更有滋味。济南的小串用戏剧术语形容，通常是"三一律"——三块瘦肉，中间一块肥肉，要顺扦子一口撸到嘴里，肥瘦混合着嚼，才能吃出精髓。当然，也有人嫌肥肉腻，吃之前，每一串都把肥肉小心翼翼地择掉，再用餐巾纸擦扦子尖，这样看似讲究，相对卫生，却少了吃烤串的野趣。事实上，烤串吃得越野，满足感越强。我有个朋友发明了一种吃法：双手各拿一根串，放到嘴上，用牙咬住，往两个方向同时拽……下一个画面就是两手各拿一根光光的扦子，嘴里大嚼着流油。

　　不过，还有人专门吃烤串中的肥肉，甚至让师傅全烤肥肉，白花花一串，我没敢这么吃过。

　　济南的烤串因为串小，所以入味，不用嫩肉粉，纯靠烟熏火燎，肉更有嚼头。花样也多得几乎数不过来，羊身上的每一个细节，除了羊毛，几乎都可以烤：心管、板筋、骨髓、肉筋、腰头、白腰、红腰……一张小方桌，两个铁盘，就能上一堂解剖课。价格也相对便宜，尤其是刚开始的时候，一串只要两三毛钱，先吃，结账时再数扦子，钱包虽然小，吃串能吃饱。

　　在济南，我是从三毛钱一串开始吃的，那是1999年，和这座城市的本土烤串史仅错过了五年。那时我在一家广告公司实习，老板人高马大，标准的"食肉动物"，一高兴就带大家去吃。最常光顾的地方就是公司旁边，西门十字路口东南角，有一个烤串的大排档，晚上出摊，干到凌晨两三点。摊主是一对夫妻，男人负责烤，女人负责收钱，生意非常火爆，我每去一次，感觉都比上一次更加火爆。那时，我最多能吃七十多串，我的老板每次都能吃一百五十串以上，让人望而生畏。

　　这对夫妻烤的串确实好吃，并极其会做生意。有一次，我们去得晚了些，点心管，没有了，点板筋，也没有了，只好干吃肉串。结账时，女人一脸歉意地过来，拍着鼓囊囊的腰包说，今天生意实在太好，心管和板筋早早卖完了，让你们这样的老顾客都没吃上，这一顿算我请客，免单。

　　做小本生意，能有做大买卖的气魄，买卖自然会做大。

不到一年，这两口子就从这里转到回民小区，规模扩了十倍，就是著名的磊磊烧烤。济南的烤串也正式进入回民小区时代。

二十一世纪初的前十年，回民小区成为济南人夜生活的重要阵地。因为烤串，在整个城市进入睡眠模式之后，那里开启的依然是集市模式：灯火通明，人流如织，月照炭炉生紫烟，疑似烽火燃边关。我曾在我的第一部长篇小说《动物学》中这样描述：铁炉子有长有短，最长的差不多有十米，证明着他们生意的兴隆，每个烤羊肉串的老板都有百分之二百的热情，会向所有路过的人大声招呼："来，这边这边这边请！"

有时候还会在前面加一些亲昵的称谓："哥哥！这边请！"

"弟弟！这边请！妹妹！这边请！"

或者突然来句模糊年龄性别的："我的亲人！来啦？！"

在孜然粉香味扑鼻而来的烧烤摊前，最能感受到济南人汹涌澎湃的热情。

连"北京娃娃"春树，到了回民小区，都瞪着质疑一切的大眼睛惊呼：这是个什么地方？北京人没有这么吃串的！

我在北京吃过很多次烧烤，那里的羊肉串和济南差距太大。这几年，有些地方质量有所改善，再加上济南烤串的质量有所下滑，差距似乎没那么明显了。但是，回民小区曾经的那种气氛，恐怕是任何地方都难以企及了。

那十年，没有在回民小区吃过串的人恐怕不多；在那里喝得大醉的人恐怕不少；在那里喝到天亮的人，不知道留下了多少和酒精、烤串与荷尔蒙交织的回忆。在一个又一个夜晚，那里炙热的烤串和冰冷的扎啤，给予了人们无尽的酣畅淋漓。随着酒精的挥发，快乐变成空虚，痛苦却继续沉淀，被刷入肉，烤入髓。

我有个诗人朋友，在他人生最低谷的时候，在那里喝得酩酊，这位平日从不服输的硬汉热泪横流，瞬间变成一摊烂泥。

我有个作家朋友，在她还没有成为作家的时候，在那里喝得大醉，拿着手机，蹲在烧烤店门口的炉子边，端着酒，边喝边疯狂地给各个前男友打电话，大颗大颗的泪珠滚到了手中的扎啤杯里。

有人说过，没有在深夜痛哭过的人不足以谈人生。在济南，那十年的回民小区，就像一个人最宝贵的十年时光，每一次痛哭都在人生中弥足珍贵。

再后来，回民小区就没那么火了。当年有个未经考证的流行说法，在回民小区烤串，一个夏天就能挣一辆奥迪。或许是因为奥迪挣得太多，回民小区已经停不下了。也或许是因为烤串在济南遍地开花，想要独占鳌头确实没那么容易。总之，再撸扦子，那里已不再是上上签。

就像是互联网时代目不暇接的变迁，济南的烤串也在跨越式发展，"创城"之前，几乎所有的小区附近都有烤串，几乎所有夜宵都卖烤串。因此，对于专门的烧烤店来说，肉好是基本要求，特色是必备条件，二者兼备才有火的可能。

从特色上说，斜马路南头的老王家烧烤，烤小白腰一绝。那里的小白腰是把羊白腰切碎，串成小串来烤，无任何腥臊之味，口感嫩滑，入口奇香。现在已经搬走。玉函路北头那边，有家"原机床二厂烧烤"，鱿鱼烤得极佳，尤其是鱿鱼头，酱味十足，甜咸适口，不知道是否还在。从二七新村搬到南外环的鑫旺烧烤，大串烤得鲜嫩入味，其规模在济南也数一数二，每到夏天，满院都是人，服务员人手一台点菜机，在人群中"吃豆人"一样穿梭，场面颇为壮观，不过这两年我很少去，对规模太大的烧烤，我一直保持味觉上的警惕。

这几年，以环境取胜的烧烤也开始兴起。价格相对高些，却还不至于不能接受，毕竟，这样的环境给烤串这种"水浒传"的生活方式加点"红楼梦"的情调，也是一件好事。但不管是什么环境，我一直固执地认为，吃烤串必须要露天。

在天空和大地之间，我们一会儿冲左，一会儿向右，一会儿昂首，一会儿低头，溅出的火星就是天上的火星，撸出的金星就是天上的金星。

在济南，烤串改变了很多饭店的形态，甚至连别的行业也奋勇加入了烤串大军。我小区路口的洗车店，原本生意平平，突然有一天，挂出一条大红横幅，宣布白天洗车，晚上烤串，开业期间，扎啤免费。这一下就了不得，每到黄昏，洗车的空地上水还没干，就摆上了一张张桌子，一会儿工夫，便坐满了撸串的人。洗车和烤串虽然完全是两回事，但他们的洗车业务很有可能因烤串而增加，比如我有一次吃完，觉得味道不错，结账时顺便办了张洗车卡。

数年前，在玉函路北口发现一家店，名叫"牛阵"，顿时不明觉厉，猜测或与战国名将田单的火牛阵有些牵连，立刻去吃了一次，主要是红烧的牛尾和牛排，似乎也没多少顾客。后来，突然有一天，再被朋友拉去，发现门口已停不下车，里面人山人海，那时，他们的特色已经改成了烤串。

曾和牛阵的董事长一起聊过，他说当初做牛肉时十分辛苦，两口子晚上睡觉都是生牛肉的味道。他压根没想到，自己的命运会因烧烤改变。

在济南，一起吃过饭，不过是泛泛之交，一起撸过串，则显得更加亲密。撸串往往有两种形式：一是直接去；二是共同喝完第一场，再去撸串。即使是第二种，也说明第一场大家相处融洽，意犹未尽，才有继续撸串之可能，才有友情延续之可能。"八拜之交"在济南应加"一拜"，撸串之交。事实上，俞伯牙、钟子期的"知音"也罢，羊角哀、左伯桃的"舍命"也好，甚至是孔融和祢衡的"忘年"，搁今天，都可从撸串开始。

烤串本身也是"烤"验。通过吃烤串，不同的表现，能显露出人不同的性格。如挑出肥肉不吃的，多挑剔；每吃一串必擦扦子尖的，办事仔细；主动为别人分发串的，会照顾人；最后数扦子时上厕所的，多小气；请客的人生怕串不够，没吃完就拼命加串的，说明热情厚道；反之，不管上了什么串，不问别人，拼命说不要不要不要的，这样的人也没有什么再交往的必要了。

数年前，有个小老板找我写剧本，其人一脸屠夫相，猪颈熊腰，说话粗声大气，貌似豪爽，非请我吃串谈事，我一再推托不过，只好和他来到一个烧烤摊。刚坐下，没吃三五串，他就开始什么也不要了，不管烤串的伙计问什么，一概摆手，就和我嗑着毛豆花生清谈。一会儿，烤串的伙计趁其不备，从他身后过来，拿着一把烤好的串，往我们桌子上一放，转身就走，被他大声呵斥："干么这是？干么这是？"接着从桌子上抄起来，猛冲过去，不顾烫手，硬是塞给了那个伙计。

　　看着他如此矫捷的身手，目瞪口呆的我心想，这个剧本还是别写了，想从他身上挣钱，无异于火中取铁扦。

　　我爱吃烤串，有一个重要原因，就是对其加工过程的迷恋：把一块完整的肉用刀分割成细碎的小块，穿在铁扦上烤熟，每个人吃的看起来似乎都相同，其实每根铁扦上那几块肉肯定都来自不同的部位，世界上没有任何一串羊肉串可以在部位、大小和排列顺序上完全相同。人的命运和羊肉串在形式上是那么相似，分割、串好、烧烤，等待时光来一口一口把我们"吃掉"。

早安，济南

发现一家卖早餐的小店，离家不远，沿街，一间门头，深进去两间半房子，门口支着大油锅，炸油条，还有鸡蛋包。鸡蛋包的皮格外薄长、酥而不焦，瓤尤其柔软，鸡蛋卧在里面，鲜嫩无比。类似风格，之前我只在冠县吃过，冠县称之为鸡蛋荷包，更长，能包三四个鸡蛋。

我越吃，越自信，问老板，你们是聊城人？老板说：济宁。

之前吃鸡蛋包，我常去赵家甜沫，也在家附近，隔两三条街，挨着便宜坊。那里甜沫口味重，适合泡油条。卖油条的是一个老头，可能和常年低头炸东西有关，背微驼，嗓门很大，说话像喊，底气足。

前年，去给他拍了条片子，再去吃非不收钱，我每次硬生生扫码付了，他非给多加上几根油条，甜沫刚喝完，正擦嘴，眼前突然出现一个大铁勺子，不由分说，又给盛满了。所以，越来越不好意思去，实在想吃，就戴着头盔，不掀盖，买好，

伸个懒腰，早安

扭头走。

我一直以为老头是济南土著，后来才知道，他是聊城人。

聊城也有甜沫，和济南一个叫法。老济南解释甜沫其实是"添么"，就是往里添各种内容：红豆、黑豆、花生、豆腐皮切成的细丝等。但如今"添"的过程已消失，煮好，就"添"好了。聊城的甜沫不同，舀到碗里，最后还添一勺芝麻花生碎，似乎是为了提醒甜沫不忘初心。

早晨，吃赵家甜沫的人很多，不乏远道慕名而来者。时不时看到一个本地人，带着一个外地人进来，边吃边阐述美食都藏在小破店的道理，越难找，越不难吃。我倒不这么觉得，但一家小店经营多年，必有过人之处。

一个地方有名的早餐，通常都比较"硬"，如太原的"头脑"，粥里是大块的羊肉。

过去干体力活的人多，顶饱最管用，现在吃则略"顶"，偶尔来一次尚可。比如甸柳小区里的王虎子大饼，饼名副其实地"大"，卷上大块酱肉，再加上卤鸡蛋、辣椒、豆腐，一张饼吃下去，晚上才有饿意。其实，如果改成小饼，销量还会更多，但这种建议我没法提，老板不管顾客说什么，都能怼回去，颇有郭德纲曾经的搭档张文顺先生风范。

现在，我偶尔过去，主要是为了听相声。当初队伍排得长，特别热闹，现在似乎没那么多人了，反觉得有些遗憾。

济南排队最长的早餐，有张家油条，还有侯记煎饼果子。张家油条我去过一次，印象不深。侯记煎饼果子则再熟悉不过，他们换过几个地方，都在千佛山西路附近，两口子每天分两个鏊子同时做，每个鏊子前面排一队，我每次去买，都能感受到比鏊子还热的热情。原本已经卷好了油条，刷好了酱，突然停下来，顺手从旁边的肉夹馍的锅里挖一大勺子肉，卷了进去。

可能没几个人吃过我这种"侯记王虎子煎饼果子"，早晨吃完，第二天都不饿。

"侯记"的两口子是单县人，老乡，也是朋友，在济南守着鏊子这么多年，不容易。有一年，旁边一家小店羡慕他们的生意，店主喝多了来闹事，又是摔盆又是在门口撒尿，我得知后，十分气愤，去"侯记"找他们两口子问询，他们说那人已知错，还签了保证书。

原本，有些早餐，是没有那么多人排队的。比如回民小区的黄老太牛肉烧饼，最初我去，恰恰是因为排队少，不像七里山菜市场那家，若赶到周末早晨，排队买回来，只能当午饭。后来有一天，我去黄老太，发现排了上百米的队，觉得有些疑惑，就去回民小区里面，随便换一家，只要是烧饼现烤，肉现剁，就差不许多。

画家刘明雷给我推荐过一家牛肉烧饼，在党家庄，去长清时，在那里买过几次，叫阿穆火烧，人少，肉多，好像比别家还便宜一两块钱。这两年再去，也要排队，看来，路远地偏，也阻挡不了食欲满满。

寻觅济南的特色早餐，去老一点的小区，总会有惊喜。三职专旁边，就有几家卖甜沫的小摊，应该不错，我专门去过两三次，八点多钟，没排队，因为都卖光了。旁边有家卖糖果子的，类似放了糖的油条，名气很大，证明油条可咸可甜。

前几天，那家济宁人干的早餐店也排起了长队，老板说，只要鸡蛋包的话，不用等，我就要了个鸡蛋包。旁边一女士发现这一诀窍，也给老板说要鸡蛋包。

那天的鸡蛋包特别香，比冠县的鸡蛋荷包还香。我一边吃，一边听他们问老板，为啥今天炸得这么慢。老板很无奈，说煤气阀门坏了，漏气，不敢开大火，已经派人去买阀门了，还没回来。

我一边吃鸡蛋包，一边用余光去瞟，漏气的煤气罐离我只有一步之遥。

那天的鸡蛋包特别香，我吃得特别快。

喝二场

　　我的酒量，喝一场问题不大，二场，基本上喝多了才去，去了更喝多。

　　早年间还好，至少有喝二场的勇气。有一年，第一次去西宁，和一桌老乡轮番喝了几圈，青稞酒性烈，二场去唱歌，我非要点《回到拉萨》，唱了一半才想起来自己在青海，而不是西藏，后面的高音就没上去。

　　西宁的老乡，有一位我高中同学，他当年喝两瓶啤酒，就在马路边吐，一手扶花坛栏杆，一手按柏油马路，我在后面拍他的背。到西宁工作之后，他的酒量大涨。第二天一早，他开车来酒店拉我去青海湖。我一路迷迷糊糊，到湖边，感觉像是第三场，面对一望无际的大酒杯，在眼前晃啊晃，没喝，就晕了。

　　有的人天生能喝二场，比如三哥。可能是灰姑娘酒吧的锻炼，第一场喝不了一个小时，就满面通红，要去找沙发躺着；

只需再过半小时，就满血复活，必须去喝二场，然后打开手机，要放各种音乐，有阵子，喜欢放北野武的《浅草小子》，最近又改成《漠河舞厅》了。

三哥的二场，最爱去"城市之鸟"，那是东波开的酒吧，只卖红酒。东波收藏了一屋子红酒，各个年份的都有。我第一次去时，他带我看，我看不懂，更喝不明白，后来也去过几次他那里，每次去时，都喝多了，也不知道喝的什么酒，反正很顺口。

东波天天喝酒，但第一场基本不喝，二场才开始，开一瓶红酒，慢慢品。前阵子他和三哥去我老家县城，一场在侯集吃烤全羊，二场去马老四喝拉面，回到酒店已经接近夜里12点。他从后备箱又拿出瓶红酒，和三哥去房间喝到凌晨3点，天亮后回济南，人没事，车打不着火了。

我二场去添水居的次数挺多，主要是那里一场老排队，单间不提前两三天订不到。我查了下和添水居老板的聊天记录，"二场"这个关键词出现得特别频繁。他还做过一个梦，梦见我带着特朗普和他的家人去喝二场，特朗普没喝多大会儿，就躺一边地上了。特朗普的媳妇对炒鸡赞不绝口，每一块鸡肉都啃得干干净净。

这个梦，他做得也有年头了。

和一场比起来，二场要更纯粹一些。一场，很多都是应酬，大局为重，应付过去即可。二场，则是主动选择，喝得投缘，才有二场。想想人生也如此，一场的朋友，剩下来一起去二场的，不过寥寥几人。

　　二场，也是一种考验。考验的不光是酒量，还有精力和感情。多年前，我认识一个做生意的朋友，一场怎么喝都可以，从来不去二场，硬拽过去，也一口不喝，上厕所的工夫就不见了人。如此的理性，让人敬畏，或许，做生意，就需要如此的理性。我不会做生意，喝酒，大体还算理性。有几个尤其感性的朋友，都只是在二场相见，不管喝到什么程度，更不管路有多远，一句"等着"，就杀了过来，不由分说，喝上一气，二场下来，我往往如同做了一场梦。

　　济南这座城市，还是适合二场的。我敬佩的老大哥崔总，曾是《济南时报》创刊时的总编，当年在新闻界叱咤风云。有一次，他去北京出差，感慨，北京太大了，晚上没法赶二场。

　　我在北京倒也赶过二场，去北新桥，那个二十四小时营业的地方吃卤煮，其实，那里的卤煮并不算好，但北京的一场太累，二场太晚，能有个地方，吃一碗热乎的杂碎，被安慰的，不光是身体，还有灵魂。

　　地方越小，越容易去二场，一场就像那个很小的地方，根本容不下人们的宣泄和表达，只有到了二场，才发现还有该说的话没有说，该喝的酒没有喝。二场喝得太多，多到第二天绝不想再喝；说得也太多，多到第二天只想沉默，甚至想一直沉默下去。

　　有个朋友，一个经历过人间悲苦的漂亮姑娘，有二场的酒量，却从不去二场，因为她喝多了就爱哭。她说，我要去二场，只能到火葬场，随便哭一会儿拉倒。

总有人排队的路边店

不管哪个城市，总有几家路边店，永远是有人在排队的。

排队的多是小店，正经八百地小，面积小，门脸小，卖的也是小吃。有的甚至连小店也不是，只是一个小摊，有半间小门脸，或一辆小推车。别看小，食材、锅灶都是全的，老板兼厨师，也兼服务员、收银员。收银台甚至只是一个纸盒子，里面有整有零，让客人自己往里放，自己找零，老板不沾手，眼皮子都不抬，其实既省了自己的事，又显得对顾客信任。这两年纸盒子基本都退役了，改成二维码，顾客拿出手机，扫好了，确定，那边就传出一个声音：支付到账××元……女声，娇滴滴的，很像林志玲。

晨起就排队的小店，卖的自然是早点；晌午排队的小店，卖的肯定是快餐；黄昏时分排队的，多半是卖熟食。排队的人睡眼蒙眬，又望眼欲穿，脸上都写着如饥似渴，更准确地说，是名副其实的饥渴，又饥又渴，又实在不愿凑合，只得一个个伸长了脖子等着，一不小心，就踩掉了前人的鞋后跟。

在济南，我是经常去排队的。比如去电视台录节目，就去侯记煎饼果子排队。做煎饼果子的一对夫妻，每人守着一个冒着热气的铁鏊子，双手在上面翻飞不止，浇面，摊饼，打蛋，裹油条或馓子，一气呵成，动作娴熟无比。整个过程中，口中还念念有词，像是自言自语，又像是为排队的人加油鼓劲：一二三，翻过来，好啦！

这家店最早是在千西市场，后来市场没了，就搬到了市博物馆旁边，再后来又在附近换了个地方。因为他们在济南颇有名气，有不少地方愿意提供极其优惠的条件，请他们入驻，都被其拒绝了。他们在这边待了几十年，总觉得还是这附近好。

或许，离了电视塔的辐射，他们煎饼果子的面就不能如此松软？没有博物馆的文物，就少了一种美食的历史积淀？

在那里排队，常遇到熟人。有一次我排了将近半小时队，买了四个煎饼果子，一出门，看见队伍已从屋里排到了路边，从人行道排到了快车道，队末站着一位老朋友，刚从千佛山跑完步过来，正满面惆怅地站着，和半小时前的我一样。我笑着塞给她一个，说别客气。虽然只是一个煎饼果子，却让我生出一种行侠仗义的豪迈。还有一次，我遇到一位女作家，至少有五六年未见过，她面色很差，但很开心，说自己这两年一直在做化疗，没想到在这里遇上。那次我们一起在旁边喝了碗胡辣汤，还加了微信，没再联系。两三个月后，她姐姐用她的微信发来一条消息，说她已经走了，感谢所有一直关心她的人。

　　排队也是一件能让人产生成就感的事。在拿到食物那一刻，精神上可升华。另外，排队本身，也从时间上保证了食物的美味。比如牛肉烧饼，只有排队，才能等到刚从炉子中烤出的烧饼，用刀在烧饼上豁出一张嘴来，打呵欠一样冒着热气，再把肥瘦混在一起剁成酱的牛肉用刀顺进去，若接着咬上一口，酥得烫嘴，香得粘嘴。

　　过去，我常吃回民小区北大寺边上的黄老太牛肉烧饼，排队时间不用太长，却始终有人排。七里山农贸市场也有一家，排队的人太多了，味道却并没有那么惊艳，有时会让人怀疑是卖烧饼的故意放慢了速度，好保持一个好看的队形。若在足球赛场上，这样拖延时间是可以吃黄牌的，但为了吃烧饼，人们也只能忍着。

　　排队，说明许多人对美食有发自口腹的追求，但并非排队买到的食物就有多么好。有些店开业时，是会雇人排队的。尤其是一些连锁店，主要为了忽悠人加盟。原本并无名声，刚一开业，队伍就排老长，这只能是一时。前阵子我就发现有一家"草鸡蛋糕"店，下着雨还排很长的队，排队的人是不是托儿我不敢说，单看这家店的名字，在济南，是很容易就"草鸡"了的。

　　大多数能让人排队的小吃，也只能说明质量还算稳定，口味保持中上。其中还有一个关键原因——便宜实惠。这是必不可少的条件，否则绝不可能。像簋街那些又贵又排队的龙虾店，也只能开在北京。二三线的城市，龙虾店要一个个排着队等客人来吃。像我常去的添水居龙虾坊，即便天天客满，排队也不过两三桌。不是没有耐心，而是在吃上，人们并不需要太多发朋友圈用的虚荣心。

所以，排队的小吃店若要提价，须谨慎着来，不像房产，每平方米涨个三两千，好卖的依然好卖。小吃涨个一两块，排队的人数就会骤减。孟家扒蹄门口也曾天天排长队，现在虽然也卖得不错，但基本上到了不用等，掏钱就能买，老规矩没变，猪蹄和排骨不能挑，分装在塑料袋里，一袋大概七八十块钱，两个猪蹄或三四块大小不一的排骨，我每次称完就走，也不知道每斤现在涨了多少。

小吃提价是有技巧的。比如猪肉贵了，肉夹馍的肉可以先适当减少，坚持几天，突然增量，同时涨价。过些天猪肉便宜了，自然不需再降价，涨上去的价就算是挺下来了。

这种套路和涨油价也差不多。只是油价会偶尔便宜一点，然后再涨，而肉夹馍不会。肉夹馍会在涨价时多加肉，油价也不会。股市则恰恰相反，涨一点，再使劲跌，不行了再涨一指头，接着跌一跟头，依然有人排队进场，眼红若兔，脸绿如韭。

在济南，夜宵也有不少排队的，尤其是前几年。一些有名的把子肉摊，我眼睁睁看着摊前的队伍越来越长，长到让人望而生畏，却又不能望梅止渴，只能望着，排着，流着口水等着。

印象最深刻的，是经七纬二路口那家老兵把子肉，这边队伍排老长，旁边则是跳广场舞的人们，也排着队，后面的人把手放在前面的人肩上，步伐缓慢地转圈，在昏暗的灯光中，仿佛穿越到某部丧尸主题的电影中。现如今，老兵有了很多分店，排队最长的把子肉摊，已经改成五岳庙了，有一种"江山代有才人出"的感叹。

各个排队的地方，各个长长的队伍里，总时不时冒出一两个不甘于排队的人。他们会想办法取个巧，找个空，插到前面去。我每次遇到，都会义正词严地阻止，有的人会狡辩，有的人会装可怜，一副要赶飞机的样子。还有人会恼羞成怒，说自己就是排到这里来的。有一次买羊肉大包子，排到我的时候，旁边趁乱横过来一个年轻人，要伸手抢先。我说你没看见排队吗。他说我就是先占个空儿，你买完了我再买。我看着他激动的样子，就没再理会，反正，我从不插队，谁也不要在我前面插队，或许，我只能做到这一点。

有一些插队倒是可以理解的。比如槐荫广场旁边有家炸鸡店，每天傍晚都有很多人排队。排队的人里，最多的是想买炸鸡腿，没有鸡腿了，就要整鸡。店里还有炸鸭子和一些别的熟食，基本无人问津。有一天我排了二十分钟，正巧买了最后一只炸鸡，接下来的人要等下一锅炸出来才行。老板给我称炸鸡时，有名中年男子实在忍不住，从一侧冲上来喊："鸭子不用排队是吧？"老板没理他。他继续喊："鸭子不用排队是吧？"连喊了四五遍："鸭子不用排队是吧？"

我心里忍不住乐，看了一眼这名中年男子，心想：你也不太像啊。

人这一生，就是从排队开始的。在妇产科排着队检查、

小吃店前排队的人们

拍片子、分娩，排着队啼哭，排着
队打针，排着队上学，排着队吃饭，
排着队上厕所，不知不觉，头发也
排着队白了，就像一位诗人写的：

　　皱纹像波浪追赶着，喃喃着
　　有一天，所有的欢乐与悲伤
　　排着队去远方

烤地瓜

前些天，问起中国女排的济南姑娘王梦洁最惦记家里的哪种美食，她说，烤地瓜。

二十年前，刚到济南读书时，班里同学聚一起，聊各自家乡美食，保准热闹。那些自己从未去过的地方，从未见过的美食，让彼此在唾液的分泌中迅速拉近了距离。莱芜的香肠、泰安的煎饼、潍坊的朝天锅和肉火烧，谈笑间，竟恍惚起来，让人从一群少年的脸上第一次看到了乡愁。

这一点，家本来就在济南的同学是难以感受的。一次，大家问一名济南同学此处有何名吃时，他皱下眉头，想了想，又似乎漫不经心地说：烤地瓜吧。

后来我才知道，相当一部分济南人认为，烤地瓜是济南名吃。确实，在济南随处可见的烤地瓜炉子旁边，常摆上个写有"济南名吃"的牌子，但这并没有多少说服力，连字体也歪歪扭扭。事实上，在中国辽阔的土地上，有人处，必有地瓜；有地瓜处，必有烤地瓜，根本不可能划到"济南名吃"里去。

只能说，生活在济南的济南人常有些略高的自信，当然，这也是他们的可爱之处。

冬天，许多城市都飘着烤地瓜的香气，即便人们戴着口罩，烤地瓜的香气依然钻人鼻孔，袭人心肺，勾人魂魄。

这种香气来自于地瓜表层散发的焦糖香。煮和蒸都带不来，唯有烤，才能把地瓜里的淀粉酶通过温度梯度由内到外递增，最终产生了美拉德反应。所以，烤地瓜越靠皮的部分越甜，闻着甚至比吃着还要香。

《围城》中，钱锺书把烤地瓜比喻成偷情："像中国谚语里的私情男女，'偷着不如偷不着'，香味比滋味好；你闻的时候，觉得非吃不可，真到嘴，也不过尔尔。"

看来钱先生是不太爱吃烤地瓜的，但一定也吃过一些。

其实，烤地瓜有一种最常见的吃法，就是边走边吃。严寒时节，手里捧着一个热乎乎的地瓜，既能暖手，也能暖胃，就着点西北风，吃完后顺出股热气，从上至下排出体外，这一点，别的食物难有此效。

我小时候，在县城吃的烤地瓜分两种：一种称"焦黄的"，一种称"干面的"。顾名思义，"焦黄的"是黄心，烤出来揭了皮，瓤黄得发红，吃起来格外甜。"干面的"个头大，烤熟了，掰开，里面是白色的瓤，吃起来没有那么甜，还有点噎得慌。所以，"焦黄的"卖得较多，以至于后来，"干面的"越来越少见，现在似乎已绝迹。偶尔回想起来，其实"干面的"吃完之后，有回甘，甜得细致，而"焦黄的"虽然甜香无比，却稍微腻了一点。

钱先生吃的，应是"焦黄的"烤地瓜。

其实，我吃得最多的一家烤地瓜，还真是在济南。我的大学校门口，有个烤地瓜的大姐，四十多岁，眼睛很大，眼窝凸起，脸微皱，黑里透红，身体有些臃肿，总是穿着一件厚厚的格子棉服，上面沾着黑色的炉灰。从我第一次到济南，她就在那里，手拿一根火钩，守在汽油桶改造的炉子旁边。一直到毕业，这期间，我不知道吃了多少次她烤的地瓜。

那时候烤地瓜可做零食，也可做主餐。不愿吃饭了，就买块大个头儿的充饥；没到饭点便饿了，就买块小的垫垫。不管大小，烤地瓜的大姐都十分热情，尤其是一对情侣过去，她会一边夸奖男的帅女的漂亮，一边往秤上啪啪扔上两个又帅又漂亮的地瓜，不用说，也会一大一小，特别般配。这时，情侣的笑容也像烤地瓜一样甜蜜。

烤地瓜的大姐善聊，且记忆力惊人，不光知道我们在这里上学，什么系什么专业也大都能说出一二，吃她烤地瓜的学生毕业了一茬又来一茬，她竟然还能记得。我离开学校快有十年的时候，有一次路过，问她认识我吗，她一边淡定地从炉子里钩出一个烤地瓜，一边说："你啊？过去不就在这儿上学嘛！"

或许，在她眼里，我们与学校的关系，就如同地瓜和炉子，先把地瓜洗净码好，放进去，围成一圈，出来，就成了烤地瓜。

人上学，要考。地瓜要变成烤地瓜，也要烤。烤好了，就变成好吃的烤地瓜；烤不好，会变成不好吃的烤地瓜。

　　小时候自己也在家烤过地瓜。用煤球炉子，把地瓜从掏炉灰的地方塞进去，烤好了，用掏炉灰的钩子钩出来。这看似简单，其实没那么容易，地瓜大小不一，烤的时间长短很难预测，尤其不能性急，没到时间就把地瓜扒出来，就等于前功尽弃。没烤熟的地瓜即使再放进去，也很难再烤好，最终吃起来还是半生不熟。大人们管这样的烤地瓜叫"气死了"，就是地瓜"被人给气死，所以再烤也不熟的意思"。但"气死了"的地瓜也不能扔，所以，我吃过很多"气死了"的地瓜，当然，那些地瓜都是被我活活"气死了"的。

　　我不知道那个烤地瓜的大姐是否也烤出过"气死了"的地瓜，如今她应该已经不在那里卖烤地瓜了，我的大学也和济南很多大学一样，从文化东路搬到了长清区的山谷里。但我觉得，那么多年，烤地瓜的大姐见证了无数人的青葱岁月，其中，一定有不少人还没来得及成熟就已经荒废，同"气死了"的地瓜无二。

板面故事

不知从何时起，济南的大街上，有了好多卖板面的小摊。

看招牌，才知道，安徽有这样一种食物。我去过多次安徽，但大都在皖南，未曾注意到有卖板面的。据说，板面的发源地在皖北，因为要把面和成团，揉搓成面棒，在案板上摔成面条，故此得名。

我喜欢这样直接的命名方式，照此类推，面团若在画板上摔，就是画面；在操场上摔，就是场面；在门上摔，就是门面；在局长办公室摔，就是局面。

摔好的板面要和青菜一起下锅里，煮好，捞出来，浇臊子。板面的臊子用羊肉，切成小方块，泡在漂浮着一层辣椒油的肉汤里，连辣椒一起浇在面上，像给新娘蒙上一层红盖头。

板面从皖南到了济南，做法基本上也是这样，只是把羊肉换成牛肉，有的地方还会浇上一些豆腐干，或者黄豆，配一些可以挑选的菜，如海带或者卤蛋，内容丰盛而又杂乱，没有特别好吃，倒也能充饥。

板面挡饥，抗饿，又便宜，所以在济南的各个小摊上，去吃的人形形色色。

离我家最近的农贸市场有一处板面小摊。每天早晨，都会有三五名年轻人过来，他们穿着某空调厂家的制服，一边吃面，一边接电话，落实接下来要去的地址。到了中午，又会有七八位泥水匠过来，他们都要最大的碗，就着板面，再去旁边买两个莱芜烧饼大嚼。这时也放学了，一群群穿着校服的初中生从旁边拥来，你一言我一语，围在下板面的锅边，沸腾的水中翻滚着的面条，突然也生机勃勃起来。

我一年去那里吃不了两次，都是实在没什么想吃的，又没时间做，才去混个饱。老家管这种吃饭方式叫"过过饭时"，意思是到了吃饭时间了，凑合填填肚子，算是把规定的吃饭时间混过去。

一日三餐，人怎么可能顿顿都吃自己喜爱的美味呢？大部分人的大部分时候，吃饭都是在"过过饭时"。不吃饭，也是在过过时间。再挑剔的人，也不可能每顿饭都称心；再幸福的人，也不可能每一天都如意。

这几年，去那里吃板面时，发现坐在地摊上的人也在渐渐变化。有时候，会来几个胳膊上刺着花绣的人，他们吃面时低着头，默默不语，后脑勺上凸出的青筋微微颤动，吃完后点上一支烟，彼此聊两句去哪里要债的事，然后起身离开。还有时候，会来很多西服革履的年轻人，脖子上挂着塑料工作证，不用看，就知道是附近房产中介的，他们一个个信心十足，板面也吃得有声有色，格外带劲。

所以，我每次去，都尽量避开饭点。总觉得，像我这样虚度光阴的人是没有资格去吃板面的。

我最早吃板面，还在报社工作，单位边上有一条被多次曝光的"肝炎一条街"，常年散发着地沟油的气息。尽管如此，大部分情况下，我也只能选择去那里觅食，把这条街从北吃到南，从南吃到北，从白吃到黑，很多小贩都认识我，但不知道我是谁。

我在那条街混迹十年，尽管很少和人交流，也自来熟到了不带钱也可以在小摊上吃几天的程度。有一次忘带钱包，去买烟，卖烟的小姑娘不光让我把烟拿走，还非要借给我饭钱。我推托半天，她还是把一张钞票和烟一起硬生生塞到我手里，想起来真让人感动。

那家卖板面的位于街中间，路西，是一对年轻的夫妇，领着四五岁的女儿。男人下面条，女人端碗、收钱。他们每天卖板面时，女儿就在一边做作业。我第一次去吃板面时，就是这样的状态，后来女人的肚子一天天大起来，挺着大肚子端碗、收钱。终于有一天，女人不见了，下面条、端碗和收钱全是这个男人自己干，天天忙得不亦乐乎，却一脸兴奋。又过了半年，女人出来了，端碗、收钱，在他们的小摊一角，除了做作业的女儿，还多了一辆婴儿车，上面坐着一个经常哇哇哭的男娃。

那时候二孩政策还没有放开，不得不佩服，卖板面的小两口比大多数人有超前意识。

在那里吃板面时会遇上同事，印象最深刻的一次是碰到了广告部的主任。在这之前，我们就算是吃饭，也都是在酒桌上偶尔遇到的，没想到还能在板面摊狭路相逢。他身材很胖，我有点怀疑他能否在马扎上坐下来，所以，当看到他娴熟地坐好，说"多放辣椒"时，在我心目中，他的形象一下亲切起来。

我离开报社之后，没两年，他就去世了，头一天还来上班，第二天心脏病突发，猝然而卒。我知道，他平常心脏就不好，爱着急，经常看到他开会时急得满头大汗，唯一见他满头大汗而不是因为着急，就是那次吃板面。

我当初决定辞职，其实是发现自己丧失了上班的能力。朝九晚五地去投入到和自己的爱好毫无关系的事上，会让人退化。那时候传统媒体的日子还过得去，我平均每天要参加三到五个会，经常开得迷迷糊糊，有一次，听领导说不能卖版面，我吓了一跳，以为要取缔卖板面的小摊，醒过神来，才意识到领导是在传达新闻纪律，不由得长出了一口气。

至今为止，我也没有吃到过正宗的板面，但我觉得既然有那么多卖板面的，说明板面有着强劲的生命力，它成不了兰州牛肉面、重庆小面、武汉热干面这样的经典，但在经典之外，口腹其实有着更多的需求。最基本的，就有可能成为最长久的。

像黄焖鸡一样
生生不息

　　凡有些见识的吃客，对街边随处可见的黄焖鸡小店必定是不屑一顾的。他们可上星级酒店，也可下老字号饭馆，甚至去大街小巷转着圈蹲地摊，以示对美味的执着，对舌尖的膜拜。但他们通常不可能到一家黄焖鸡小店，就算进去，也不会拿出手机，对着煲里热气腾腾的黄焖鸡拍照，除非是发现了一只苍蝇。

　　但这阻挡不了黄焖鸡的店越来越多，名声越来越大。没有美食纪录片来拍，没有美食家力捧，点评网上也没有太多好评，但这几年工夫，在雄鸡状的中国地图上，黄焖鸡无处不在，从济南出发，雄赳赳气昂昂，甚至都跨过鸭绿江，飞过太平洋，让人感慨：莫愁前路无只鸡，天下处处黄焖鸡。

　　最初，我也是不以为意的。原本，黄焖鸡作为鲁菜中一道名气普通的菜，和葱烧海参、九转大肠等没法相提并论，想追溯出些野史，也不容易。我看过一些类似韩复榘爱吃黄焖鸡的传说，应是牵强附会，就像朱元璋要饭，乾隆南巡，慈禧西逃一样，都不小心成了各种小吃的形象代言人。黄焖鸡使劲翻家谱，才到了民国，足以说明其历史并不悠久，也侧证了山东人还是老实。

我在由济南市饮食公司厨师学校 1973 年编写的《济南菜谱》上查到了黄焖鸡，在鸡类做法上排第一。介绍说先将雏鸡剁去嘴爪，剔去大骨，剁成两三厘米长宽的鸡块，再把油烧六成热放白糖炒汁再放甜酱，然后放葱姜和鸡块煸透，倒酱油，加高汤、南酒，开锅后撇沫，加盖用微火炖至八成烂，换中火煨，把汁色都挂在鸡块上……最后做出来，特点是：色泽红亮，香嫩味美。

这种做法的黄焖鸡，之前的很多鲁菜店都有。大概二十年前，济南开了家专门做黄焖鸡的小馆子，基本上也是如此，只不过"红亮"成了"黄亮"，其酱味和甜味拿捏得好，汤汁尤其下饭。那家馆子在朝山街那边，要进胡同拐几个弯，门脸狭小，面积逼仄，服务态度恶劣，但客人每天都爆满。后来搬到了新地方，我再去，感觉生意差了很多，没变的，是味道和老板的脾气。

所以，当初刚看到路边的黄焖鸡小店时，我还以为是那家店的分店，至少也是类似的做法，就凑热闹去吃了两次，发现区别很大，完全不是一种做法，偏辣偏咸，没多少留恋之处，就一直没有再去。有一天，有朋友从北京来，聊美食不亦乐乎，他竟上来就说："济南的黄焖鸡应该是第一吧！能否请我去吃正宗的黄焖鸡？"我一时惊诧，不知如何作答。

原来济南不知不觉间，竟成了闻名遐迩的黄焖鸡圣地！在鲁菜被川菜、粤菜远远甩开距离的今天，从齐鲁大地走出的黄焖鸡，让多少刺参枯萎、腰花凋谢、里脊干枯、鲤鱼跳入卷帘门啊。

其实，就算是鸡的做法，在山东也是丰富的。比如德州扒鸡、临沂炒鸡、菏泽烧鸡、枣庄辣子鸡等，各有千秋，都是鸡中之美味。济南南部山区的炒鸡也好吃极了，但现今比起黄焖鸡在国人心中之地位，恐怕也只有借高铁和专卖店之便的德州扒鸡可以 PK 一下，其余都只有被秒杀的份，正所谓：鸡鸡复鸡鸡，还是黄焖鸡。

难道是黄焖鸡的水平一直在提高吗？存疑中。这些年，我又去了不少连锁店吃黄焖鸡，发现还是老样子，谈不上多好吃，却也不是不能下咽，吃完了没什么余香勾魂。但当你一个人急着吃饭，发现在各种快餐里，其实黄焖鸡也是个不错的选择：店随处皆是，进去不用等多久，一个煲里有肉有菜，不会十分肥腻，也不会过于寡淡，基本的口腹之欲得到了解决，仅仅如此。

但是，仅仅如此，也许就够了。

有一年，我去拉萨，在那里住一周，藏餐吃得胃里难受，就从手机里找外卖，发现有济南黄焖鸡，立刻点了一份，等小哥送来，打开，一闻到熟悉的味道，原本稀薄的空气仿佛一下就不缺氧了。

我想，黄焖鸡在告诉我们一个道理：美食未必要多美，关键是易食。与其在挑剔中浪费时间，不如随便吃点把肚子填饱。毕竟，有钱又有闲的人是少数，大部分人的大部分人生，也就是吃个凑合，简简单单；活个凑合，糊里糊涂。

年轻时惧怕平庸，殊不知平庸其实是一种好的福气。只要可以平庸得心甘情愿，就会有幸福感源源不断，就像生生不息的黄焖鸡。

泉城路每天上下班的人们

吃盒饭

　　江湖传闻，糖醋鲤鱼这道菜，最关键的，是最后"一声雷"。当年全国烹饪比赛，在人民大会堂，一位鲁菜大师测算好厨房和餐厅的距离，等糖醋鲤鱼出锅，盛盘，服务员端上桌的刹那，啪一声，鱼眼珠爆响。平地一声雷，鲤鱼目光碎。

　　说实话，我并不太相信这个故事。若是真，其操作难度远大于所谓各种烧活鱼，想到那种对鱼的酷刑我就下不去嘴，总觉得鱼虽然生得不伟大，但总不应该死不瞑目。不过，当初大户人家摆宴席，请来的名厨先要看餐厅的位置，再决定支灶台的地方，据说远一点，端上来，菜就缺少了锅气。如今的酒店大了也是如此，热菜端上来不够热，就不如地摊炒出来的带劲。

　　举例来说，一盘刚炒出来的土豆丝，和冷却后的味道，差异的确很大，心理感受上，也像自己嗑的瓜子和老太太嗑好了只管吃的瓜子一样。中国人一直说脍炙人口，"脍"就是细或薄的肉片，不能久存；作为烧烤，"炙"更得趁热，要不就成了残羹冷炙。有经验的济南人吃羊肉串，不会找离炉子太远的地方坐，想吃什么，在第一时间就拦住了送串的服务员。服务员转了几圈都没有送出的串，是绝对不要留的，因为，很可能有的肉都烤两遍了。

此外，济南的甜沫，老在吆喝中强调一个"烫嘴"。按说"烫嘴"没啥好的，除非有受虐癖好，但若不烫了，嘴里仿佛就缺了最重要的味道。

从这个意义上来说，盒饭其实是违背美食原理的，但很多时候又不得不吃。

其实，外卖还没有普及之前，盒饭只是一个略显虚无的概念。在周星驰的电影里，在令人向往的白领生活中，很多人忙得没有时间，只能以盒饭充饥。见他们在荧屏中吃盒饭，我还觉得羡慕，就像小时候没吃过大虾，看着方便面袋上的照片流口水一样。那时我生活的县城没有盒饭，大人们加班，可以去小饭馆吃碗清蒸羊肉，就着馒头当工作餐，或喝胡辣汤啃烧饼。不得不点外卖，也是去附近的酒店要几个菜送来，没有骑车的小哥，只有拿着木头食盒的服务员，一层层打开，菜尽管不热，但都在盘子里，绝没有塑料袋或泡沫盒的气息。

我真正吃盒饭，还是到济南之后，印象最深的，是单位旁边有家"八大马"饭店，其名字来由难以考证，但盒饭做得确实专业，肉丁、土豆丁、茄子丁，连汤汁浇在米饭上，那叫一个香，香到让人觉得不是盒饭，香到让人觉得可以把盒也吃下去。再后来，盒饭有了越来越多的选择，但从"盒"

的角度来说，我一直觉得"八大马"最具魅力，仿佛为盒饭而生，可惜如今不知去了哪里。

今天的外卖时代，几乎所有的食物都可以装到盒里，但我却对盒越来越失望了。总觉得如果能用盘，用碗，哪怕用锅来替代，都是一件大好事。我甚至想，曹操当年要斩杨修，是不是也因为"一盒酥"，换成一块或一斤，兴许杨德祖还能活下来。

吃饭是正经事，改用盒就觉得不太正经。早些年农村蹲在门口拿大碗扒拉饭的人，要换成盒，一个个都成了横店的临时演员。我想，"廉颇老矣，尚能饭否"，一定不是指盒饭，换成盒饭，恐怕廉颇也未老先衰了。

一百块钱一个的烧饼

　　孙哥吃过一百块钱一个的烧饼，在济南，铜元局前街的秦记火烧。他把车停路边，买回来，车被贴了条。

　　孙哥是老济南，过去就住这一带，这几年家搬到高新区，胃口上还适应不过来，隔三岔五就要回来买个烧饼，提一兜孟家猪蹄或排骨。他的老铁韩哥在高新区也有房子，就是不搬，没事儿就去解放桥排队买烧鸡，还有山大南路的素火烧和王妈妈炸鸡，可能是排队比较无聊，经常发一条长龙的照片过来，告诉我自己在队伍里所处的位置，有时十几，有时二十几，我数数，挺准。

　　在吃上，我最信赖中年人的口味。我的经验里，凡是餐厅装修颇有情调，里面坐的都是鲜衣怒马的年轻人，菜大多都是花架子，济南话叫"戳血儿"，原意是肉吃不到只能戳点血。而凡是一屋子油腻中年男的店，味道准保错不了，再用济南话说，吃"熨帖"了。

也不仅仅是店，小摊也是。目前，济南深夜排队最长的那家把子肉，相信品质自然会不错，但作为把子肉爱好者，让我花大半个小时去等，绝对是耗不起的。山东台一个化妆师道破天机，据他观察，在那里排队者多为情侣，谈恋爱没太多地方可去，正好一起消磨时间。

所以，我没什么机会去吃了。只好去摩肩接踵的清河苏家，熙熙攘攘的县东巷咱家，挤个热闹，吃个肥饱。

那时候很多人吃不起把子肉，去买浇汤米饭，就着块豆腐或面筋"干饭"，心想着要是当了皇帝，天天吃把子肉。只是皇帝没了，把子肉好像也变了味道。

有一天，和超意兴创始人的第三代聊起来，我没去过他们老店，但他们很早的一家分店，地址在山东省实验中学对过，我就是常客，曾连吃一个礼拜。

我在那一带工作过十年，去单位食堂不超过十次，就在外面转着圈觅食。记得有家临时用棚搭起来的小屋，同事们戏称其为玻璃房子大酒店，老板曾在某大酒店干过厨师，有几道菜炒得不错。有一年冬天，在那里酒足饭饱，出门时，阳光尤其温暖，我想，或许自己的一生就这样生活了，在单位熬到退休，也挺好的。

然而，我没有。后来发现，羊汤大概要靠熬，退休靠熬，挺难。羊汤越熬越白，人熬得，头发白，肉全皱了。

一万块钱一桌的菜，吃的是珍贵食材、高端服务；一千块钱一桌的菜，吃得是觥筹交错、气氛热烈；一百块钱一个的烧饼，虽吃得心疼，但不去吃，心更疼。

油旋传

　　油旋，乃济南如今为数不多的本土小吃。兴于文升园，火于聚丰德，后散落老街陌巷，为熟客所知，然其传统风味，食客难寻，游客难觅。

　　本人客居济南二十余载，著过颇多美食小文，唯独未曾写油旋。因其资料虽多，却重复冗杂；经营者少，且互不往来，提及往事，多各执一词，让人难以下笔。

　　另，油旋虽小，却不同于其他，它延续时间长，又传承有序，其背后，是半部济南餐饮变迁史，有波澜壮阔，亦有山重水复。油旋故事，是济南故事，它的酥脆糯软，更是城市的"软实力"。

　　为此，我历经数年，遍阅旧书故报，与诸多当事人深聊，方得此文。

　　油旋本无传，我为其作传，唯愿油旋永流传。

序

　　1956 年，沈从文以文物工作者的身份来到济南，几天时间，这座城市给他留下了很美好的印象。看着那些花木青青的小院，墙边长满霉苔，他感慨道："许多人生活一定相当静寂，不大受社会变化的风暴摇撼……"

　　在山东师范大学前身"新师范学院"的食堂，他和学生们一起挤着打饭；在群仙楼，他吃了新鲜的湖虾；在旧街的小饭堂，透过玻璃窗口，他看到成盘的烧鸡或大红灯笼辣椒；在巷口的小摊，卖豆腐脑的鼎锅热气腾腾；在趵突泉附近的一个小馆子，他吃了二十枚饺子、一碗馄饨，让他印象深刻的，是"馄饨皮之薄，和我明朝高丽纸差不多。"

　　也是这一年，作家张中行来到济南，他去了三次大观园商场，为的是吃赵家干饭铺的黄河鲤鱼和大米干饭。"三吃黄河鲤鱼"让他惦记了很久，不过，最让他难忘的还是其米饭，他认为，在他一生中吃过的米饭里排在首位，以至于几十年后依然记忆犹新。

　　遗憾的是，沈从文和张中行应该没去吃油旋。更不知道，这一年，是济南的油旋的一个重要节点。

一

　　1956 年，新中国首次举行全国食品名产展览会，许多特色美食在会上亮相，如平遥牛肉、德州扒鸡、哈尔滨大红肠等。或是为了给这次展览会做铺垫，1956 年 5 月 2 日至 31 日，济南工人俱乐部举办了"山东省著名产品及手工艺品展览会"，"山东手造"第一次全面亮相，同时在"聚丰德"设小吃部，各种名菜、小吃一一亮相。

这一年，济南也召开了全市名吃大会。其准确名称我未能查证，各种口述资料中，这次大会上，有位叫耿长银的师傅，因做油旋一举成名。

耿长银曾在济南文升园工作。作为一家光绪二十年开业的饭庄，文升园不光有鸡肉水饺、鸡丝馄饨等名小吃，《中国名菜谱·第六辑（山东）》的十八种"名点"中，文升园提供了三个菜谱。

其中，坛子肉最初是二十世纪三十年代济南凤集楼的特色，凤集楼关闭后，由其厨师带到文升园；罐儿蹄则演变成今天的孟家扒蹄；最有名的油旋也是从凤集楼带来的做法。难怪曲艺理论家、作家陶钝回忆文升园，说："这饭馆有两样好食品：油旋和坛子肉。他们的油旋又香又酥，到口就碎了。"

店主人还对陶钝夸口，让他把五个油旋叠起来，放在桌子上，一拳猛击，如果有一个不碎，而是压扁了，就不用付钱。陶钝没有试，他用筷子敲一个碎一个，所以"不用拳击，就信服了。"

从文升园出来的耿长银，一度在北洋大戏院附近开了间油旋铺，这次大会后，他被调进聚丰德。

二

今天的聚丰德，在经五纬二路口，我常路过，偶尔看一眼，依然在营业中，只是不知道自己多久未去过了，或许，一直没有去过。只知道，这里曾是济南赫赫有名的饭店，诸多鲁菜大师都从这里走出。

聚丰德的名字，是 1947 年才有的。十年前始建时，曾叫"长安饭店"，后又改名为"紫阳春饭店"。1947 年 8 月，原饭店的面案高手王丕有和李万禄、切工了得的王兴南、善于烹炒的程学祥，以及技术全面、熟稔各道程序的程学礼和服务人员李长润等共同出资，创办聚丰德。程学礼出任聚丰德首任总经理。"聚"，即济南聚宾园的"聚"；"丰"，则是泰丰楼的"丰"；"德"，乃北京全聚德的"德"。意在取三家之长，"爆""烧""烤"样样行。

1956 年，济南餐饮业全面公私合营，许多店合并在一起，集中成为"大食堂"；老店命运各异，多由济南饮食公司接管。燕喜堂在两年后改名为"红星饭店"；聚丰德"文革"期间被勒令改名"工农兵饭庄"，不过很快就恢复原名了。而且，在二十世纪六十年代初，还在原地翻盖了两层营业楼，营业面积五百平方米，1963 年重新装修后，由画家关友声题写店名，再度创造辉煌。

四大名旦之一的尚小云，著名电影演员王丹凤等都曾光临过这里，西哈努克亲王、法国原总理吉·德斯坦等也都先后品尝过这里的美味。

聚丰德的招牌菜有油爆双脆、九转大肠、干烧鱼、蟹黄鱼翅、烤鸭、葱爆海参等几十种，面点也颇具特色，比如五仁包、豆沙包、佛手酥，包括最著名的油旋。

其实，耿长银并不是油旋的发明者，却是目前各种油旋的记载中，最早有名有姓做油旋的人。早年，他是文升园的油旋伙计，跟一位姓侯的师傅学艺。进聚丰德不久，耿长银也收了一个徒弟，叫苏将林。

三

苏将林到聚丰德之前，是泰丰园的学徒。据说，泰丰园始建于1932年，或许是借了北京八大楼之一泰丰楼的名字，曾在十二马路上，是济南西部餐饮的老大。在泰丰园打杂工的苏将林，到了聚丰德，想学做油旋，然而，拜师并非一件容易的事，要先让师父考察一年，这一年里，只是跟着师父打杂，不能学核心制作技术。

于是，这一年，苏将林"只砸焦子（焦炭）烧火、和面、洗案板"。师父做面案时，会把门关上，屋里只有他一个人。

不过，在面案上，其实苏将林有基础。他老家在莱芜，父辈是国民党高级将领，新中国成立后，为了生存，他曾学过莱芜油酥火烧的做法，在和面上，就比其他人水平高很多。一年后，耿长银见苏将林确实是块材料，才遵照传统，签了拜师协议，正式传授给他做油旋的手艺。

耿长银应该给苏将林讲过这段历史：齐河有徐姓三兄弟，在南京讨生活，学到油旋手艺，回到济南，依据北方人的饮食口味，将口味改成咸香。

济南民俗学家张继平先生考证，油旋确实来自江苏，是在苏州蓑衣饼的基础上改进而成。苏州蓑衣饼在明代就颇负盛名，明汤传楹的《虎丘往还记》记有："予与尤子啖蓑饼二枚，啜清茗数瓯，酣适之味，有过于酒。"清初诗人施闰章，在游玩虎丘之后，也写诗叹道："虎丘茶试蓑衣饼。"

在做法上，蓑衣饼和油旋也十分相似。"蓑衣饼以脂油和面，一饼数层，惟虎丘制之。"袁枚在《随园食单》中，记载得更是详细："干面用冷水调，不可多揉，擀薄后卷拢，再擀薄了用猪油、白糖铺匀，再卷拢擀成薄饼，用猪油煎黄。如要咸的，用葱、椒盐亦可。"

从蓑衣饼到定名油旋，最初的文字记载是在清雍正九年（1731）刻本《食宪鸿秘》："晋府千层油旋烙饼，此即虎丘蓑衣饼也。"清嘉庆年间，顾仲所撰《养小录》一书也记道："晋府千层油旋。其法：和面作剂擀开，入油，成剂再擀开，再入油，再擀开，如此七次，火上烙之，甚美。"

苏将林所学的制作方法也基本如此，但真正操作起来，其实并不容易。光是和面，就得下一番大功夫：根据不同季节，倒入不同的水量，水面配比要一气呵成，中途不能再加。然后，双手交叉搋面，面要软，把水吃透，黏湿程度恰到好处，做起来，手上不粘面，缸壁不粘面……

最让人受罪的，是烤的过程。那时用方砖盘起来的圆形炉子，里面烧炭，尚未成形的油旋放在鳌子上烙烤后，要放进炉子内壁上烘烤。烤好后，要用手伸进炉火中，把烫手的油旋拿出来，手臂不能碰到炽热的炉壁。刚开始学时，苏将林手法不熟练，胳膊经常被高温的炉壁烫起水泡，有时疼得不敢穿长袖衣服。

师父常对苏将林说："想学好打油旋不能怕吃苦，我当年也是这么挺过来的。"

尽管聚丰德不用吆喝，但师父也教过苏将林卖油旋的独特吆喝方式，不用嘴，而是用擀面杖，每擀完一轮，用擀面杖敲击一下案板，发出"啪"一声，称之为"打点"。因为擀得快，节奏也非常稳，路人经过，听到"啪啪"的声音，便知屋里是在卖油旋了。

四

1958年的一天，耿长银和苏将林正在油旋炉子前忙活，突然，聚丰德接到紧急通知，称防疫部门要来检查卫生。很快，防疫部门的工作人员就来了，苏将林发现，这次"检查卫生"绝非寻常。

来的人扛来了一堆检测仪器，有两名穿白大褂的女同志不仅把打油旋用的油、盐、葱等配料化验了一个遍，还用显微镜把耿长银和苏将林的手研究了好半天。等检查完毕，进来两名穿中山装的中年男子，经理介绍说是要拿油旋，二十个。不过，这两位和别的客人不同，他们进了后厨，站在苏将林和耿师傅身后等，一言不发，两眼一直盯着他俩做油旋。

二十个油旋做好后，这两位用透明塑料纸把每个油旋都仔细包好，然后离开。十分钟后，经理兴冲冲地跑进来，喘着粗气说："报告给你们一个特大喜讯，你俩刚才打的油旋是送给敬爱的毛主席吃的！"

据不完全统计，新中国成立以后，在 1952 年到 1970 年间，毛泽东曾二十四次踏上济南的土地或路过济南短暂停留。1958 年这次，他来到北园农业社水屯村视察，在北园农业社田间路上，看到路旁的谷子秆粗壮，谷穗在风中摇曳，他高兴地说："你们的谷子长得不错嘛，我看群众的干劲不小。"

耿长银和苏将林做油旋的干劲也更大了。苏将林听说，毛泽东住的地方，离聚丰德只隔四条马路，油旋买回去，应该还是热的。

五

大多面食都是如此，冷热有天壤之别，油旋更是如此。有一次，我路过一处油旋店，买两个当早饭。由于靠着景区，在那个地方吃油旋的，多是外地游客，所以，我并没有特别高的期望，只是特意问了一下，热不热。店主说，热。就塞两个到塑料袋里，我接过来，明显没有我的手热。

这家店干了好多年，我第一次吃油旋，好像也是在这里，当时我还在读大学，没觉得特别好吃，味道有点像老家曹县的鸡蛋火烧，不放鸡蛋。

我第一次吃出油旋的好，还是在二十一世纪初。普利街尚未改造时，从共青团路拐过去，有一个小胡同，有家店叫"美美炖鸡"，在一处小院里，进门有间小屋，有名中年女子在做油旋，每一次去，我总会买上几个，在吃鸡之前，先垫一两个油旋，如果炖鸡上得快，还可以蘸汤吃，味道确实是"美美"的。不过，通常等不到上炖鸡，油旋就吃光了。

后来我才知道，那名中年女子，就是苏将林的女儿。

苏将林的亲戚里，有几位从事餐饮工作的，在聚丰德，或燕喜堂，不过当初，他的孩子并没有从事这一行。毕竟，做油旋太苦了，一般人坚持不下来，当父母的，也不希望儿女去吃这种苦。

在聚丰德，苏将林有一个学生，叫卢利华。那是 1982 年，卢利华十六岁，她父亲是当时济南三中的校长，但她却走上了一条与父亲完全不同的职业道路——到聚丰德面点部工作，跟苏将林学习做油旋。

据卢利华回忆，从 1975 年开始，聚丰德大批进学员，从那时开始，苏将林教过无数学生，有的学了一两个月，有的干了一年半载，没有人能跟着坚持下来。只有她，从进店开始，一直和师父在一张案板上工作了十年。

无论是苏将林，还是卢利华，都见证过聚丰德从辉煌到没落。曾经，聚丰德大厨刘兆贤被调往北京前门饭店；厨师杨清泉被调外交部后赴驻外大使馆工作；聚丰德大厨安振常被调往人民大会堂，三年后到周恩来总理身边工作，成为周总理和邓颖超的厨师。今天的济南人常提起的鲁菜大师崔义清、王兴兰，皆从聚丰德起步。

1988 年，聚丰德从经三纬三迁至现在的地址，五层楼，建筑面积七千余平方米，一层为中式快餐，二层为宴会厅和零点厅，共有餐位五百多个，三至五层为写字间，达到了历史上的巅峰。

开业那天是中秋，夜风九转，腰花怒放，云若葱烧，月似油旋。

那时，能吃到聚丰德的油旋，是一件不容易的事。因为制作技艺复杂，只有当宴席价格达到一定标准后，才有资格点油旋，而且油旋不得外带，只供聚丰德里的宴席，所以平日很难买到。如托亲戚朋友买了聚丰德的油旋，是一件特别有面子的事。

1992年，苏将林从聚丰德退休，2001年，他又被请回店里，一直到2004年再次功成身退，为了让做油旋的手艺发扬光大，他做通了女儿的工作，将手艺传给了女儿。

彼时的聚丰德，已经获得了国家商务部认定的全国首批中华老字号。但是，这家老店经过改制，重组，已在各种新兴餐饮的冲击下举步维艰了。

六

如果说聚丰德是油旋在济南的"正朔"，那些散落在民间的小店，也曾让油旋有了更多的活力和张力，也掀起过小小的波澜。

二十世纪五十年代开始，民间做油旋的店一度很少，许多油旋做得也不地道。别说"一拳碎五个"，就是"扔到十二马路都摔不烂"。直到改革开放后，一些油旋小铺才零星开张，如李记油旋、赵家油旋等。其中，颇有代表性的，是油旋张，最初称张家油旋。

张家油旋的创始人叫张士华。在接受媒体采访时，他曾说，自己老辈在济南以做油旋为生，改革开放后，主动从工厂出来，开始做油旋。其名声大噪，是在1999年左右，一位学者模样的人来到店里，一下买了四十个油旋，并在一旁把油旋一个个包好，显得尤其严谨认真。张士华和他聊起来，才知道此人是山东大学的蔡德贵教授，要去北京看老师季羡林，特意捎带上季老最爱吃的这一口。

季羡林先生是山东临清人，六岁离家投奔济南的叔父，童年大都在济南度过。晚年念念不忘儿时在济南吃过的油旋。作为季老的高徒，北大毕业的蔡德贵教授曾任《文史哲》主编，从济南给季老多次带过油旋。之前，他也买过很多家，因为几家油旋铺一直搬来搬去，这次找到这里，的确属于偶然，不过，季老很满意，后来，又有了第二次，第三次……包括季老的亲朋好友，差不多每个月都要给季老送至少五十个。

有一次，张家油旋的店主问蔡教授，能否请季老题个字，他自己都没有想到，不久之后，蔡教授就带回了季老的亲笔题词："软酥香，油旋张。"

"油旋张"从此扬名立万。

2009年，季羡林先生在北京病逝，享年九十八岁。"油旋张"的店门口挂上了"沉痛悼念季老先生"的条幅，停业三天，张士华做了九十八个油旋，去北京参加季老的追悼会。

我看过那天的报纸，《济南时报》头版除了季老追悼会的消息，就是济南西客站建设开工。济南到北京还没通高铁，张士华提前一天过去，住在八宝山附近一家宾馆，第二天，他排了一个多小时的队，才进到灵堂。他手捧放油旋的托盘，在季老的巨幅遗像前屈膝跪下，磕头送行。

季老是真爱吃油旋，就在去世一个多月前，他济南的一个亲戚还给他买了三十个，带到了北京。

那时的季老可能已经吃不下油旋了。据《济南时报》的一名记者回忆，他原本也想带油旋去探访季老，当时季老已住在 301 医院，丧失了吞咽能力。

七

2016 年，在山东书城，我那本《吃了吗》办了一场新书发布会。卢利华送来了一盘她刚做好的油旋。作为山东省级非遗油旋制作技艺传承人，那时她离开了聚丰德已十三年，在为寻找一处合适的店面发愁。

这期间，她辗转了不少地方，最频繁时，五年搬了四次家。作为一种面食，油旋再精巧，也卖不出高价，而且和很多一个小推车就能出摊的小吃不同，油旋需要在室内制作。位置好一些的地方，油旋的利润很难支撑房租；位置不好，又很难被顾客找到。卢利华曾有过一个做油旋的地方，外面连一个凳子也放不下，有一天，却来了一个非坚持坐下吃的客人。

这是一位戴着礼帽的老先生，看模样有八十多岁，专程打听"聚丰德出来的姓卢的师傅"，要吃她做的油旋。卢利华赶忙把客人引到旁边的米粉铺，给老板解释了一下，让客人坐下。接着，卢利华回去做了十个油旋，热气腾腾地端了过来，老先生吃了第一口，"哎呀"一声，感叹道："这可是我太多年没有吃过的油旋了……"

卢利华和他聊起来，才知道老先生的岳父，就是当年文升园的掌柜。那时，他一直吃侯师傅的油旋。侯师傅，就是耿长银当年的老师，若从他开始算起，到了卢利华这里，恰好是第四代。

卢利华的"弘春美斋"，其实也来源于耿长银当初在北洋大戏院附近时的招牌，时间像一张薄如纸的面皮，一层层卷起来，就是这座城市最具烟火气的历史。

卢利华也不知道侯师傅的名字，她说，电视剧《北方有佳人》中，提到过"买几个侯师傅的油旋"。只是不知剧中这个典故是如何得知，我想，若有机会，可以请教一下编剧赵冬苓老师。

也是在那场《吃了吗》的发布会上，一个年轻小伙加了我的微信，后来我才知道，他母亲就是苏将林的女儿。

八

2016 年，《吃了吗》在济南做了两场活动，一场在山东书城，还有一场在睿丁岛。在睿丁岛时，有一个长得颇似吉祥物的小伙子搬了两大盆他做的龙虾过来。那可能是全世界唯一一场边喝白酒边吃小龙虾边举行的读书活动。等我聊完了书，现场读者一致认为，小龙虾太好吃了。

第二年，小伙子开了一家店，叫"漆水居"。

在山东书城那次，我也认识了聂书恒，作为苏将林的外孙，他在 2014 年接过了外公的接力棒，要继承这门手艺。

当时，聂书恒二十三岁。苏将林已经八十岁了，在乐山小区21号楼前，一个不起眼的小门面房里，老人亲自出马，一边做油旋，一边把这门技术教给聂书恒。

苏将林对自己的外孙要求甚严，聂书恒学得也很认真。八道工序，和面、擀皮儿、打油、撒盐、涂猪油葱花、抻面、烤制、用拇指摁出旋窝……看起来简单，却一点也不能马虎。

不光和面要软，擀皮儿要薄，油必须好，撒盐必须均匀，猪油葱花不能偷工减料，因为猪油是为了起酥，葱花是为了出香。

抻面是为了出旋儿，太使劲面会断，劲儿不够卷出来会过厚；烤的火候要恰到好处，两面金黄，但不能焦；最后，用大拇指在油旋中间摁出旋儿，热气啪一下散出。一个完美的油旋，像艺术品一样精致。

苏将林不光教给聂书恒做油旋的技巧，还告诉他许多道理。比如，不能仅为了挣钱去做油旋，那样势必会偷工减料，就失去了传承的意义。

苏将林还把几种高难度的传统油旋做法教给聂书恒，比如寿桃油旋和马蹄油旋，聂书恒一一记下。

在油旋营销上，聂书恒发挥了年轻人的优势，比如开了微信公众号，凡是关注的，免费送一个油旋。遗憾的是，仅仅半年，因拆违拆临，他的店铺被迫停业，自己去单位上班了。

2018年中秋节前三天，苏将林去世。那一年的中秋，油旋般的月亮，在济南的夜空中，让人想起这名微笑的老人。

前不久，我和苏将林的女儿聊过，她如今在家做油旋，接一些老顾客的订单。我问她有没有兴趣再出来开店，她不

置可否，临走时，她突然问我有没有合适的人，可以介绍给
她当徒弟。

　　她还是希望能把父亲这门手艺传下去。

九

　　2022 年 3 月，济南疫情暂歇，有一天中午，我转悠到
宽厚里，人群熙攘的街巷里，有一条挺僻静的室内商业街。
大老远，我就看到了"弘春美斋"的幌子，拐进去，果然，
是卢利华老师。

　　她这家店在这里已经好几年了，大概从宽厚里开业就已
进驻。或许是为了保护非遗，也或许是为了招揽人气，宽厚
里最初给了她优惠的房租政策，不过，这个政策即将到期，
她也做好了离开这里的准备。

　　"周边的几个店都换了好几轮了，就我还在这里干着。"
卢利华说，"疫情之前，生意确实好，尤其是周末，家人都
来帮忙，也供不应求；疫情之后明显不太行，平常没太有人
过来。"

　　那天是午饭时间，她烤了十几个油旋，又非要给我下一
碗自己包的馄饨。我吃了半个来小时，其间只有一位客人探
头进来，问："油旋是什么啊？"

　　前阵子再和卢利华联系，才知道她的油旋店已经停了，
下一家店开在哪里，她也不知道。还开不开，她也不知道。

　　我也不知道。

　　但我知道，作为一种小吃，油旋虽貌不惊人，却符合美

食最基本的逻辑：用最简单的食材，做出不简单的口感和味道。这种朴素却严谨的传统，就像济南这座城市的性格，看似低调内敛，实则充满自信。

　　油旋，经历过大起大落的岁月，反而拥有了一颗平常心，不去和流行相争，也没去追求所谓的"流量"和"风口"。一切似乎都与它无关，但，它却成为这座城市不可或缺的一部分。每个做油旋的炉子，都仿佛一个夏天的大明湖，油旋是湖中飘起的荷叶，映着落日，等待秋天的金黄。

吃饭这么小的事儿

按察司街，早没了按察司，街上有一家糖果子，在路边的院子里。院子最多算半个，确切地说，就一旮旯儿，往里走，正院是一家饭店。饭店我没去过，糖果子倒吃了好几次，差不多九点前就卖光，我总是赶不早，有一次，好不容易八点半到，排了二十分钟队，炸糖果子的大姐冲队伍喊："甭排了！没了！"

除了队伍最后的一两个，排队的人就像没有听见，谁也不甘心就此放弃。旁边还斜冲出一个哑巴，应该也听不见，光着膀子冲大姐比画半天。大姐不会比画，一再说："没面了，真的没面了。"哑巴只能到对面快餐店买几根油条，过来泡甜沫。我前面还有两人，自然要等。谁知，第一个就基本包圆了，铁筐里只剩下两个糖果子，我赶紧给前面的小伙子说："咱俩一人一个，尝尝。"他好歹同意了。

糖果子，就是放糖的油条，我没吃出惊艳。但那次买到后，我的确充满了幸福感、获得感、满足感。还想起多年前，有个同学结婚，我们冒着大雪，去他农村的家里喝喜酒，然后打牌，"虎一刀"，也叫"拖拉机"，一群人下注到了最后，谁也不敢再跟，我捂住手里的烂牌，咬着牙把众人吓退，只剩一个顽固的哥们，牌肯定比我大，我故作镇静地说："要不，咱俩平分？"他点头，我长喘一口气，他也是。

那个哥们一直在曹县县城生活，也特别爱吃。有一次，为追女孩，他买了跃进塔的烧牛肉，田庄的麻辣肘子，汽车站的驴肉和电厂的猪杂碎，凑齐了县城的名吃，邀女孩品尝，最终未果，也不知是女孩嫌菜，还是嫌他油腻。

县城没有糖果子，早餐的品种却比济南丰富。小鱼汤、肉盒子、水煎包、胡辣汤、油茶，足以驱走"起床气"。我读高中时，常和一个同学去喝丸子汤。绿豆面大丸子，里面有碎羊肝，锅里一熬，浇上调料和醋，再撒上葱花香菜，就着热馒头或刚出炉的烧饼，美不可言。后来这种丸子汤在县城消失了，据说，某个乡镇的集市上，还有这种美食，逢会出摊，我没赶上过，有些遗憾。

当初一起喝丸子汤的那个同学，去年回老家找到了，给我快递了些，我冻在冰箱里，吃了一个月。

喝丸子汤的同学，在大雪中结婚后，就去了西宁。我们每次见面，不管是在山东，还是在青海，都会念叨起丸子汤，还有他大雪中的婚礼。那天，有个哥们提前坐机动三轮回去，直接翻到了沟里，人都没事儿，吓坏了开机动三轮车的司机，记得他回来，手和腿都抖个不停。

我到西宁，肯定喝多。青稞酒后劲大，加上他招来的老乡多，一不小心，就断片儿了。还好第二天早晨有牛杂汤喝，西宁的牛杂汤味道怎样，我记不清，反正解酒。

曹县的牛肉好，牛杂却没大有人吃，早年五里墩养牛场每天卖熟牛杂，都是处理价，回来用辣椒炒炒，其实也很过瘾。济南过去吃不吃牛杂，我不清楚，这几年流行牛窝骨，就是牛的膝盖部位，骨边肉本就好吃，再带着筋，口感丰富，滋味绝佳。吃完之后，真想对牛说句：请收下我的膝盖。

济南有家牛肉汤，也做牛杂汤。老板是淮南的一家人，每天一个大铁锅，里面咕嘟着大块牛肉和牛骨。我最初去的时候，还是十几年前，炖肉的小伙很帅，有点像吴彦祖，后来那个小伙离开了，汤的味道没变，里面有粉条和豆腐皮切成的丝，味道不错，比大多数济南的淮南牛肉汤都好喝不少。后来我去皖北几个地方转了一圈，依然觉得他们的水准还是可以的。

因为去了很多次这家牛肉汤，所以虽不太说话，和他们也算熟了。有一回，我一进门，老板就异常热情地打招呼："对，就是你！"我以为他们可能在哪里看到过我的节目，正报以矜持的微笑，老板接着说："你上次吃完，没结账就走了！"我一头黑线："实在不好意思，这次一起啊，一起。"老板倒也慷慨，大度地挥挥手："知道你成天来，要不当时就跑出去撵你了。"

后来，我还真被撵过一次，脑子迷糊，又忘了结账，大概出门二十米，被老板娘撵了回来。从此，我深刻吸取教训，每次去，都先扫码付钱，即便如此，走的时候还总听见他们在背后议论："给钱了吗？给了吗？"

或许，这十几年，因为那两次，我已被列入他们的老赖名单了。

我理解，小本生意特别不容易，真遇上几个老赖，就白忙活了。而且，连一碗牛肉汤都要占便宜的老赖，确实是真老赖，底线深不可测。

寻常人家，灶台

吃饭其实是一件小事儿，不过小事儿最能说明一切。比如我去老商埠西边，买王家煎饼果子，常被店里墙上贴着的煎饼果子起源逗乐，其写作风格颇具《故事会》《古今传奇》之神韵。后来和一朋友聊起来，他竟是文案作者，因为摊煎饼果子的人是他亲叔，从河南学成手艺，就来济南干了多年。前几天再去，店里正好人不多，我付了钱，和他提起了这位朋友，最后，他执意在煎饼果子里多放了根油条。

最好的"故事会"，不就是吃饭吗？

吃饭这么大的事儿

　　早晨，儿子总要看幼儿园的菜谱，这决定了他一天的热情。他研究得特别认真：看字，也看图。他不吃木耳和大虾，这两种食材通常出现在周四，清炒木耳，红焖大虾，有时菜单上是西葫芦炒鸡蛋，但还是能被他发现盘子有木耳，就气不打一处来，常大喊："我要砸烂所有的星期四！"接着说，我最喜欢星期五。

　　星期五有他爱吃的排骨、蝴蝶面、豆沙包。

　　有一个周四，他看完菜单，怎么也不出门，我说："要不带你先去吃个油旋？"

　　"好！"他下楼比我快多了。

　　去幼儿园的路上，有家卖油旋的小店，我很早就带他来吃过。从那以后，每路过门口，他都抽鼻子，说，油旋，真是香啊！

　　油旋三块五一个，儿子吃一个，我吃两个，再加一碗甜沫，和一个茶鸡蛋。甜沫分两个碗盛，因为里面有胡椒面，儿子喝一口，就龇牙咧嘴一下，再喝口水，继续吃。

这家店开了很多年了，季羡林先生吃过他们家的油旋，题过字，店里贴着季老去世时记者的采访，还挂着两张李鑫和武文的照片，是店主几年前参加综艺节目时拍的，被油烟熏得有些发黑。

那档节目叫《百姓厨神》，办了两季，我去参加过第二季总决赛，吃了我认为世间最美味的咸鱼饼子，个头超大，玉米面的，现烤出来，香甜可口，配上师傅自制的虾酱，实在是无敌了，比赛一结束，我就打包了两个。

做咸鱼饼子的师傅是蓬莱人。我严重怀疑，八仙去那里过海，是不是为了吃这口。

那次还有老程猪蹄和西关来佳的什锦火锅。猪蹄炖得特烂，入味。什锦火锅则是老济南回民的吃法，白菜铺底，藕盒、牛肉、丸子，杂烩一起，热乎乎煮开，吃得过瘾。

来佳长得很帅，节目里有个外号，叫"火锅力宏"，他的店在永庆街的一个院子里，很小，不好找，但值得找，有几道特色清真菜，拿捏很到位。我去过好几次，印象中，每次去都下雨，吃着蒜爆羊肉，看雨水顺着屋檐往下流。

济南的传统火锅，通常是涮羊肉，和北京的吃法大同小异。铜锅木炭，清水锅底，麻汁调料，腐乳韭花酱，配几头糖蒜，就热气腾腾地涮起来。羊肉一定是最新鲜的羊肉，内蒙古的最好，肥瘦相宜，香而不膻。

原本，我是吃不惯这种火锅的。总觉得粗暴，仿佛是麻

炸藕盒、蒸枣卷

汁蘸一切，一切都麻汁味，事实上，就算是看起来差不多的麻汁调料，每家也都有不外传的配方，细品，不一样。

来济南前，没有吃过这种火锅。最初，是朋友带着，到北园大街一个大院子里，见识了人山锅海的大场面。再后来，印象最深刻的，在经八路，是在一个小院子，房屋很破旧，味道却出众。小院子中间有一石磨，据说店里的调料，多是店主自己磨出来的，我深信不疑，因为去过很多次，也没在磨边发现驴。

驴肉，济南吃不到太满意的。不像高唐、东阿，甚至是我老家县城，也有上好的驴肉。所谓"天上龙肉，地上驴肉"自然不可全信，但驴肉的质地至少在牛肉之上，不管是软硬还是粗细，都恰到好处。去年疫情期间我实在馋坏了，让老家的朋友快递来几斤，配上半箱子烧饼，每天烤箱烤饼，铁锅温肉，痛快得忘了还有疫情，吃完就想从小区里跑出去，上山喊几句山歌。

有一年去河北，我吃过全驴宴，在赵州桥旁边，有一家"八辈祖宗全驴宴"，当时的手机拍照没有广角，少拍了一个"宴"字，显得店家过于草率。

当年，在曼陀铃酒吧驻唱的阴影乐队也爱吃驴肉。他们接过两次外地巡演，一次在广饶，一次在保定，广饶演完，主办方给提溜了三斤驴下水；到了保定，早上吃了一堆驴肉火烧，因此，这次经历被戏称为驴肉巡演。

这篇文章写到火锅时，一个老朋友打电话，她请马瑞芳老师吃饭，原本准备吃海鲜，马老临时要改成火锅。一坐下，马老就批评了我写的牛肉烧饼和甜沫，说不够正宗。还好，她说的那家正宗的甜沫，我也去了很多次，在回民小区深处，青菜是生的，浇上甜沫烫熟。

那是唯一一家，店名叫甜沫，确实也以甜沫见长的。很多甜沫店，最好吃的往往是油条、鸡蛋包，甚至是免费的咸菜。比如经三路的赵家甜沫，油条比很多以油条命名的店都要好吃，至于甜沫，我每次付过账，老板都非要再送碗豆浆过来。

济南的甜沫，每家都不一样，我尚未喝过味道一样的，或许，正是因为这种差异，才让人有一家家去喝的热情吧。

早晨，儿子在看幼儿园菜谱的时候，我在心里也翻动着济南的地图，这座城市的大街小巷，犄角旮旯，有那么多值得寻觅的地方，那里没有木耳和大虾，有随时可以选择的星期五，需要的只是耐心，和一种对待生活的平常态度。

吃饭这不大不小的事儿

到外地做讲座，或录节目，为了方便，主办方常安排我在住宿的酒店吃饭，菜单在房间里，随便点，服务员把饭送过来，自己也不用出门。这种吃法倒是省去了应酬，只是酒店的菜，哪里都一样，甚至还不如航空餐区别大些，更不如高铁餐。有段时间，济南的高铁上了把子肉套餐，真不错，尤其是汤里浸着的黄豆，软糯香甜，和米饭拌在一起，香得很，后来，不知为什么就没了，换成了黄花鱼、炒面等。也许还有，只是我没赶上。

"新冠"之后，各种出差少了很多。每个月都有提前定好的行程，却总因某地出现疫情，推迟甚至取消。我已经习惯了，只是有时不太敢看那些新闻标题，什么"热干面挺住了，炸酱面挺住！""大盘鸡挺住了！青岛啤酒挺住！"凑齐一桌饭菜不说，连酒水也齐备了，越看，我越感觉自己的肠胃有点挺不住。

还好，外地的美食，济南亦能吃到许多，尽管不可能那么地道，认真找找，有的店还是可以的。我在陕西多地吃过油泼面，也不比济南那家"闫济和"更有滋味。

一般人去了兰州，去那几家名气最大的牛肉面馆，也不过吃个名气，有的甚至还比不过做得精细的某家"三江源"，尤其是炒面，"三江源"的青椒和番茄酱还真是独一门味道。

在济南，"正宗"些的外地美食，多分布在各批发市场附近。泺口服装城那边，温州人来做生意的很多，就有温州人跟着来开饭馆；北园那边的建材和家具市场附近，有几家湘菜，都还可以；张庄路茶叶市场，少不了广州人和福建人，才有可能出现网上很火的"芳姨"。

一方水土养一方人，过去的人们背井离乡，现在能有人帮着背上厨房，到处都可以是家。

李白当年到山东，不也说"不知何处是他乡"吗？另外，那时川菜也没辣椒，口味差异没现在大，下酒，都一样。

川菜，除了巴山夜雨这样的名店，我最常去老商埠一带的一家，馆子很小。老板是自贡人，应该兼着厨师，老板娘收银，兼服务员，菜做得挺有风味，尽管我不吃兔肉，但别的菜品也大都稳定，尤其是小煎鸡，辣椒、花椒和泡椒的味道兼具，鸡肉煎得肉嫩多汁，就米饭的话，我能比平时多吃半碗。

家附近还有一两家川菜馆子，名气挺大，有一家老板的脾气也大，不能预约，不能喝酒，吃完就走，传说点菜还要看老板的脸色。我也慕名去过，也许是因为不能喝酒，所以我对菜的记忆没那么深刻。

前几天在自贡老板那家川菜馆吃饭，对面一桌来了三个年轻人，拿着一瓶存放了二十多年的白酒，可能是时间过久，瓶盖锈住了，从我坐下，他们就开始开酒，我这边已经喝了二两，他们的酒还没有弄开，最后，还采用了暴力的方式，把玻璃瓶颈敲碎，滤着玻璃碴儿往外倒……把我气得，差点就过去说，你们把酒卖给我得了。

好菜离不开好酒，好酒倒不特别需要好菜，有盘花生米就行。过去我总买老黑花生米，在杆石桥路口，前两年，他们的店拆了，还在老位置，改用三轮车卖，现在也不知去哪里了。

那对面还有一家羊汤，汤清味浓，别具一格，一不小心，我也喝了十几年，从路边，喝到他们搬进里面的胡同。前几天我路过，又去了一次，什么也没变。在那里喝羊汤，每次交钱，老板都说"算了"，然后再收。那么多年，客气成了一种本能。上次去，他还是说"算了"，态度却像两鬓长出的白发一样坚决，我坚决地扫码转账后，老板又坚决地端了一份饼过来。

当年，有个在店里帮忙的小孩，一边干活一边长个头，最后，长成五大三粗、胡子拉碴的大汉。老板说，那个小孩已经回老家了。结婚生子了？好像是。我忘了自己问没问。

人是有情感的动物，虽然吃起动物来没有什么情感。

喜欢在寻常巷陌吃饭，是因为喜欢寻常巷陌。美味从不需要珍贵食材，更不需要富丽堂皇的环境，需要的，是对生活的热爱。

有年刚过春节不久，朋友在山东大厦设宴小聚，最受欢迎的，竟是一道"丝孬豆腐"。济南方言中，"丝孬"就是变质了的意思，它类似臭豆腐，却没有臭到那个程度，只是开始发酸，却比臭豆腐还香，实在是不吃则已，戳上一筷子就欲罢不能。

那天这道菜大家吃了两盘，意犹未尽。席间，一位画家老师称自己有这道菜的秘方，我赶紧请教，并做了详细记录：老豆腐切寸块，上笼屉，蒸十分钟，放入消毒器皿中，静置二十天，浇上常温的花椒盐水，一天后，即可随吃随捞，捞出后，再浇上香油，撒上香葱或香菜末……

第二天，我就把制作"豆腐"的前期工作做好了，给画家老师发了照片，画家老师叮嘱：盖上个东西，但不要密封。

一个多星期后，豆腐上长出白毛，同时还出现了一些色彩，有黄斑，也有绿斑，我赶紧发微信询问。画家老师的语气很坚定，如同指导学生画水墨，告诉我除去绿斑，再坚持一周。

一周后，画家老师主动问我，豆腐怎么样了。

当时，我的心情很复杂，媳妇循着味儿，发现了我的"作品"，大怒，勒令我倒马桶里冲了。就这样，厕所还有一种特别的"丝孬"气息，弥漫三五天，挥之不去。

「鸟窝」故事

这两年，我喝多了，经常忘事。

和东波怎么认识的，我忘了。

一定是因为三哥，每次和他喝酒，我都喝多。原本不应该这样，三哥喝白酒，二两下去，就脸红脖子粗，去包间外面找沙发瘫躺，看似战斗力全无，不停划拉手机，或眯一会儿。然而，当大家要结束时，他总是从梦中醒来，要拉着朋友去喝二场，换成红酒或啤酒，有时也会是洋酒，不管别人喝多少，他可以一直喝下去。

三哥喝酒像是玩游戏，两条命，第一条连第一关 BOSS 都见不到，第二条直接通关。我则是二场必醉，更不能掺酒，所以，和三哥喝酒，二场我无一次不早走，要不提前告退，要不干脆不辞而别，一头栽进出租车，等第二天再说。

三哥曾是灰姑娘酒吧的老板，那里有很多人的青春回忆，特别让人神往。文艺青年都有过开酒吧的梦想，我都开过两个，第一个于 2003 年 2 月 14 日开业，很快就遇上了"非典"；第二个试营业俩月，在一个跨年活动后准备正式开张，那晚，我和几个朋友兴奋地倒计时："五、四、三、二、一……2020 年到了！"后面的事情众所周知，很快就有了武汉封城的消息，如同话音未落。有朋友提醒说，可根据我这两次经历总结出生财之道：什么时候我打算开酒吧，什么时候就可以囤口罩了。

东波的酒吧，是三哥带我去的。在银座晶都的三十六楼，进去之前，难以想象这里会有一个酒吧，进去之后，发现还是一个真正的酒吧，而且是一家专门的红酒吧。东波喜欢红酒，每日必喝，但第一场几乎从来不动酒，回到自己的酒吧里，才开始慢慢品饮。当年，他开过一家红酒餐厅，非常高档，生意一度火爆，他说在那段纸醉金迷的时光，他才学会喝酒。"开始也不懂，挑贵的喝，几大名庄的名酒，来回换。"第一次听他这么说时，我想起了《茶馆》里的经典台词："大英帝国的烟，日本的'白面儿'，两大强国侍候着我一个人，这福气还小吗？"再听他接着说，话风就朴实了很多："喝到现在，其实很多红酒也都不错，关键要挑。"

第一次去东波的酒吧，东波带我去他储酒的房间，里面琳琅满目，放满了各种年份的名酒。我只能勉强认出拉菲，至少也有几十瓶，他说还有几款名酒远比拉菲昂贵，至于名字，我当然没记住，只记得他边介绍边说："哪天高兴了，就开瓶喝喝。"后来，我每次见他，都发现他很高兴，不知道那些酒还剩多少。

　　除了爱好红酒，东波还尤其喜欢摩托车越野，去过很多听起来就遥远的地方。去年，他还去了趟西北无人区，回来后我问他可可西里的藏羚羊多吗，才知道他去的是罗布泊。总之，他越野的原则就是：哪里人少，就去哪里。回到济南则恰恰相反：哪儿人多，就往哪儿扎。看他发朋友圈，经常到农村大集、旧货市场去转悠。也许，他属于酷萌路线，结合得很到位，有一天，在共青团路，我看到一名男子拿着手机，对着自己摩托车上的毛绒小熊拍照，各个角度，反复拍摄，没错，正是东波。

　　有阵子，东波还买了一辆二手面包车，大概花了一万块钱，改装花了三万多，里面能坐，能躺，喝多了，可以直接去车里睡。

　　酒吧能体现一个人的性格。我第一次开的酒吧，还是叛逆少年风格，第二次，就属于休闲老干部风格了。东波的酒吧，有一种机车和古堡风格的混搭，面积尽管不大，但格调甚高，觥筹交错之中，存在一种难得的野趣。

　　对东波来说，酒吧自然不是谋生的手段，却在他的生命中不可或缺，能看出来他对这里的依赖。

　　酒吧的名字是三哥起的，叫"城市之鸟"，来这里的人常称之为"鸟窝"。"鸟窝"常年吊着几条火腿，看起来像是供品，不远处就是个雕像，我以为是外国菩萨，东波说是罗马二世，暴君。难怪，是"自来卷"，不需要像于谦老师那样烫头。

　　东波信仰的，大概是红酒主义。"鸟窝"只卖老世界酒，确实好，我平常从不喝红酒，去那里，也喝了两回。贵的，便宜的，都有，都不错，喝完，第二天不难受。朋友们去，通常都是你开一瓶，我开一瓶，当然，东波开得最多，因为所有的红酒都是他的。有次，突然开了瓶据说十几万的，我看见时，他已经开了，大家没按住，就把酒瓶夺过来，重新塞上塞子，每人补拍一张开酒的照片，酒标对着镜头，发朋友圈。酒喝多少并不重要，一条朋友圈值三四万。

那次，他是真高兴了。

听说，上海有"名媛群"，她们经常凑一起拼奢侈品、服装、包、下午茶，甚至还有超豪华酒店。前段时间，有六十三人拼单了一条巴黎世家的丝袜，导致三十二人感染了脚气。

"鸟窝"没有"名媛"，不过有许多"网红"来拍照。往往是下午，"鸟窝"没人，突然来一两个女子，柔若削骨，"整"容月貌，拉着大行李箱，进门也不点红酒，换着座位拍照，在红酒架子上拍，在吧台拍，在落地窗前拍，顺便也和"暴君"合个影。拍完了，打开行李箱，取出套衣服，去厕所换了继续拍。"鸟窝"拍出的照片很有氛围，就像当年照相馆里流行的艺术照，能把人拍出一圈光晕。那些年我也喜欢拍，为了出柔光的效果，把丝袜蒙在镜头上，还好，不是"名媛"穿过的。

不管是"名媛"还是"网红"，都有鄙视链，红酒也有。听东波说，拉菲大概在鄙视链中端，最高端的是香槟。我想起来了，小时候偷喝过一种饮料，叫"女士香槟"，真是出道即巅峰。

"鸟窝"的火腿是西班牙的，据说切得越薄越好，比涮羊肉还薄的薄片，生吃。他们说很好，我觉得也不错，但净香园的香肠更符合我口味。三哥听了很生气，说香肠要去黑猪肉专卖店，都能灌得不错。我还没试过，不知道灌出来的香肠会不会更黑。

除了法国红酒，这里还有意大利红酒，要从三哥那儿打包份德国肘子和挪威金枪鱼过来，吃喝覆盖差不多半个欧盟了。难怪三哥天天为俄罗斯和乌克兰打仗操心，前线出了什么事，他就一脸惆怅，除了喝酒就是刷手机，仿佛在死磕"羊了个羊"的第二关，永远过不去，直到喝多了，才把手机扔一边，变身为义务 DJ，放各种他喜欢的音乐，我只要一听，就醉得更快。

三哥放的音乐很奇怪，但品位应该很高。他开了那么多年"灰姑娘"，对音乐以及室内装修的理解远高于一般人。当然，还有美食，他喜欢用"逻辑"来形容，什么菜的"逻辑"是对的，什么菜不符合"逻辑"。这种说法很符合逻辑。不像另一个朋友雷画家，只会用"喊爷"来比喻，这里的胡辣汤应该管那里的胡辣汤"喊爷"，那家的包子得管这家的包子"喊爷"，充分体现了鲁西南人最重视的伦理秩序。

"鸟窝"就是"城市之鸟"。这个酒吧很小，小得像一个扎啤屋。和扎啤屋的逻辑相似，都是只卖酒，不卖菜，配点小吃。只不过，扎啤屋配的是花生、毛豆，这里是西班牙火腿。论年龄，倒该管扎啤屋"喊爷"。

济南有很多扎啤屋，或者扎啤摊，那里除了扎啤桶，就是几张简陋的桌椅。去喝酒的人先买上一摞"板儿",喝一杯,给老板一个"板儿",再接下一杯。很多扎啤屋都有固定的老顾客,有的还在墙上挂着贴有名字的专用杯。那些老顾客隔三岔五就见面,有的甚至每天都要来喝几杯。有一年,我认识了一位出租车司机,聊得挺有意思,就留了电话,常让他接送我去机场,每次,他都给我讲扎啤屋的故事。有一次,他从机场拉上我,非要带我去他常去的扎啤屋,请我喝扎啤。我那天也没事,就跟他去了。在一个老旧小区的一楼,从后院进去,里面几间屋,已经坐满了他的熟人。他买了一堆币,在桌子上摊开,然后一边喝,一边聊起了国际形势。那天主要是分析中美贸易摩擦,记得其中有一个人说得慷慨激昂,还头头是道,后来一打听,原来是一位大学副教授。不过,我喝了三四杯就先走了,干喝,没肴,喝得从里到外晃荡。

看东北一位作家,写到他老家那边也有类似的啤酒屋,当地人称之为"穷鬼乐园"。我尽管没有去过,但闭着眼也能想象那里的氛围。作家用文学性的语言反问:"如果此地终将消亡,那么这些灵魂将何处安放?"

事实上,"穷"最初的意思和物质多少无关,而是指一种被困的状态。在甲骨文中,"穷"是一个洞穴之中被迫弯曲、不自由的身体。"乐"则是弦乐器,因为音乐能够让人愉悦,所以就有了如今的释义。

让人愉悦的音乐和酒,在"鸟窝"都有。

去年冬天,到东营黄河入海口,我在湿地两旁看到许多巨大的鸟窝,据说,鸟窝的主人都是雄鸟,为了吸引雌鸟,窝一个比一个搭得大。雌鸟选择大的鸟窝，也是有道理的，因为未来要在窝里下蛋，孵化下一代。当时我就想到东波的"鸟窝"，面积确实小了点，但鸟在城市里也是需要窝的，栖息的不一定是身体，更多的是难以安放的灵魂。

大济南的小地摊

这座城市曾有好多吃饭的地摊儿。

它们多昼伏夜出，卖炒菜、烧烤、小龙虾或把子肉。一年三季，披星戴月，烟熏火燎，冬天进大棚，吃大棚菜，喝天然冰啤酒。最爽的是夏天，凉风习习的夜晚，闻着盘子里的丁香茴香十三香，心里盛开夜来香，不愿回家入梦乡。

把子肉摊儿是济南的深夜食堂。在经七纬二路口，在解放桥，在霓虹黯淡下去的北园大街，把子肉摊儿静静地等待着这座城市的夜归人。一块把子肉，一碗米饭，一块酱豆腐，再加一根酱辣椒，肉汁融在米饭里，米饭融在胃里，足以抚慰一个人的饥肠辘辘。

其实，去深夜的把子肉摊儿吃饭的人是孤独的。常看到一个人孤独地吃肉，端着盛米饭的碗，什么也不说。那时我也常一个人去吃，小小一张桌子，对面坐着一个也在吃把子肉的陌生人，离得那么近，甚至能听到对方吞咽的声音，但都低着头，吃得非常投入，偶尔同时抬起头来，四目相对，有些尴尬，赶紧再把头低下来，继续用筷子往嘴里扒拉米饭。

就算两三个人同去吃把子肉，也不会有太多交流，都是各吃各的，仿佛为了吃而吃，埋头苦吃，吃得再香，也是苦吃，个个都吃相孤独，吃完了，嘴角还粘着孤独的米粒，再端起一碗玉米粥，咕嘟咕嘟喝下去，喝粥的声音也是孤独的。似乎家里没有一扇亮着的窗在等待，炉灶上更没有一口冒着热气的锅在呼唤……在济南的把子肉摊儿，经常能看到孤独在排队。

卖炒菜的地摊儿就热闹了。炒菜本身就热闹，不像把子肉，煮好了才拉出来卖，炒菜必须要现炒，火不灭，锅不凉，人不停，酒不断，场面既热，又闹。

地摊儿上点炒菜无须菜单。各种蔬菜择净，肉食切好，摆开了，让客人自由组合：黄瓜可拌猪头肉，也可以配肉片；韭黄可炒鸡蛋，也可炒肉丝。客人虽只需动口，却也能享受到 DIY 之乐。菜点好了，地摊儿老板一阵翻炒，仿佛三五下就盛到了盘子里，吃起来味足香浓，爽口暖胃。

多数地摊儿以爆炒见长，爆炒卷心菜，爆炒土豆丝，爆炒豆芽，因为火大，菜能炒出火暴脾气。阿城曾说中国人吃饭时让最尊贵的人先吃第一口，原因是第一口带"锅气"，尤其美味。我觉得，地摊的炒菜，每一口都"锅气"十足。

炒菜有小地摊儿，也有规模壮观的地摊儿，相当于地摊儿中的大 V，粉丝众多。如当年朝山街南头一家地摊儿，被称为"朝南大酒店"，沿着文化西路的小河边，晚上有上百个摊位，还经常有人等座。与别的地摊儿不同，到这里来的年轻男女尤其多，个个打扮入时，风华正茂，有的骑哈雷或开宝马，停下来，顶着各色发型，一头扎到摊中，来上几扎啤酒，挥斥方遒起来。

我只去过两次"朝南大酒店"，印象中炒饼和辣炒大肠不错。往北三百米还有家"朝中大酒店"，人气不如"朝南"，烧烤倒还可以。有一年，民谣歌手曹久忆和王亚伟来演出，好像是为赵照助唱，结束后去那里喝到很晚。那天曹久忆唱了不少歌，有的还是即兴词曲，我挺喜欢其中这么一句歌词，大概意思是：广场上的人都在玩风筝，只有我在玩风……

最风靡济南的地摊儿，当然还是烧烤摊儿。当初，所有晚上可以摆地摊儿的地方，几乎都有烧烤摊：有的是一个洗车场，有的是一个工厂大院，有的是一条马路，有的是几条马路，还有的是一整个小区。其壮观程度，我走遍全国未见有比肩者。烧烤水准也是领先的，尤其是小串，羊肉、心管、板筋、骨髓、小红腰、小白腰，每个地摊儿都是全的，每个地摊儿又各具特色，想遍尝所有烧烤摊儿的特色，没有几年的工夫，恐怕难以实现。

所以，把到地摊儿上吃饭称为练摊儿还是有道理的，不光"练"酒量，"练"孤独，"练"感情，本身也是一种修炼。能吃遍济南地摊儿，亦算是阅尽人间春色了。

练摊儿也会真"练"起来，有时和别人"练"，没有多少缘由，都喝多了酒，一言不合就动手。不过，多数情况下，都是自己桌上内部开"练"。有次我在一个烧烤摊，几十桌坐着的人中，突然有一赤膊壮汉从中间站起来，跳在桌子上摔酒瓶，一个，又一个。旁边的人看着这一幕，如司空见惯，只是把桌子分别往边上挪挪，这边继续摔酒瓶，一个，又一个，旁边继续吃喝，一串，又一串，一杯，又一杯。六七个年轻力壮的服务员小伙子手拿铁扦，站在不远处，盯着这名壮汉，随时等着上前将其制服。

我们桌结账时，恰逢摔完酒瓶的壮汉去结账，老板收了他两千，其中一千算是对桌椅板凳酒杯酒瓶的赔偿，壮汉二话没说刷了卡，大概是酒醒了。

我基本上都是在练摊儿时才会喝多。因为多是已经在别的地方喝过了一场酒，而且练摊儿的人必定熟悉，喝多了也没关系，可以扭头就走，不辞而别。在地摊儿上喝多时，我通常会站起来，围着地摊儿转，一圈，一圈，又一圈，像月亮围着地球，像地球围着太阳，一边自转，一边公转，只有在那时候，才能强烈地感受到地球的离心力和重力。

济南人爱在地摊儿上吃饭，一是因为便宜，二是在户外敞亮，再就是热爱那种地摊儿上才有的氛围。坐在小马扎上比红木椅子上要自在太多，也许，只有当膝盖和胃平行时，肠道才能更快乐地蠕动，脚掌才能感到源源不断往上涌的地气。而"地气"，可能就是地摊儿最吸引人的核心所在了吧。

喝羊汤奇遇记

　　小区外的路边，有家羊汤馆，门脸很小，里面也不大，常年黑乎乎的。

　　我从搬来住,这家羊汤馆就开着,到现在,至少六七年了。

　　我在羊汤之乡长大,对羊汤尤其挑剔,一般不敢尝试。前几年，每天从其门口过，也未曾进去。

　　在羊汤上，我绝对是吃一堑，长一智。比如曾有一家羊汤馆，就开在我家门口，卖羊汤的小两口搭了个简易屋，在里面吃住，床边拉个帘子，就是煮肉的锅，外面摆几张桌子卖羊汤。为了图方便，我去喝过一次，总觉得有股邪味，当然，也可能是鞋味。

　　没几年，他们的羊汤馆就关门了，但两口子还在里面住，孩子还上了旁边的幼儿园。我有点担心他们的营生，直到有一天早上，我在菜市场遇到他们正推着车子卖肉夹馍，才长出了一口气。

　　所以，这家开了六七年的羊汤馆让我有些好奇。一般来说，小馆子能开这么久，定是有点绝活。终于有一天，我忍不住进去，要了一碗羊汤，价格相对便宜，小碗十块，大碗十五，清汤，淡淡的乳白色，除了辣椒油和别处有些不同外，味道没有惊艳的地方，当然，也坏不到哪里去，就着烧饼喝完，出头汗，再打个带着膻味的嗝，胃里还是挺熨帖的。

　　但我还是想不明白，总觉得他们的羊汤水准和其历史年限不成正比。带着疑惑，我又去了几次。发现他们除了羊汤之外，还卖大梁骨、羊蹄之类的下水，酱好了放在一个个桶里，我探着头看过，还挺光鲜，并不诱人，我也就看看，没多少食欲。

　　开羊汤店的是一对父女，滕州人，说方言。喝点啥，说"喝低矮撒"；碗，说"崴"；在哪里上班，说"在哪上掰"。主要是女店主说话，她父亲很沉默，不忙时，坐店门口的马扎上抽烟，一根接一根。女儿有三十来岁，很热情。店里没有别的服务员，有时候进去找不到人，就往里走，到厨房，看到父女俩一个盛汤，一个炒菜，都忙着，见人来了，女店主不好意思地擦擦汗，说："你先坐下，我炒完这盘羊肚就给你端汤。"

　　羊汤店能炒的菜有限，还是以各种下水为主，偶尔拍个黄瓜，炝个土豆丝。也常有过去喝酒的客人，大多是老主顾，就着两口简单的肴，自己带着便宜的白酒过来，或接杯扎啤，店主人忙不过来，他们就自己刷杯子，自己接，喝完把钱压到扎啤杯下。有一天，我正在喝羊汤，进来一个中年男子，一开口，吓了我一大跳。

"有红烧鲤鱼吗？"

女店主一愣，确定对方不是开玩笑，马上说："有是有，慢，不如炒羊杂快。"

这个中年男子估计是第一次到店里来，嘴里嘟囔着："还是想吃红烧鲤鱼。"

女店主眼珠子一转："行，你先坐下等着。"接着，叫来父亲，小声问："红烧鲤鱼你会吗？"父亲皱着眉头狠嘬了一口烟，说："煸煸不就行了？"接着扔掉烟头，推起自行车，去菜市场买鱼去了。

这一幕被中年男子看到，疑惑地问："现买鱼啊？那得多久？"女店主说："就在边上，快，很快！"

刚才还"慢"，这会儿又"快"了。

确实快，也就十分钟，女店主的父亲就买来了一条鲤鱼，半死不活，提在塑料袋里面，准备去厨房收拾了。一直默默不语的中年男子突然又说："能做糖醋鲤鱼吗？"

"能是能，慢，不如红烧的快。"女店主这次反应十分迅速。

"我又想吃糖醋鲤鱼了。"

女店主赶紧到厨房，问父亲："糖醋鲤鱼能做吗？"

父亲说："加点糖不行？"

到这里，我的羊汤已经喝完了。中年男子最后吃的鲤鱼，到底是糖醋还是红烧，我也不知道。但我总感觉这里面或许有个故事，主演是一名到小羊汤馆非要吃鲤鱼的男人，和一名一会快一会慢的女子，再加上一名什么都能做也都敢做的老人，还有一个几次都差点把羊汤从嘴里喷出来的观众。

　　我终于理解了这家羊汤馆为什么可以开这么多年。除了超好的服务态度和超强的应变能力之外，他们可以容纳各种混杂的市井气息，就像不管是羊肝、羊肚、羊肺、羊肠、羊脑，在沸腾的汤里，它们都可以欢快地相聚。

1999年，我在济南请你吃什么

1999年，大观园路口还有人行天桥，仿佛一只巨大的螃蟹，八爪按地而起。"蟹壳"上全是广告，"蟹肉"皆为小贩，货物琳琅满地。我每每上去，都会在人潮中迷失方向，不知从哪里下来，才能抵达要去的路边。

天桥的西南角，有一家看起来时尚无比的餐厅，名字起得也洋气，叫米力乃。

当时济南还没麦当劳，肯德基似乎只有一家店，但我还没去过。我熟悉米香居，还有合力快餐，包括价格更贵一些的六乃喜，这三家店各取一个字，正好凑成"米力乃"，然而，米力乃和它们毫无关系，这家中西合璧的快餐店引领着济南的时尚，甚至是一代人的西餐启蒙，里面有意大利面、牛排，还有牛肉面和蛋炒饭，能在这里吃一顿，是很多孩子的奢望。

从大观园往东走，人民商场门口全是各种卖小吃的推车，弥漫着地沟油和荷尔蒙混杂的味道。对面的鲁能烧鹅仔推出了海鲜火锅自助餐，午餐38元一位，有牡蛎、扇贝，羊肉片似乎供不应求，总有人端着盘子，守在切羊肉的设备前，等师傅铡下一片片红白相间的羊肉来。大厅有时会搞活动，迅速喝下一瓶啤酒，有奖励。我参加过一次，虽获了奖，却险些被气儿顶晕过去。

附近的街巷里，隐藏着一些美味。大多是苍蝇馆子，如人民商场往北，穿过各种理发店和卖衣服的小摊，到了魏家庄里，有一个小酒馆，鲁菜烧得可以。烧鹅仔往西的永庆街，全是卖狗肉的贵州馆子，颇成规模。那时吃狗肉的人比现在多，不会被鄙视。我也去过一次，是在几年后，两个东北人请客，狗肉涮火锅，蘸着独特的酱料，没吃出味道的特别，只记得他们讲自己做私人侦探的事，基本的模式都是跟踪调查——破门而入——捉奸在床，不知现在是否还是如此。

再往里，就是著名的川菜店老转村，在巴山夜雨之前，老转村相当于济南川菜的标杆，菜品精致，价格在当时也属于中高档。我有个同学在电台实习，没有工资，但有次发了张一百元的老转村餐券，呼朋唤友过去，一不小心，吃超了标，搞得他没有了实习的心思，觉得还不如去饭店当服务员实惠。

如果继续往东，就到了共青团路和普利街之间，全是各种杂院，穿插着若干条胡同。其中，比较有名的是渝香餐厅，拿手菜有鱼香肉丝、水煮鱼、爆炒卷心菜等，常人满为患。紧挨着，还有家炖鸡的小店，名字我记不住了，好像叫美美，只知道每次满满一大盆鸡肉，吃起来有股特别的甜酱味。这家小店的院子里，有间卖油旋的小屋，每次去，都有人在炉边等候，做油旋的是名中年妇女，不慌不忙，不急不躁，取出烤好的油旋，盈盈一握，油旋碎出了清脆的口感，若是拿进去，蘸鸡汤……美美，真美美。

从这些小胡同里穿过去，到普利街，有家卖焖饼的，我特别喜欢。三块钱一份，加鸡蛋三块五，饼丝可用豆芽炒，也可用土豆丝。我特别喜欢吃土豆丝炒焖饼，饼丝和土豆丝一样粗细，相同的颜色，吃起来口感差异又明显，非常特别。离这家焖饼不远，还有一家药膳把子肉，我不知道和后来济南特别火爆的几家把子肉是否有关系，当时，至少我没有在别的地方见过药膳把子肉的招牌。这家店面积也不大，就那么一间屋，人也不太多，可以耐心地吃完。

那一带，一直到现在还有的店，也就剩春江饭店和草包包子铺了。当时，春江饭店对面的胡同里有家锅贴店，据说是春江饭店锅贴部分出来的，锅贴不管是素三鲜，还是肉馅，在济南都数一数二，和店里恶劣的服务成正比。我去吃过多次，进去如果不主动到前台点菜，就是坐一天也不会有人搭理。到了前台，服务员第一句话不是问你要什么，而是"没有发票"，态度严肃，如同纪委办案。我从未见那里的服务员笑过。她们的笑点，甚至高过杆石桥公交站旁边卖花生米的老头，那也是一位从来不会笑的人，不知道是因为生意太好，还是性格使然，一天到晚皱着眉头，仿佛随时会被拆迁。

紧挨着的回民小区，1999年烧烤尚未形成气候，有几家卖大梁骨的，肉不多，却味美耐啃。来济南之前，我从未吃过大梁骨，有一次，在一位回族同学的带领下，去过了一次瘾。那时的磊磊在西门出摊，羊肉串三毛一串，我最多吃过七十多串，广告公司老板请客，他能吃二百串。

泉城广场没建好前，南门那里有著名的泉城大包，便宜，又解馋。往泉城路走，可以路过卫巷，一定要吃卫巷快餐。排骨炖得香烂，黄瓜拌得脆甜，炸鱿鱼圈也是一绝，搬到芙蓉街我就很少再去了，也不知味道变了没有。

1999年，济南百货大楼门口的油炸羊肉串总在排队，芙蓉街没那么多游客，有一些实惠的小馆子。我喜欢喝那里的滕州羊汤，来济南，才知道除了老家一带，外面的羊汤都要自己加盐。

1999年，省府前街的小龙虾还没开炒，北园镇政府门口的火锅已热火朝天。铜锅，木炭，清汤，麻酱小料，蹲在马扎子上，吃得站不起来。当时，这座城市的很多地方流行吃鲶鱼，到店里挑一条，切块，红烧。鲶鱼肥如五花肉，只是土腥气重，要用大料入味，方能大快朵颐。还有许多专门做饺子的饭馆，全是大个薄皮的饺子，各种馅都有，有一种青椒丝的饺子，让我很难忘。

在1999年济南的饭馆里，我去得最多的，还是在山师东路。天香园、米香居、辣妹子、好特等，那里的菜都便宜，而且下饭，就像那里的人，都年轻，胃口和梦想一样好。

1999年，如果是去大酒店吃饭，包间里通常有卡拉OK，一台电视，一台万利达歌王VCD，一套音响，外加两个麦克风，就可以在酒过三巡时唱歌了。

那时的人们还很羞涩，第一个站起来唱的，往往是副主

丰富的小吃

陪，不管好坏，现场都会爆发几次热烈的掌声，第一句一次，第一段结束一次，整首唱完还有一次，一定有人端来一杯酒，让唱歌的一饮而尽。气氛起来后，就开始你一曲我一曲，没人认真听歌，都在互相敬酒。直到主宾和主陪压轴演唱，才开始安静下来，按程序鼓掌。这中间如果气氛融洽，说不定还会跳起舞来，男人起身邀请女人，在走调的歌声中，踏着节奏，慢三，或者慢四。有的地方还有迪斯科，甚至安装了专门的灯光，那就更热闹了，能看到群魔乱舞的大场面，人们在一桌残羹冷炙前疯狂，等待着世纪末的曲终人散。

　　1999 年，距今已经二十多年了，却仿佛刚刚过去。有时候真想回去，到那些已经消失了的饭馆再吃上一顿，顺便对当时那个狼吞虎咽的我说，慢一点，慢一点，因为时间很快，很快。

1999年，你们在济南请我吃什么

2019年，我写了一篇怀念1999年的文章，被刷屏。写得并没那么好，因为有我们共同的回忆、美味和青春、爱情和亲情，当时光逝去，它显得那么珍贵。

比文章本身更珍贵的，是大家的留言。因为只能精选一百条，上千条留言只能我自己看到，实在遗憾。于是，根据上篇文章的留言，我做了简单整理。没有想到，整理留言时，我数次被感动，这些留言就像是一面面镜子，里面，是我们的1999。（注：以下引号里，是留言的微信名字）

1999年，"乔治的兔子"刚出生。有个没有显示名字的女孩说她还没断奶。"大越Tiffany"在大观园的人行天桥上买了一只小白兔，战战兢兢带回家，后来，小白兔生病死掉了，她哭了很久。

十一岁的"L"有点害怕上桥，她记得一个全身烧伤的人常躺在桥边，每次路过，妈妈都要用双手挡住她的眼睛。"猫小西"已经入团了，学校组织在桥上义务打扫卫生，负责拍照的班长偷拍了一张她的照片，成了她的初恋。

"高高"当时在附近实习，每天要上天桥，再从斜对角下去，等公交车，一起实习的男同学骑自行车回家，看她上桥，就从桥下骑到站牌下等。有时还在旁边买个烤肠或玉米，看着她上车，一路蹬着自行车，跟到经一路路口。

现在，那个男同学是她老公，结婚整十年。

并非所有的爱情都能完美。"宋健海角七号"在天桥上买过仿玉戒指，一红一绿，还买过玫瑰花，浅黄色的。那时的她心想，即使喜欢的男孩穷，能和他在一起，戒指三块钱一对就行，玫瑰也可以自己买。后来他们还是分手了。2006年，大观园过街天桥上，有算命的"大师"拉住她说，她和初恋不会分开，他会回来。也是在那一年，大观园过街天桥拆除了，被拆前几天她还去了一次，一个人在桥上泪流满面。

1999年，刚过而立之年的"心香"调到大观园附近的新单位上班，每天清晨和傍晚，伴随着匆忙的人群在过街天桥上穿行。她很喜欢在桥上行走的感觉，有种天地任我行的豪迈。但对于在上面散发传单的一位大二学生来说，却是另外一种心情，他为了勤工俭学，自己花了五十块钱印刷了家教广告，没发几张，就被人制止了。

桥下的米力乃是英文 millionaire 的音译，"紫木青青"专门在高中的英语课堂上和老师聊过，百万富翁的意思。那时的百万富翁是很多人的最高理想，腋下夹着小皮包，手里拿着大哥大，路边拦辆"面的"就算是大款了。九岁的"Mr.

往事中的身影

prime"每次路过大观园都想去吃，又没钱，只好心想，等
长大后一定要去。然而长大后，店也不在了。

　　因为米力乃餐厅，如今在泺水居龙虾坊的"雪茄男人"
下了海。"阿蒙"和"华仔"年少时都曾在里面打工，虽然辛苦，
但觉得自己开心并快乐着。"Nicolas"至今还耿耿于怀，那
时他在大学放假期间到米力乃干兼职服务员，发工资时，经
理不按当时说好的小时薪资结账，直到他威胁说要找电视台
曝光，才把工资给他。"韩都衣舍贾鹏"也有个在那里打工
的同学，有次他和另外几个同学从洪家楼坐车过去，每人买
了一个汉堡，这位同学送给他们每人一个鸡翅，吃得那个香。

　　"明如水"第一次进济南城也是在 1999 年，男朋友为

了让她尝当时流行的"西餐"，晚餐带她进了米力乃，花了八十多元没吃饱，晚上又补充了些小米粥和小咸菜。如今，他们的女儿快到了当时他们的年纪。

"周艳"说自己在米力乃相亲好几次，都没成功。但米力乃确实是相亲圣地，比如"Vivian"在1999年第一次和男友约会就在那里，一个点炒饭，一个点牛肉面，现在，他们的孩子上高中。"梅朵"常在那里和男朋友约会，有次男朋友请她吃面，结果两人都没饱，她悄悄说，我包里还有俩肉烧饼，咱泡在面汤里吃了吧。结婚后，她经常说从谈恋爱就替他省钱。"悦"的妹妹和对象见面也发生在米力乃，对方第一次见面就吃了她吃不了的炸鸡腿，因此产生好感，成就了一段佳缘。

很多人对米力乃的炸鸡腿和炒饭印象深刻，炒饭带青豆，炸鸡腿也是超级香。但他们可能并不知道，那里还曾是网友见面的重要地点。彼时刚流行网络聊天，"John 兰博"经常到网吧，打开网易、百灵的聊天室，起个"济南我在帅"的网名，就进去开聊。聊得投机，留个传呼号，然后约在米力乃见面，因为这里的门脸全是落地大玻璃，坐在边上看得那叫一个清楚，尤其是可看到外边报摊的公用电话。当传呼响起，往外一瞅，哇塞！"恐龙"！快跑！

1999年，"人间四月天"第一次到济南，姐姐请他吃肯德基，他直接吃吐了。那一年，九岁的"西瓜"第一次吃肯德基，汉堡的价格是六块五，为了吃个汉堡，她给爸妈讲了一天的笑话……

肯德基其实是很多孩子的生日记忆，比如有人清楚地记得在肯德基过生日时，吃了新年套餐，获赠一块会发光的手表。还有人记得1999年在肯德基度过的十一岁生日，收到好多肯德基的礼物，现在家里还有马克杯。

我也在肯德基过过生日，那已经是很多年后，和两个朋友去肯德基，我上洗手间回来的工夫，广播上开始播送：今天是魏新小朋友的生日，我们祝他生日快乐……重复三遍。在她们的大笑中，我恨不能从地上扒个缝钻进去。

1999年，在肯德基打工是一份令人羡慕的工作。"哞哞"当时就在大观园店，工作三个小时吃A工作餐，一块原味鸡加餐包加土豆泥，工作四小时以上，可吃B工作餐，再多一块原味鸡，工资是试用期两块五一小时，转正是三块五一小时。他有个同事把鸡柳腌成了辣的，直接被炒了鱿鱼。还有三个哥们不想干了，一怒之下，吃了三十块鸡腿肉，然后被顺利开除。

很多人都对经五纬一的思味特记忆犹新。那里有咸格子蛋糕，"SYLS"每周末逛完英雄山市场回家，都顺路买上几块，一小块一小块地掰着吃。"波音"吃思味特的历史更久，而且，她永远都忘不了1991年4月28日，那一天，她给男朋友在那里买了一个蛋糕，男朋友吃得幸福而又满足，如今，他们结婚二十六年，今年过生日时，丈夫又去那里为她买了两块小蛋糕，吃起来，还是记忆中的老味道。

"K"还记得很小的时候，奶奶过生日，哥哥姐姐们带他去思味特买蛋糕，回家路上，故意把他扔一边，他哭得像个小傻瓜，看到躲到广告牌后面的他们，又笑得特别开心。现在奶奶早已不在，儿时的记忆却那么清晰。

有人提起当时附近还有家"皇室比萨"的西餐厅。"村儿"特别怀念那里的肉酱意面、咖喱鸡意面、金枪鱼沙拉和牛排。还有人提起东方大厦东临的小红莓餐厅，因为在那里吃到了人生第一个布丁。"山山"第一次吃牛排，也是在小红莓，妈妈带她和哥哥一起，去给奶奶过生日。本来，妈妈要教他们和奶奶怎么用刀叉，奶奶说她会，年轻时，爷爷经常会雇马车来接她，去洋人餐厅吃饭。转眼间，奶奶已经去世了很多年。

"嘉鑫"记得米力乃旁边还开过一家皇后西餐厅，在当时非常高档。门口挂"衣冠不整者谢绝入内"的牌子，她每次去，都会一直问妈妈："我这样穿可以吗？小朋友可以进去吗？"

有人特别爱吃渝香餐厅的孜然鲜鱿，但让"墨韵岭云"忘不掉的，是门口剥蒜的大叔，还有蒜泥白肉和酸菜鱼的味道。"孙越"说他每在共青团路站牌下等车，都会把"渝香饭店"念成"偷香饭店"。"幸福不打烊"第一次去那里，是和他女朋友，还记得当时点的水煮肉片、香菇油菜，现在他们早已成婚。

四海香的油炸羊肉串让许多人难忘。最打动我的，是"康康"的一段留言。那是她第一次吃 MM 豆的地方，就是一盒外包装做成 M 豆小人的糖果，她每次去，都喜欢得拔不动腿，可她知道太贵，不敢跟爸妈要。妈妈看见后，问她喜欢吗。

她果断地说不要，不喜欢，扭头就走，却发现妈妈偷偷地抹了抹眼角。那一年，她外公外婆都生重病去世，爸妈单位不景气，家里负担很重。但是，第二天，她发现，自己的书桌上放着一盒 MM 豆……

1999 年，"怂猫老刘"常去春江饭店对面的锅贴部，带他去的是父亲。与现在那些大锅贴不同，那里是小个的锅贴，肉的素的各来一盘，再要上一份现做的鸡蛋汤。那时，他的生活里只有快乐。那时，他的父亲还没有心脏病，还那么年轻。

有人因为问出美美炖鸡的秘诀是咖喱粉而对做饭产生了兴趣。在那个院子里做油旋的是苏将林先生的女儿。还有人怀念普利街的皇家荷香包子，馅是牛羊肉的。人民商场后面的砂锅米线、顺河街上的鸡肉灌汤包、英贤桥口的建华酱鸡、永庆街路北的栗子小窝头、文化西路的"一户侯"、经十路与二环西路路口东北角的曹家米饭、官扎营中街一居包子铺、天桥下的炸鸡、成丰桥的扎啤摊、八一立交桥下的麻辣烫、魏家庄口上的兄妹俩烤了三十年羊肉串，还有铭新池晚上副业做冷饮，一块五的冰治，电力宿舍对面的红太阳饭店，旁边的黄桥烧饼，圆的是咸肉渣的，长的是蜜糖的……

这些都和时光一样，不知道去了哪里。

味道总能让我们想起一些人。1999 年，"绿杨"高考结束，在八一立交桥下吃焖饼，那天下着小雨，父亲沉默地坐在他对面，眼睛里全是期盼。1999 年，"地伐"在济南度过了第一个没有母亲陪伴的春节，十年后，全家人在济南共度第一个春节，如今，春节依旧在济南度过，只是从两年前开始，再不会有母亲的陪伴了……

味道又是一段距离。1999年小学毕业的"S"，如今已在外漂泊十年，他手机里一直存着一张走之前从马鞍山拍的济南城貌，累时就翻出看看，那是家的方向，也是归途。

1999年，泉城广场落成，顺河高架通车，鲁能泰山夺了双冠王，泉城路两边都是电线杆子。12月31日深夜，泉城广场人声鼎沸，大屏幕前，"王璐"和很多人一起等待着千禧年的到来。当时，直播画面是北京的中华世纪坛，大家一起跟着主持人倒计时：

十、九、八、七、六、五、四、三、二、一……

你好！2000年！你好，新世纪！

虾老板故事

　　虾老板上高一的时候，还不是虾老板。他是个好学生，熄灯后，同宿舍的小伙伴翻墙到校外，通宵上网打"红警"，他也被硬拖过去。网吧一晚上收费五块，小伙伴们不让他交钱，只要去就行，可以拼椅子睡觉，大家在他的呼噜声中连线战斗，心里更踏实，一旦被发现了，也属于有难同当。

　　那时的网吧，晚上来齐了人，老板就把钱收了，锁好门，回家睡觉，第二天一早，再打着呵欠来开门。虾老板关在里面没事干，试图学着玩玩，看得眼花缭乱，也不知道怎么造坦克，如何建兵站，游戏到底有什么好玩的。

　　有一次，他实在无聊，就在网吧瞎转悠，发现里面有间厨房，顿时就饿了。已是凌晨十二点，虾老板彼时尚未隆起的肚子冲着灶台咕咕叫，不过，经过一番检索，他只找到两个土豆，三个鸡蛋，他不好意思吃独食，可算了算，七八个如狼似虎的兄弟，肯定不够吃。好歹又找到了一小袋面粉，于是，他把土豆切成不粗不细的小长条，炝锅，加水，和面，下大块大块的面疙瘩，最后打上碎鸡蛋，做了一锅热气腾腾的土豆鸡蛋疙瘩汤。

虾老板记得，当他兴奋地跑出厨房，大喊一声"吃饭了"时，大伙儿全愣了，还以为他发癔症说梦话呢。有人半信半疑，放下鼠标，跟着虾老板进了厨房……然后，就开始了混乱的吃饭场面：有两个人用一个碗的，也有直接用勺子的，还有最后端着锅喝的。吃饱喝足，大家继续在电脑前战斗，虾老板也拼好椅子，暖暖和和睡了过去。

隔了一周，小伙伴们又要翻墙，虾老板说啥也不愿去了，但他们说："你要不去我们怎么吃饭？"那一晚，虾老板好像下的鸡蛋面。

第三次，再去的时候，网吧的厨房里什么也看不见了。后来虾老板就没再去过，据小伙伴们说，再后来厨房的门都是锁着的。

或许，正因为虾老板没有去网吧，他错失了新东方烹饪学校，或蓝翔技校厨师专业，考入山东财经大学。在校期间，他再次展现出自己的天赋，在舜玉路的一条街上，卖起了砂锅米线，据说生意火爆。

虾老板的米线店是从一对夫妻那里接过来的，名字叫"蜀王砂锅——劝君上当，上当一回"，有点像他后来的"魔性吆喝"。这家店还是连锁，有十几种口味，每天有人来送生米线，虾老板自己做，下米线，下粉丝，下面条，还雇了两个钟点工……从开业，到大学毕业，他没给家里要过一分钱。

别人毕业时，最不舍的大概是恋人，虾老板最不舍的，是不得不转让出去的米线店。

毕业后，虾老板走了一段弯路，事后看来，应该算是餐饮业的一大损失。直到后来，在英雄山广场闲逛时，听了无数次老头辩论，他突然迷途知返，放弃了做PPT，拿起了炒勺，投身到济南的小龙虾事业当中，才如鱼得水，让泺水居成为济南吃货必打卡之地。

我和虾老板也因此结缘。那时还没有泺水居，听说虾老板炒的小龙虾很好吃，我不太相信。因为，在小龙虾这件事上，几乎所有人都认为自己炒的天下第一。有一位医生朋友，爱吃小龙虾又生怕不卫生，买了台超声波洗衣机，专用来清洗小龙虾，至少洗五遍，把小龙虾洗得生不如死了，再下油锅炸，最后用辣椒、麻椒爆炒。青年书法家于恺有阵子常在家做"麻小"，天天看着一只只小龙虾在锅里活蹦乱跳，书法上似乎也能受到仿生学启发，至少，那段时间的字写得神似小龙虾，带着生鲜的烟火气，难怪有不少饭馆找他题写招牌。

我第一次吃虾老板的小龙虾，是他自己在家里炒的，为了赶晚上一个聚会，他自己说做得略显潦草，但已经让一群吃货赞叹不已了。再后来，我那次《吃了吗》的新书分享会，他做了两盆小龙虾送到现场，于是，在那个素雅的书店里，一群人吃着小龙虾聊新书，其场景虽有些不忍直视，也算得上空前绝后了。

再后来，虾老板就开了店。最初只是一个摊位，专门做外卖，没想到没几天，那个摊位就着火了。所以，只好找了一个可以堂食的地方，暂时落脚，这一次，没再着火，只是火得厉害。后来到了荆山东路，开一家，太火，又在同一条街上开了第二家，还是火。旺季时候，门口不管刮风下雨，都排着长队。我给虾老板打电话，如果不提前三天以上，根本订不上房间。

泺水居火，是有道理的。数年前，有一次我无意中对虾老板说，曾和北京一朋友一起去吃过机床二厂那边的一家小龙虾，觉得尤其美味，但是，那家已经搬到了一个特别难找的地方。没过几天，虾老板就给我发来了那家店的新址，然后说确实好，比他吃过的济南别的地方都好，他要把这里的"好"也吸收了，就像小龙虾吸收料的味道。

虾老板的慷慨也是有目共睹的。从开业以来，不管是外卖还是堂食，他一律赠送酸辣小黄瓜，如今，平均每天光黄瓜就要六七十斤，到了周末，至少要赠出一百斤黄瓜。我数学不好，算了算，虾老板的黄瓜已送了一千八百多天，至少是十亩地的产量。除了赠黄瓜，虾老板还送糊粥，每天烧一大锅，能灌满五十个暖壶，到今天为止，差不多能灌满一个五十米长二十米宽的游泳池。

在糊粥里游泳，得等粥凉了。

泺水居外卖特别多，门口常年站着一溜外卖小哥。夏天，天特别热时，虾老板就给他们送矿泉水，冬天，又送自发热的一次性火锅，搞得外卖小哥都特别愿意抢泺水居的单。

最关键的是，虾老板的小龙虾，不管春夏秋冬，全部用活虾。除了小龙虾外，别的菜，也都是新鲜的食材，地道的微山风味，不管是炒鸡还是香辣鲤鱼，都特色鲜明。秋季上的香辣蟹，个个满黄，堪称香辣蟹的天花板。微山，是虾老板的老家，是他钻在网吧厨房里鼓捣疙瘩汤的地方。从微山湖到泺水，正是诸多对美食热爱到偏执的外地人，才让济南这座城市的味道越来越丰富吧。

　　转眼，泺水居已经五年多了。有时候店里忙不过来，虾老板依然亲自掌勺，仿佛在唱着："我还是从前那个少年，没有一丝丝改变……"

街巷

一座城
动脉是未来
静脉是历史
现在
我只想聆听
它的心跳

扫码看视频
《走街串巷说民俗》

我的洪家楼

我在洪家楼住过很长一段时间。

那时租房子，朋友介绍，在山大一宿舍，老校西门冲着的那条路，路北有个大院子，里面全是两层的小砖楼，建筑大概有五六十年历史了，却结实得很。每座小砖楼分四户，每户进去，冲着一条走廊，两边都是房间，像办公室一样，大大小小五六间。走廊尽头的房间带一个小阳台，打开阳台门，能看到碗口粗的白玉兰树，每年初春，枝杈把盛开的花朵递到阳台上。到了深秋，阳台上堆满落叶，踩上去咯吱咯吱响。

我住的那套房子据说是成仿吾故居，原本是给一名博士后提供的。这名博士后是外省一所大学的副教授，不常来，就把房子租给了我，房租几乎是象征性的。他偶尔回来，也在这里住三五天，我有时请他喝点小酒，聊聊文学和美学，他经常用娴熟的学术语言去描绘生活琐事，听起来新鲜有趣。

洪家楼一带

从这里出门很方便，步行五分钟到洪楼广场，公交线路
多得数不清。我上班的话，多坐1路或11路：1路穿过闵子
骞路、山大路、泉城路、共青团路；11路穿过花园路、东关
大街。我经常在上公交车时买份报纸，一直看到站（坐过站
是经常的事），下车顺手把报纸丢在垃圾桶里。有时候自己
也觉得浪费，想把看过的报纸送给别的报摊，又怕人家觉得
奇怪，还是自己扔掉了吧。

在车上，偶尔也听着 MP3 愣神，发现香水味浓的年轻姑娘在贵和下车的居多；年龄大一些的，多会在人民商场下车；还有不少在老东门下车的，身材和面目都是模糊的。

走到洪楼广场的这段路，可以从山大校园穿过，西门进，南门出，两边的操场上，有打篮球的，也有踢足球的，还有练武术的，太极拳或梅花桩，一招一式极其认真。如果从外面走，就要路过教堂，错对面就是电器商场，到了周末，商场搞活动，在外面扎上台子，音乐惊天地泣鬼神。我多次见识过这样的场面：刚刚听到的还是唱诗声，三五步就成了嘈杂的电子音乐；刚刚是圣歌，迅速就切换成了"神曲"，让人难免有些错乱。

老火车站被拆掉之后，这座教堂绝对是这座城市最美也是最珍贵的老建筑（也许没有那么绝对，还有万字会旧址，但我觉得不如教堂美）。据说几十年前，从泉城路往东看，可以清楚地看到这座教堂高耸的穹顶，我第一次读卡佛的《大教堂》时，结尾那名盲人用手指画教堂时，我闭上眼，脑海中马上出现的就是这座教堂。那时，我进去过几次，看到里面祈祷的人们，总有几分感动。但是，教堂不是每天开放，一个平安夜，有位行动不便的诗人朋友想到这里的教堂来，我和另外一个诗人朋友推着她的轮椅，从北园大街一路过来，到门口才知道，教堂那天不让进。我们只好又推着轮椅送她回去。那天尤其冷，手攥住轮椅的靠背，似乎都要被粘上，脚也快失去知觉了。和我一起推轮椅的诗人朋友笔名叫严冬，回去我写了首诗，现在只记得一句：严冬都冻得打哆嗦，我的老天啊！

那时我刚到报社工作，钱少朋友多，朋友也都是穷朋友，人穷志不短，人小酒量大。我常请朋友吃饭，在住的院子对面的各个小饭店里，有炒菜，有拉面，也有火锅和烧烤，大都不怎么好吃，开了又关，关了又开，经常换招牌和老板。不过，每家店的价格都便宜，差不多百十块钱就能摆一桌，就这样，有一次结账我还发现钱不够了，硬着头皮给老板说先欠二十元，次日结清。然后，在老板难看的脸色中走了。没过几天，又去那里请朋友吃饭，喝得有些多，结账时和朋友一番推搡，出门发现老板不但忘了收我们的钱，并且还倒找了二十元。我转身回去，对老板说账算错了，然后在老板难看的脸色中，递给他一百元。老板一脸惊奇，说着谢谢谢谢，扭头从柜台上摘包烟塞给我。我当然没要，心想下次如再遇到钱不够时，老板的脸色应该不会那么难看了。可惜，没几天，这家店也关门了，又换了新老板，我虽有些遗憾，但并不感到意外。

隔一条街，有家新疆居，拌面和大盘鸡做得相当地道，据说在济南的新疆馆子里也小有名气。我去的话，多是一盘炒拉条子，顶多配上两根羊肉串，就觉得尤其"亚克西"。那里有款从石河子发来的酒，叫"三两三"，每瓶不多不少，整三两三，五块钱一瓶，清冽，醇厚，比"小二"好太多。后来去别的新疆馆子，专门问这款酒，都没有，到新疆去也没有见到。

方圆一里内，有家羫肉不错，在一所中学门口。还有一家武侠主题的酒店，噱头挺足，服务员穿着店小二的衣服，嘴里各种仿古的吆喝。每道菜名也颇为奇特，比如"九阳神功"，其实就是豆腐皮和羊肉；还有"如来神掌"，就是炒卷心菜；"紫霞神功"就是茄子烧油条，菜品的口味一般，偶尔去一次，相当于玩一局古装 RPG（角色扮演游戏）。

　　在这一带，我还碰见过两次打架的，都是血战。一次在山大西门门口，当时正在修路，可能是刚铺上柏油，没有干透，禁止机动车穿行。有个骑摩托车的中年大汉非要过去，被修路的一名老农民工拦住，大汉停下摩托车，一边骂骂咧咧，一边伸出胳膊，掐住了老农民工的脖子，老鹰抓小鸡一般，一把就将他推倒。可能是胜利来得太简单，也可能是余怒未消，老农民工刚从地上爬起来，大汉又是一拳，把他打倒在地上。在路人的相劝下，如此三四回合，大汉像玩游戏上瘾了一样，毫无收手的意思。这时候，只听一声干号，从人群中冲出一个小伙子，举着一把短铁锨冲了上去。小伙子一看就是老农民工的儿子，模样相似，身材和他父亲一样瘦小，爷俩一块也不是大汉的对手，铁锨扑扑地拍在大汉穿着棉服的背上，依然扭转不了被动的局面。被大汉打急眼了，小伙子趁大汉不防，突然跳起来，举起铁锨，正拍在大汉的脑袋上。"啪"的一声，大汉立刻停止了进攻，慢慢走到路边，蹲下，一手捂着脑袋，一手拿出手机打电话，血从他的脸上流下来，滴在崭新的柏油路面上。

　　另一次是在新疆居那条街上，当时有工地正在施工，一车车卸钢筋，有家小饭店的老板可能觉得影响了自己生意（本来生意就不好，现在更差），就去呵斥卸钢筋的农民工。农民工们才不管这个，继续干活。老板急了，就去动手打了人。我正在新疆居吃拌面，听见外面一阵山呼海啸，出门看见十几位农民工每人提着一根钢筋狂追小饭店老板。老板跑了不到二十米就栽倒了，农民工们拥上去，时间很短，散开时，老板从血泊中摇晃着站起来，警察也来了，打人的农民工纷纷扔掉钢筋，一个个猴子一般，翻墙跳进工地里。

那段时间我正在看一些关于农民起义的史料，所以感慨格外深。

洪楼夜市，当时也是热闹的，到了晚上，两边全是地摊，人拥着人往前走。也有一些小吃，粗制滥造的居多，到花园路东头，倒是有家辣炒螺蛳，炒得干净入味，每次去都要排队等。

我印象最深的，是有阵子洪楼广场对面摆起了卡拉OK摊。当时KTV已经很普及了，这样的摊实在少见，在夏天的晚上，一台电视机和一台万利达歌王，连上音响和麦克，老板有歌单让客人选，花两块钱可以点一首歌来唱，每次都围了特别多的人。不得不说，大部分点歌的，唱得也都过得去，有的还有些专业水平，但我至今难忘的，却是一首女声独唱的《黄土高坡》，唱歌的大姐从头到尾，没有半个字在调上，围观的人笑得肚子都疼了，她还在引吭高歌，陶醉其中。这样的情景，我在2017年去参加的《我是大明星》海选中才偶尔看到，坐在评委席上，我竟然清晰地回想起多年前那一幕。

我在洪楼租的那间房子整体挺好，唯一的不便就是晚归。尤其是冬天，院子十点就关大门，叫门的话倒也给开，要喊半天，才能看到传达室老头睡眼惺忪地走出来，大衣裹着一身怨气，手里的钥匙闪着匕首的冷光，把锁都能开出车的动静。所以，后来我干脆翻门而入：先跳起来，抓住门上的栅栏，蹬门而上，再翻过去，让身体下去，撒手，落地，动作日臻熟练。一次次的实践中，我对这座城市里曾经关于燕子李三的传说有了更深切的体会。

有一天，院子里小砖楼上贴上了拆迁公告，这里要建小高层了。我也只好从这里搬了出去，那是我第一次找搬家公司，还请了几个朋友过来，帮忙招呼着，尽管并没有多少东西可搬，但总觉得似乎真的要搬一个家。虽然只是从城市的一个地方搬到另外一个地方，但总觉得搬走之后，就失去了一个熟悉的地方。洪家楼还是洪家楼，但不再是我的洪家楼。当然，也许洪家楼从来就不是我的洪家楼，但每一个在那里住过的人，生命里都有一段属于洪家楼的时光，在那段时光里，洪家楼就是他们的洪家楼。

我在洪家楼住了很长一段时间，也不知道洪家楼为何叫洪家楼。我不认识那里一个姓洪的邻居，也不知道洪家楼到底是哪座楼。后来，我在史料上看到洪家楼的名称来自于明代，一位洪姓官员，那时候，洪家楼是他的，但几百年之后，他所有的痕迹在洪家楼也不复存在了，仅留下了名字。其实，对于几百年后的人们来说，我们今天的一切也注定消失，那里还叫不叫洪家楼，也没那么重要。

再见城顶街

在济南，提起城顶街，好多年轻人，尤其是从外地来济南生活的年轻人，第一反应都会恍惚，想不起在何处。大多出租车司机也未必知道，多会低下头搜导航。在他们脑海中的济南地图里，并没有一个叫城顶街的定位，即使他们大多数人都去过那里，甚至不止一次去那里。坐公共汽车，打车或开车，路过或驻足，都不知道那里叫城顶街。

换个说法，所有人都会恍然大悟——回民小区。没错，城顶街就是回民小区北口，从共青团路拐进去的这条街。

这条街的白天和晚上，仿佛是两个世界。白天尤其慵懒，道路曲曲折折，两边的烧烤店开门晚，一排排空空的椅子在户外整齐地排着，让有密集恐惧症的人有发作的冲动。一些小摊摆在路边，卖麻酱烧饼的，卖花生米的，卖包子馒头的，还有一些肉铺，挂着各种新鲜宰杀的牛羊肉，到这里买牛羊肉的人很多，有回族的，有汉族的，还经常能看到一些大概是来自西亚国家的留学生，给这条街增加了一些异域风情。

晚上，这条街就热闹了。最鼎盛的时期大概在十年前，每家烧烤店几乎都爆满，坐满了各种吃烧烤的人。铁皮焊的烧烤炉，长的得有一二十米，几名烧烤师傅一手拿蒲扇扇火，一手翻串，连汗都顾不上擦。送串的小伙子拿着一把把串着各种烤肉的铁扦子，挨桌吆喝着"要心管吗？要红腰吗？"不等回答，就把一把烤串放在客人的盘子里。

那时在济南生活的，几乎所有人都到过这里，尤其是在深夜，酒店里喝过一场之后，意犹未尽的，就转战到这里来。这里几乎承载着济南最重要的夜生活，只要客人不走，就不打烊；只要能吃得下，就可以一直烤；只要能喝得动，就可以一直倒。我有不少朋友曾在这里喝到天蒙蒙亮，也有不少朋友在这里喝得酩酊大醉，愤怒或者哭泣，喜悦或者忧伤。

我第一次到这里来，应该是在 1999 年。烧烤还没有那么兴盛，我有个在山财读书的回族同学领着过来吃大梁骨。和风靡北京的羊蝎子比起来，大梁骨的味道相似，但肉要少很多，不过价格也便宜，当初五六块钱就能来上一盆。对天天在学校食堂清汤寡水的学生来说，大梁骨简直是龙肝凤髓，吃得满手汤油，满嘴酱香。再喝一瓶冰镇啤酒，带来的胃肠满足感前所未有，实在觉得生活幸福，城市美好，对人生充满信心。

大学毕业后，来这里的次数就多了。除吃烧烤外，还会过来吃牛肉烧饼，喝地瓜羊汤。当然，地瓜是不能和羊汤一起炖的，之所以叫地瓜羊汤，是因为老板叫地瓜。他们的羊汤很清淡，牛肉烧饼味道很正宗，也可以单独要烧饼或牛肉。烧饼都是刚烤出来的，烫手，酥脆；牛肉炖得极烂，且肥瘦相宜。通常三两个人，每人一个牛肉烧饼外，再切上半斤牛肉，便吃个肚圆。

那时我也不知道这里叫城顶街。

据说，城顶街得名于其地势，和旧城西门城楼水平线等平，仿佛城顶上的一条街。而今天的城顶街，一度还并入了当初的丁字街。

据乾隆年间《历城县志》载："'丁字街'旧志有粮食，辐辏云集，贸易无虚日，南东门外皆逊西市。"街以形得名。到清末，有山西省籍人在此开设"文和铁店"，因经营钉子闻名，"丁字街"又因谐音改为"钉子街"。

由于这条街集市的繁荣，又离衙门不远，遵古"刑人于市"之规，在清朝，这条街也是行刑杀人的地方。严薇青先生在《济南掌故》中写过："如果要行刑杀人，首先由当地地保通知街上各类商贩，赶快收拾摊子；行栈、住户也都纷纷关门闭户。当犯人从城里押解出来时，正如《阿Q正传》里所描写的，犯人沿途可以向各商店、铺户要酒要饭，准备吃饱喝足，做个'撑死鬼'；同时也可以大喊大叫，甚至唱几句。可是也有的已经吓得走不动，只好用建筑工地上抬土用的抬筐抬了走。这时跟随看热闹的人越来越多，赶也赶不走。及至走到丁字街，所谓监斩官和刽子手已等候多时。等到时辰一到，咔嚓一声，人头落地，围看的人纷纷后退。接着是处理尸体，打扫血迹。"

　　二十世纪五十年代初，城顶街的集市依然热闹。有几家大型货栈，还有各种小吃，并发展成济南唯一的干鲜果品批发市场。据说，南部山区的核桃一熟，果农就砸出核桃仁运过来，卖给点心房做月饼馅。甚至还有从肥城来的果农，挑着正宗的肥城桃来卖，熟透的桃子插根麦秸秆，就可以吸汁水。可惜，这样的情景我未能经历。

　　从繁华的市集、杀人的刑场，再到小吃街以及遍地的烧烤摊，城顶街经历的斗转星移，也是这座城市的沧海桑田。

　　在得知城顶街即将拆迁改造的消息后，我又专门去了一趟这里。穿过正在施工的共青团路，进入城顶街，一个人找了家小饭馆，进去坐下。

　　未到吃饭的时间，屋里空无一人。我要了碗牛杂汤，店主也跟着进来，在桌上摆了只盛着牛杂的碗，牛杂是煮好的，上面撒着香菜，店主用勺子浇上一碗沸腾的汤，就点上支烟，和我有一搭没一搭地聊着。我问他什么时候拆，他声音嘶哑地说可能是六月，赔偿的钱倒不少，但回迁的话，恐怕买不到可以做生意的商铺。我问他生意还做吗，他嘟哝了一句，我没听清。

　　一碗汤下去，我起身离开。沿着城顶街溜达了一圈，从北向南，又从南到北。我想再感受一下这条街的气息，那熟悉的膻味儿和孜然味儿混杂的气息，那记忆中和青春有关的气息。我知道，这种气息很快就不复存在，一条崭新的、整齐的、现代化的街道即将从规划图里正式覆盖到这里。我知道，一切都会变，不变的，也许只有这条街的名字。

　　其实，我虽来了那么多次城顶街，依旧会在这里迷路，尤其是晚上，找厕所时，常沿着烧烤摊往里走，三拐两拐，又走回到了街口。或许是因为烧烤摊太多，整条街都烟雾弥漫，也或许是因为酒气太盛，即便不喝，也有被熏染出的醉意。

　　有一次，我实在找不到方向，看路边的路牌，似乎被风吹得摇摇晃晃，在昏暗的光线下，我瞪大眼睛看了一会儿，才知道这里叫——城顶街。

拆迁改造

山师东路的繁华与寂寞

我不止一次，想写那条路，那条叫山师东路的路。

那条路在山师之东，山体之东；在山艺之西，警察学院之西。那条路的北头，曾是建工学院；南边，紧邻工艺美院、青年干部管理学院。和那条路平行的，是山大路和历山路，有山东大学、山东教育学院。

那条路并不长，也并不久，却是很多人的必经之路。

那条路总是在秋天开始繁华。那些第一次远离家门的孩子，拖着行李箱，睁着懵懂的眼睛，四处张望。他们一进校，就被裹上深绿色的军装，在操场上大汗淋漓地走正步。军训如此难挨，从未有过的劳累，让夜晚的梦更加香甜。男生宿舍里呼噜连片；女生宿舍小鸟一样叽喳，身强体壮的帅哥成为她们议论的对象。所有的人都暂时忘记了离家的忧伤，军训结束时，总会有女生喜欢上某个年轻的教官，没错，就是欢送晚会上，合唱《祝你一路顺风》时，哭得最厉害的那个。

那条路的繁华，让许多人感到了寂寞。路边那些打口的磁带、过期的杂志，都是消遣寂寞的方式。兄弟们去喝酒，姐妹们去逛街，寂寞同样可以消遣，却无法对抗。一些人恋爱了，牵手走在那条路上，开始还颇为神秘，遇到同学或者老师，两只正在来电的手会触电般松开。秘密很快就会被公开。谁和谁恋爱都再正常不过，这条路上，没有梁山伯和祝英台，每到毕业，蝴蝶就飞往各地，公路和铁道线的距离，让多数爱情结束得斩钉截铁。

我曾在那条路，见识过电影台词一样的吵架。那对男女的普通话过于纯正，字字发自丹田，一定是戏剧系表演专业的学生，吵架的理由似乎是在"谁对谁好"上一分高低。他们一边吵架，一边情不自禁地做出夸张的话剧动作，并拖着"啊""唉"之类的感叹词。相比他们，我们系情侣吵架则是那么简单朴素。

有一天，我看见同宿舍的老七站在路边训斥他女朋友。老七本来语速就快，用手指着他女朋友的鼻子，说话连气也不喘，听不清说什么，全是爆破音，似乎在念那个"八百标兵奔北坡"的绕口令。他们当时是那么如胶似漆，老七自从恋爱后，我们宿舍里就多出一套餐具，和他的饭缸子并排挂在窗户把手上。可以想象，这对形影不离的餐具迟早是要分开的，磕磕碰碰四年，扔进山师东路的垃圾箱。那条路上，每天都会有新的爱情开始，也会有旧的爱情结束。

那条路上，一阵风就能吹开年少的心扉，一阵风就能吹散相恋的岁月。

那条路每年都会伤感一次，在明晃晃的夏天，视线中的一切如同镀了一层镍。这时候，那条路的小酒馆里，人格外多，空气格外闷，扎啤格外凉。

那些小酒馆的店名，即使早已不再，很多人一辈子也不会忘记。即使离开多年，很多人提起那条路时，哪儿的水煮肉片好吃，哪儿的酸辣土豆丝分量足，依然如数家珍。

记忆最深刻的，正是那一场场叫作"散伙饭"的相聚，那是一场场为了别离的相聚。很多人喝着喝着酒，就相拥而泣，先哭的往往是男生，尤其是平日最沉默的男生，往往最忍不住泪水，他们流着泪水扬起头，将杯中的酒一饮而尽，就像饮尽了所有的青春。

这时候，说不定就有人取出一把吉他，一边弹，一边和大家合唱："我们曾经哭泣，也曾共同欢笑……"这是罗大佑的《闪亮的日子》。还有那首《萍聚》："只要我们曾经拥有过，对你我来讲已经足够，人的一生有许多回忆，只愿你的追忆有个我……"或者是老狼的《同桌的你》《睡在我上铺的兄弟》……

直到别离的那一刻，才知道，我们在别离前，就学会了那么多关于别离的歌。每一首歌都是一颗伤心的炸弹，足以摧毁以坚强为由筑起的堤坝。

那条路已经变了。很多大学有了新校区，学生们不再拥挤在那条路上，听师兄师姐们说起那条路，不由恍惚，仿佛沧海桑田。以后的孩子们更难想象，那条路的繁华与寂寞，孤独和骄傲，像一代人的青春，无法复制。就像万夏的诗："仅你消失的一面，足以让我荣耀一生……"

那条路焕然一新，同样是在夏天，崭新的玻璃窗有些刺眼。宽阔平坦的路面，汽车甚至能开到一百迈，打个哈欠，从一头到了另一头，再没有了长久的驻足和停留。

只是，在起风的时候，再去那条路看看，就像《大话西游》结尾时，至尊宝看到城头上的武士，我们也能看到曾经熟识的自己，而今，竟然如此陌生。

那条路，叫山师东路。其实，它也在趵突泉之东，在大明湖之南，千佛山之北。原本，它在济南的东部，随着城市发展的东移，它已经成了济南城区地理上的中心。

一次次穿过山师东路的人们，山师东路也一次次穿过他们的心。

英雄山的树荫和书香

我爱那里，因为书和树。

因为书和树，所以我第一次来，就爱上了那里。

1997年，在济南读书的我，几乎足不出文化东路。这座城市对我来说，只有宿舍、教室、图书馆和山师东路的小酒馆。对那时的我来说，这些已足够。

直到有一天，我和几个同学一起，走到历山路路口，坐上一辆2路公交车，到体育中心下（那一站以前叫"跳伞塔"，如今已不存在）。天有点热，我们被太阳晒着，顶着一脑门汗珠，沿马路边一直走，一直走，一直走，突然走进一片浓厚的阴凉里，路两边全是参天大树，我在心里暗暗惊叹：济南怎么还有这样的好地方！

再从一条小路进去。路两边，全是书摊；到了里面，几排平房，全是书店；还有几个大棚，水泥台子上也摆满了各种书。

我的那种感觉，如同记忆中第一次赶大集一样，兴奋无比。原来，书不光陈列于安静的新华书店里，不光保存于严肃的图书馆里，也和柴米油盐禽蛋蔬肉一样，有属于它的鲜活热闹的市场。

那是我爱上的英雄山文化市场。

后来我才知道，在我第一次去时，英雄山文化市场刚刚成立五年，之前是果品仓库。后来的很多年，那里成了我精神之果的采摘地。

我大学期间多次去那里，几乎每次从头走到尾，再从尾走到头，走得脚底疼，腿转筋，口袋空空如也，不管是体能还是经济，全部透支。那时囊中羞涩，几乎每本想买的书都要找几家店反复对比，定价、折扣、版本等，都合适了，才能狠心掏出一两盆水煮肉片的钱，买本书回来啃。

书山有路勤为径。这句话我当时的体会特别真切。

英雄山文化市场，就是我的书山。只要有耐心，大书店甚至图书馆没有的书，说不定就能在那里邂逅。比如经典的朦胧诗选集《灯芯绒幸福的舞蹈》，再比如《博尔赫斯文集》，等等。还有几家书的整体质量都不错的书店，比如致远和三联（我至今也不知道和市里的同名书店是不是一家）；再比如有一家山东作家书店，里面有全套的河北教育出版社出版的外国诗人的诗集，红皮、绿皮、黄皮码得整整齐齐（那套书陆续出了上百本，大概是许多当代诗人的必读书，其中很多译者后来都和我成了朋友）。还有广西师大出版社的系列人文社科类图书（那时还没有"理想国"品牌），很新很全更新很快。

在那里，我才知道"二十四史"要读中华书局的繁体竖排版；才知道"四大名著"普及版本人民文学出版社最佳（图便宜买过别的版本）；才知道山东有家画报出版社的书非常有趣；才知道齐鲁书社的古典小说系列里有很多原汁原味的成人段落。

同宿舍的老李，专去挑成人段落较多的古典小说买。毕业时，我送他一本繁体竖排的港版《肉蒲团》，并在扉页上题赠言：如此风情如此肉。如今，他已成为京城一位颇有名气的影评人，常把我国电影的评论写出岛国电影的风韵。

老李还知道英雄山文化市场边上有家羊汤特别美味。记得有次他成功当选特困生，为了感谢我们的投票，咬着牙打了一辆黄色面的，挤上宿舍的八个人，同去那个满桌子满地都是油的小馆子，照死里喝了一遭，每个人加了两回汤，出门时差点滑倒。

有书，有树，还有羊汤。那里还有我曾经的居住理想。

工作后，首次购房，我一遍遍寻觅附近的房子，当时附近没新楼盘，我心想买套二手房也行，位置最近的是邮电新村，附近还有省委宿舍、梁庄小区，价格都不便宜，出售的也多是顶楼或很差的户型，最终只好遗憾地放弃。

每次听到许巍在《那一年》中唱："你曾拥有一个英雄的梦想……"我都想改成："你曾拥有一个英雄山居住的梦想。"

必须强调一下，是在英雄山文化市场附近居住，不是在山上。那里不光是我个人的精神乐园，也是社会文化的风向标。

《百家讲坛》刚火时（我还没有去录《东汉开国》），有一天，我正在英雄山文化市场一家书店翻书，两位中年女同志进来，大喊一声："这里也有《百家讲坛》的书！"接着说："《百家讲坛》让印书的都发财了，印刷厂要不早就发不下来工资了。"

另一位女同志话锋一转："有算命的书吗？"

我换了一家书店。一会儿，她俩又来了。

"有算命的书吗？我就想看算命的书，不好买，问了好几家都没有。"

另外一位说："我好多年没看书了，过去看过这个《穆斯林的葬礼》，在办公室边看边哭，跟泪人似的。"

我又换了一家书店，没多久，又听到了熟悉的声音："有算命的书吗？"

我不知道她们俩为何执着地寻找算命的书，但那时，我已经不再经常去英雄山文化市场了。一个电子商务的年代猝然袭来。从书开始的网购，迅速改变了我的买书习惯。不知不觉，那里已离书越来越远，我和那里之间的缘分也离书越来越远。

这些年，再想起那里，会想起书画、古玩，会想起玉石、沉香，会想起新疆大盘鸡、亮亮拉面，会想起粥府、把子肉……但很少会想起去买书。

这种转变，恐怕算命的书中也没有提及。

曾经的参天大树，在数年前也被砍伐了许多，如今的那里，尽管也有些许树荫，但总觉得如此轻浮。每一次晃动，似乎都能看到焦灼的人影。

最后一次去英雄山文化市场的书店，是六年前的冬天。当时应邀去读乐尔书店做一个演讲。那时的书店已经比之前少了大半，萧瑟之中，规模最大的读乐尔正在和崇贤馆合作推出一批仿真版的古籍善本。我不知道他们后来的合作如何，但可以想象，在这个时代经营书店，靠书自身的利润几乎是难以维持的，即使现在有了雨后春笋般的各种独立书店，但主要功能都不再是卖书了。

那次活动对我来说，有一个很大的收获，就是结识了一位饱读诗书的朋友。其人聪慧活泼，才华横溢，然而，2016年春天，匆匆离开了这个世界。当时我在北京，突闻噩耗，心如刀绞。

命运无常，一切皆无常。如博尔赫斯诗云：

散落在时间尽头的一代代玫瑰
但愿其中能有一朵
免遭我们的遗忘

但愿我们纷乱的内心，始终能有一个安静的角落，储存着泪水和雨水，来预防身体的干裂。

但愿生活在这座城市的人，内心里的某个角落，能有一个曾经书香馥郁、树荫浓郁的英雄山文化市场。

县西巷，济南的万丈红尘

县西巷是一条路，听起来不宽，实际不窄。在泉城路和大明湖路之间，从南到北，笔直的一道。路边，两排垂柳，有风，便轻舞；无风，也美得无言。

之前，县西巷也不是一条巷，而是两条。到后宰门巷往北，就是钟楼寺街。两条街巷连一起，串起了县前街、县后街，南北仓棚街，东西菜园街、南北茶院街、鹊华桥东街，街与街之间，有会馆，有饭庄，有道观，有教堂，有衙门，有一户户冒着炊烟的人家。

我第一次去县西巷，大概就是这个样子。从人群熙攘的泉城路拐个弯，进来就仿佛穿越了时光。不光是街巷的面貌，这里的人亦如此，似乎他们的生活比在高楼大厦里的人要慢一些，没那么快的脚步，也没那么复杂的心。

十几年前，林青霞到过这一带。她在《家乡的风》中写过："到济南的最后一个下午，我和几位朋友到旧城去逛，终于找到了我想要找的东西。"进了一个院子，她对一位老大娘说："我是林青霞。"解释半天，老大娘好歹信了。走后，她担心万一老太太一激动，给邻居说林青霞来了，会被以为犯病说胡话，就特意安排秘书，去送签名照和买礼物的钱，结果老大娘死活不开门，还打电话给儿子，儿子说他们是骗子，最后只收了签名照，钱说什么也没留。

在县西巷，能见到济南这座城市的历史。光是如今北首的钟楼台基，就能串起千年岁月。

济南现存最早的建筑之中，便包括开元寺的钟楼。开元寺的位置，最早就在县西巷东临，始建于北朝晚期，唐代改名开元。明初，济南成了省会，诸多省级衙门需要办公场所，原来的济南府署就腾出来，成了按察司署，位置在今天的泉城中学。开元寺则改建成了济南府署，就是今天的省政协大院，寺庙迁到了佛慧山，那里的佛慧寺改称开元寺，如今遗址尚存。

当时，大明湖南岸有个镇安院，因为开元寺钟楼连同部分僧人迁来，被民间俗称钟楼寺。

为何钟楼不随着开元寺一同迁到佛慧山？我查了很多史料，都没有找到记载。前几天，在县西巷，为杨柳风学堂搬了一次家具，突然恍然大悟："太沉！"

钟楼上的那口钟，有八千公斤。在那个年代，就算大老远搬到佛慧山，也够呛能挪到山上去。然而，这口钟又非常有意义，绝不能随便丢弃，就近找个地方安置是最妥当的。

据《历城县志》记载，其来历是纪念一位姓刘的和尚，在宋金交战之际,他率兵赴京勤王,为郡民所敬重。北宋亡后,老百姓集资冶铁,为他铸了这口巨钟。如今,这口钟已经搬到了大明湖南丰祠明昌亭,曾经掉下来过一次,因为挂钟的钢筋断了,还好没砸到人,钟也"筋骨结实",没摔坏。

当年,在县西巷的改造过程中,还有过重大考古发现。有从北朝到宋代的八十多尊佛教造像,全国最精美的寺院砖雕地宫,唐宋时期的寺院遗存,包括数百件瓷器、陶器、玩具、铜钱,各时期的水井、炉灶、道路……都在县西巷的地下默默沉睡过很多年。

从千佛山往大明湖远眺,会发现县西巷正在大明湖中轴线上。佛山倒影,也是一道沿着县西巷的光。

县西巷,还是一条水上的巷。这里有许多终年不涸的泉井,地下的泉水、湖水交集成网。若再连上舜井街,简直是一座超长的桥,把大明湖和护城河连在一起,在安静的深夜,走在县西巷,能听到潺潺水声,汇入这座城市的梦境。

县西巷更是一座美味的巷。老济南的味道,在这里有前世,也有今生。当年的鲁菜名店九华楼,以九转大肠闻名。

魁盛居的王府烤鸭,既是好烤鸭,也是真王府。明德王扩修王府时,沿着县西巷,今天的泉城路,往北到后宰门街,西到芙蓉街,全盖成了自己家院子。德王爱不爱吃烤鸭不知道,烤鸭这道菜的形态,应该是从明朝开始的。

县西巷的美食不光是鲁菜,还有年轻人喜欢的日料和烧肉,周边的各种酒吧也越来越多。随便进一个小酒吧,坐下来小酌一杯。还有一家卖把子肉的,每晚出摊,排队很长,我没有去吃过，但想必还是颇有特色的。

　　这里还有一个奇怪的不贵书店，是一家纯靠卖书盈利的书店。老板和老板娘都很有个性，选书上极具眼光，卖得既不孬，也不贵。之前我们在微信上加好友，是因为去年疫情，他们给去湖北的医护工作者捐了一车物资，然后，我就看他们朋友圈，手机转账买他们的书。

　　有一天，在县西巷，两口子开着一辆电动三轮拉货，和我迎面撞了个正着，激动地去打招呼、握手，幸好他们也认出了我，场面不至于太尴尬。

　　县西巷，也是一条弥漫着艺术气息的路。很多画家、书法家、设计师、策划师、摄影师的工作室都在这里。光是我认识的朋友，一家家挨着串门，也得差不多一天。随便聊聊，一壶茶，两杯酒，就是万丈红尘。

　　大隐于市的县西巷，没有太

老街人生

多喧嚣，却值得细品；没有成为超级"网红"，但可以常来。

顾名思义，县西巷在县衙的西边。在济南还未成为府，山东尚未成为省时，历城就已经是一个县了。

县，最初同"悬"，即悬挂、联系的意思。如今，历城县署虽消失了，县西巷依然还在"联系"。它联系的，是泉和湖，是人和事，是视觉和味觉，是商业和生活，是地上和地下，是历史和现在，是偶然和必然，是这座城的过去和未来。

市中老街巷

　　济南的老街巷越来越少了。即使很多人并不希望这样，却也难以改变，或许，未来还会更少。许多地方确实留了些老房子，改头换面，气质已然变了。还有的，建筑全是复制出来的旅游观光点，里面除了奇怪的小吃，便是东张西望的游客。每座城市都有这样的地方，越来越相似，就像统一整成的网红锥子脸，有多少人喜欢，这个时代的审美就有多贫乏。

　　还好，市中区的一些老街巷，多保持着原来的样子，尽管看上去有些凋敝，却像一名风华绝代的美人，行将迟暮的这一刻，身影依然婀娜，眼眸依然清澈，岁月留下的痕迹恰到好处，在她脸上，在她心里，比少女还令人心动。

　　一百多年前，济南开埠，迎来了无比的繁华，商场、酒店、洋行、公馆鳞次栉比。以远东第一火车站为起点，沿着东西南北的经纬，山东最早的电影院，济南最早的西餐厅，各种老字号，多个国家的领事馆……这座城市发生了翻天覆地的变化。一直到二十世纪末，我来济南时，这里依然是济南的商业中心，人山人海的西市场，熙熙攘攘的大观园，都曾让我难忘。

那时我读大学，大观电影院是济南最好的电影院之一，不光影院场场满，旁边的饭馆也永远都是满的。狗不理包子、把子肉米饭……后来，随着济南市区向东发展，这边渐渐冷清了。但这种冷清，反而更显真实、自然，从一座巨大的城市综合体，突然变成了济南真正的市井博物馆，足以让人惊喜。

在这座"博物馆"里，百年以上的建筑一片连一片，学校、医院，包括幼儿园，也都有一百年左右的历史。随便一套老宅子，里面都会有一个家族的兴衰；任意一条小胡同，就有过无数离合悲欢。通过《胡适日记》，仿佛可以和他在某个路口相遇；通过一张黑白照片，又似乎能和徐志摩、林徽因一同，陪泰戈尔吃个晚餐。

曾经，春天时，去皇宫照相馆给孩子拍过百日照，去中山公园的旧书市场溜达；夏天，在阡陌书店的二楼喝一杯服务员用阳台现采的薄荷泡的茶；秋天，骑车穿过被落叶铺满的纬三路，去便宜坊旁就着鸡蛋包喝一碗甜沫。

这里有开了几十年的川菜小馆，最好吃的手抓饭，几家保持着纬九路特色的烧烤，还有以烤碎白腰而闻名的店。这家白腰店我吃过很多次，里面空间逼仄，地板从地上鼓出来，等不及的人们吱嘎吱嘎地踩着去炉子边抢串，直到这家店搬走，才知道这里曾是日本侵华期间在济南的特务机关梨花公馆，顿时觉得吃过的小白腰特别有意义，也算是受了爱国主义教育了。

在北洋大戏院，听张火丁的《锁麟囊》时，遥想当年，程砚秋也在这个舞台上唱过。在张采丞故居录《知否》时，宋遂良老师说这座房子恰好和他同岁……

一座城市的记忆，和无数人的秘密一起，就藏在这些老街巷里，交汇出时间的光影。

其实，最早来到这里，还是冬天，差不多二十年前，刚刚下了一场雪，积雪在经二路两边的树上覆盖了厚厚一层，两边的建筑让我恍惚以为自己到了欧洲的某个小镇。那时我就想，在这里生活，可能是一件奇妙的事。

这座城市就是这样，看似波澜不惊，却总让人不小心就热泪盈眶。就像鲍勃·迪伦说的：我曾经如此苍老，如今我风华正茂。

早些年，去外地一些景点，水乡，或者古镇老街，最喜欢看的，是在那里生活的居民：戴着老花镜打牌的老头，烧着柏木熏制腊肉的大娘，门口洗头的妇人，路边嬉戏的孩子……每当看到他们，我就会感叹：这才是这里最好的生活气息啊。如今，在济南生活了二十多年，时常穿梭于老街老巷的我，遇到挂着单反、骑着共享单车、用手机开着导航的游客，就会想：他们是否也把我当成了这里的生活气息？

这里是银座

若时光可以倒流，今天的人们，去看二十多年前的济南，其实是一座平静中带有一点魔幻色彩的城市。

那时还没有泉城广场，没有高架桥，泉城路还不是步行街，芙蓉街还没有臭豆腐味儿，山师东路有各种便宜的小馆子，趵突泉泉水时断时续，大明湖没有新区，植物园要买门票，千佛山有好几个入口，不用买门票也能上去。

满大街都是黄色的面的，起步价五元，如果计价器跳到十元，一定是去了一个特别远的地方，围着城市转一圈，也不会超过二十元钱。

一天晚上，就是乘着这样一辆面的，穿过泺源大街的时候，我惊叹，这条街怎么如此美丽？灯火通明，霓虹闪烁，光影灿烂，水一样在马路上流淌。摇下车窗，我看到了路边新起的高楼，也记住了它的名字：银座。

那时候，我还从未见过这么好的商场。一直在县城长大，在我童年的印象中，县城每有一家新商场开业，不需要任何广告，就会挤得水泄不通。即使什么东西也不买，逛商场本身，也成了人们喜爱的娱乐方式。有的商场为了招揽顾客，楼梯走道里放上几个哈哈镜，那几乎就成了孩子们的游乐场。那时候听人说，大城市的商场不光有哈哈镜，还有电梯，可以免费乘坐，实在是振奋人心。

所以，一度觉得济南有银座这样的商城，可以随便逛，简直是一大幸事。

但当时，作为一名大学生，银座的东西价格实在远高于我的消费水平，甚至连价签都不敢看。偶尔进去，囊中和面孔一样羞涩。

我第一次从银座购物，是花了二百多元钱，买了一台传呼机，数字的，蓝色。我把号码印在简历上，每天都盼着它像蛐蛐一样响起。

印象最深刻的是，有一次我在文化东路溜达，传呼机突然响了，我去路边公话回电，宿舍的同学说："快！去校门口集合，要游行了！"

电话还没挂，就看到一队队学生从我面前走过，第一排的是我们班的同学，边举着"抗议美国炸我使馆"的标语，边振臂高呼。对面的加州牛肉面馆上也挂出了"爱我中华"的横幅。

第一次去超市，也是银座。之前一直觉得超市这种营业模式有问题，随便挑，随便拿，那还不乱了套。直到泉城广场建好，我拿着老板发给我的二百元购物券，走进了银座地下购物广场，才感受到原来超市是这样一个琳琅满目的世界，让人生似乎也丰满起来了。

我特别喜欢的电影《阿甘正传》，其中有句经典台词：人生就像一盒巧克力，你永远也不知道下一个吃到的是什么味道。

过去我一直觉得，巧克力不就是巧克力的味道吗？那次去银座超市买了一堆，才知道原来巧克力也可以有那么多的味道。

再后来，银座成了一种生活水准的象征。

记得有个朋友曾说："在这座城市，验证自己是否属于中产阶级的方法，就是能否经常去银座购物。"

还有一个朋友，刚刚参加工作时，交了一个女友，那时他几乎一无所有，住在租来的小房子里，到了谈婚论嫁的时候，女友带他去银座看家具，他觉得离自己的消费水平太远。两人从此开始争吵，不久，女友和他分手了。现在，他们各自结婚生子，银座里的家具对他们来说，不再那么奢侈，奢侈的是那份曾经的爱，清贫而美好的情感，错过就是一生。

银座，也是很多人的情结。

这些年，在我熟悉或者陌生的地方，有了越来越多的"银座"：商城、超市、便利店……家居、汽车，甚至房地产，"银座"这两个字，成为无处不在的烙印，在我的视线里，在我的记忆中。尤其在山东，一个又一个的银座，和我们的身体错落相间。

如今，在我长大的那座县城，儿时去过的那些商场几乎都不存在了，却建起了银座，就在我家的老房子对面。当然，老房子也不在了，取而代之的是一座座拔地而起的高楼。每次路过那里，我都会想，如果小时候家对面有银座，或许我的世界观会被改变。

我曾经写过，小时候，自己有个做售货员的理想，还被老师笑话了一番。事实上，那时我觉得售货员像魔术师一样神奇，售卖的东西应有尽有，而所有的幻想，都可以在商场实现。

商场一直在改变时代，时代也一直在改变商场。或许，在未来，商场还会改变成一种今天的我们难以想象的业态，但我相信，银座一定会成为几代人的标志性记忆，光泽如白银，闪亮成星座。

这些记忆里，有你，有我，有我们曾经的模样，有我们一起前行的步伐。当打印出的小票像日历一样翻过，我们消费的并非只是商品。

济南曾有『灰姑娘』

2014 年，年底，某晚，两场大酒后，路过六里山南路路口的一家大排档，原本送我回家的朋友停下车，执意要再坐一会儿。

那天特冷，大排档用塑料布围挡起来也不暖和。我们点了一份炒焖饼，一份炒豆芽，再加一份辣炒大肠，趁着热气猛吃，每人又开了一瓶啤酒，瓶口冰得粘嘴，喝不下去。

这家大排档是三哥推荐过的。他熟知这座城市所有吃夜宵的地方，哪里的水饺、哪里的火锅、哪里的烤腰头，如数家珍。他喝多了常说"以我四十八年的经验（其实他当时周岁才四十七）……"后面是什么我大都记不清，但我尤其相信他推荐的夜宵。凌晨一两点钟，济南这座城市十分清冷，不管是人还是其他动物都难以觅食，以我三十七年的经验，在这一点上，他水平惊人。

因为之前的十五年，他这个点才刚下班，甚至还没有下班。当时，他开了一家酒吧，叫灰姑娘。

就在那天吃大排档的时候，灰姑娘还在营业，几天后，2015 年新年钟声响起，灰姑娘酒吧停业了。

三哥原名杨三强，山东师范大学化学系毕业，早年间卖过电脑，开过各种公司，还赞助过一支乙级足球队。二十世纪末的最后一年，他在省体育中心开了一家酒吧，属于济南最早的一批酒吧，后来成为这座城市名气最大的一家酒吧，几乎无人不晓，周末时，一晚就来上千人。

那是一段令人难忘的岁月。经济噌噌发展，房价嗖嗖上涨，互联网以迅雷不及掩耳的速度覆盖人们的生活。人们对未来充满激情，对现实毫不担忧。白天，殚精竭虑去奋斗；夜晚，迫不及待要狂欢。

那时 KTV 尚未普及，济南人的夜生活除了喝扎啤、撸烤串，就是去酒吧了。

时势造英雄，加上酒吧本身的品质，让灰姑娘脱颖而出，变成了穿上水晶鞋的公主。在一流的电子音乐中，在泛起的啤酒泡沫里，在颤动的舞池中，在迷乱的眼神里，灰姑娘一度是济南人夜生活的代名词。

在这座城市生活的年轻人，即便决心不去灰姑娘，都是很难的。比如我，天生怕吵怕乱，一向极少去酒吧，也去过一两次灰姑娘。第一次去好像是刚开始工作，和客户吃饭，结束后，客户提出要去灰姑娘，就打车过去。印象最深刻的是：这名原本西服革履一脸严肃的"成功人士"，到了灰姑娘，一伸手就把领带拽了，然后去吧台上抱来一堆啤酒，摇头晃脑地喝起来，一会儿工夫，眼镜都耷拉到了鼻尖上。

　　我这个客户还好，有个朋友说，当年他有一群客户从西藏来，晚上吃完饭，都要求去灰姑娘，几十人过去狂喝一番，差点把他喝破产。

　　确实，外地人到济南，常慕名到灰姑娘一坐。甚至还有不少人从外地专门到济南，就是为了灰姑娘。

　　比如，当年有一人物，在某地经商，常带一车朋友过来，出手极其大方，从服务员到经理到老板，没有人不认识他。他从进门起，见人就给小费，若歌手唱得不错，更是一掷千金点歌。

　　三哥说，后来他多次劝此人不要这样，却劝不进去，因为他要的就是这个排场，仿佛没有了这个排场，挣再多钱，亦无意义。

　　灰姑娘曾是济南的艳遇高发地。在这座趋向保守的城市，很多人的"放纵"是从灰姑娘开始的。

　　有一次，和几个朋友小聚，其中有一男一女，虽初次相识，但总让人感觉似乎有些尴尬。散席后我才知道，他们之前见过一次，在灰姑娘的某个夜晚。

　　那时的灰姑娘，相当于济南的丽江。那时的丽江，其实也单纯得像一名灰姑娘。

　　人总会有一个年龄阶段，还未学会克制，欲望突然膨胀，还没得到，就害怕失去，各种靠谱和不靠谱，各种理智和混乱，各种希望和绝望。这个年龄阶段，就叫青春。

　　一座城市也和人一样，有着自己的青春。很多人的青春，以及济南这座城市的青春，都曾被灰姑娘见证过。

其实，灰姑娘还成就过很多段姻缘。有不少第一次相识在灰姑娘的人，后来就相爱了，再后来结婚生子，像童话中灰姑娘和王子一样，过上了幸福的生活。

童话虽然都是骗人的，但灰姑娘让不少人实现了童话。

作为灰姑娘的老板，三哥是一个固执的人，他的固执成就了曾经的灰姑娘。他一直坚持让乐队每晚现场演唱五十首歌曲，坚持迪厅只能放高品质的电子音乐，而不能放口水歌及低俗的涉黄歌曲。这种坚持让灰姑娘有着一批忠粉，他们有着一个特别生动的名字——灰妮儿。

无数灰妮儿在灰姑娘见证过无数经典时刻。多少红极一时的歌手，都曾在灰姑娘放声歌唱。

那时的汪峰还没有上头条。那时杨坤每年还没有 32 场演唱会。那时羽泉还很稚嫩。那时的灰姑娘里，都是年轻的脸庞。

在灰姑娘的鼎盛时期，三哥还开了 2046 俱乐部。那时很多酒吧以及娱乐场所都在悄悄转型。在他的 2046 俱乐部，29 间装修豪华的包房里，都是正规服务。

他坚持如此，很多客人并不一定能如此坚持。

他说，灰姑娘的广告语是："要酒要爱，要就给你。"但是，要别的，不行。

所幸的是，世间还有坚持自己的人。尽管，这种坚持看上去更像"固执"。

三哥的固执体现在生活中的方方面面。比如，他要吃油炸花生米，必须告诉厨师油里要先放花椒和干辣椒；要吃拌黄瓜，也必须告诉厨师除了香油和盐，什么都不能搁。他总在坚持一种纯粹，即便是在一个几乎不可能再纯粹的时代。

他坚持开了一家和平咖啡馆。在大明湖畔，和灰姑娘相比，这里没有那般热闹，却也是一个颇有情调的去处。

他固执地认为，这座城市需要一间这样的咖啡馆。

他固执地相信，总有一天，会有更多的人认识到这一点。

三哥常谦称自己只是个卖酒的人，但他卖了这么多年酒，酒量却不敢恭维。白酒顶多半杯，啤酒一两瓶，他就满脸通红，找地方歇着了。但是每次歇上一两个小时，就回光返照一般，开始猛喝，喝到后来，别人都不行了，他还要喝，眯着眼碰杯，碰一下，头低下来，仿佛睡着了，等别人也快睡着，以为要结束时，他突然又抬起头，举起酒杯，说："让我们开始吧。"

他是一个爱酒的人，纯粹地爱酒。酒能够让他乐观起来，所以他每次喝多，第二天对自己的反思就是"盲目乐观了"。

或许，他一直是一个盲目乐观的人，因固执，显得盲目；因坚持，仿佛乐观。

还是在 1991 年的时候，三哥在北京常去一个俱乐部，在那里，他萌生了未来要开一家酒吧的想法，后来才有了灰姑娘。那家俱乐部的名字叫和平 House，这也是他的咖啡馆以和平命名的原因。

其实，不少人和他聊过，希望能和他合作，把灰姑娘再开起来。他都婉拒了，因为他觉得，灰姑娘，只属于那个逝去的年代。在那个年代逝去之后，依然有很多人保留着灰姑娘自办的刊物《Flyer531》，保留着灰姑娘各种活动的画册，保留着灰姑娘的会员卡甚至打火机，保留着对灰姑娘的一种情结。

然而，这些，似乎已和三哥无关。

2014 年的最后一天，三哥没忍住，喝完酒又去了灰姑娘一次，不管是保安、经理，还是服务员，哭成一团。

后来，灰姑娘所在的地方变成了一家车行。有几年，我组织的文化乐旅，大巴都从那里出发，通知大家的时候，只要说灰姑娘门口集合，就都能找到了。

一次，三哥带着家人参加了文化乐旅，在开封的夜市上，一家类似于六里山南路的大排档，也是在塑料布围挡之下，大家一起坐在小马扎上喝酒。这时，有歌手拖着音箱过来，让我们点歌，我说："好，来首《灰姑娘》吧。"

郎茂山居记

济南南，有小山，名"郎茂"。据说，当年此地偏僻荒凉，野草丛生，沟峪山洞中有狼栖居，故称"狼茂"。解放战争时，这里为军事要塞，曾筑有堡垒。二十世纪八十年代初，兴土木，建小区，人烟至，炊烟起。现如今，虽不算繁盛，却也楼林立，人喧嚷，属市中区，在二环内，狼的踪迹全无，天一黑，山坡上全是遛狗的人，走路不低头，常走"狗屎运"。

我于2009年迁到此处。当时买房，转了许多新楼盘，都觉得不甚如意，不是小区太大，便是钱包太小；不是楼层太高，就是地势太低。县城长大的人，对高楼林立、人群密集之处有天生的畏惧感，又一直不会开车，平日在城市里就迷路，一进那些像是城中城的小区，简直是迷中迷。还好，有位朋友介绍我到郎茂山这边，山腰上，小区不大，共六座楼，人少，路窄，弯多，幽静，我一见钟情。

出了小区门，就能上山。山不高，步子快的话，一刻钟就能登顶。上山的路有很多条，东西南北都修了台阶，山不陡，不走台阶的话，随便找一处，扒着石头，踩着荒草，也能上去。山顶有长廊、凉亭，一条平整开阔的路，还有一些健身器材。每天清晨，这里都有很多锻炼身体的人，有的爬到山顶，找一空旷处喊山，用尽所有力气，既像大侠空谷传音，又如公鸡早起打鸣。因此，想睡个懒觉，晚上必须关窗，否则会被叫醒。尤其是夏天，天蒙蒙亮，就能听到喊山的声音。有一次，小区离山最近的那一户被喊醒，忍无可忍，跑到阳台上，冲山顶大骂，山顶的人听到后，也不喊山了，冲山下回骂，你一句，我一句，毕竟有段距离，声音传输略有延迟，所以，节奏十分有趣：好像是你骂我，我耐心听完了，再骂你；你耐心听完，再骂回来。双方又只能动口，无法动手，按回合制，"骂"尚往来，颇有"君子古风"。

小区下面，是大片老居民楼，即郎茂山小区。这是济南集中建设得最早最大的小区之一，分北区和南区，里面的路错综复杂，人五花八门，散发着浓郁的市井气息。

贯穿南区的一条斜上坡路，两边挨着好几家小卖部。我一去大超市就心慌，尤其受不了在收银台前排队，因此，平常的生活用品，都是在这里买。

这几家小卖部风格不同，我开始总去一家夫妻店，两口子尤其热情，每次不管买什么东西，他们都会替你算一笔账，结果总是——你买得比别的地方都便宜。就算是买包方便面，他也会眨着眼睛告诉你，他们卖的方便面里面多含一个卤蛋，别的地方是没有的。时间长了，我心里产生了深深的歉疚，觉得这样下去，过几年，我欠人太多，难以偿还。再买东西，只好另换一家小卖部。

新换这家小卖部的老板是一名中年男子，精瘦，嗓门细高，话不多，身手特别利索，要条烟，不用再多说，他便连烟带找零一同拿来，递给你。他还是一个特别快乐的人，经常能听到他大声唱歌，民族唱法，比如《小白杨》《说句心里话》之类的，一边开"演唱会"，一边经营杂货铺："一棵呀小白杨，长在哨所旁……你要啥？"

"来包'白将'。"

"好嘞……根儿深，干儿壮，守望着北疆……"

还都能接上。

偶尔，也会遇到一些小麻烦，但他有特别巧妙的化解方式。有一次，一个大老爷们儿来他这里买鸡蛋，称了一袋，放在电动车前面的筐里。此人估计平常很少买鸡蛋，骑上车，不到五米，鸡蛋就颠碎了好几个，停下来一脸郁闷。他在小卖部门口喊："没事，回家也得磕！早磕了省事！"

那一刻，我真觉得他是一个哲学家。

小区的菜市场更为热闹。早晨有各种早点摊：包子、油条、煎饼果子、炸肉盒、肉夹馍，最火的是一家牛肉烧饼摊，每天都排着长队。烧饼是现烤的，煮好的大块牛肉放在一个铁桶里，冒着滚滚热气，卖烧饼的把牛肉一块块从桶里取出，放到案板上，用刀剁碎，再把刚出炉的烧饼从中间划出一道口子，将剁好的牛肉夹进去。牛肉最好是七分瘦三分肥，烧饼用老面发酵，皮酥脆，瓤微酸，和肉汤交融在一起，咬一口，奇香无比。

有段时间，我几乎每天在这里买一个牛肉烧饼，烧饼也从五元钱涨到七元钱，生意依然火爆。后来有几次，我在排队时发现，偶尔会有来买烧饼的，是卖烧饼的熟人，不管队排了多长，卖烧饼的都会优先给他们，这让我感到不太舒服，就很少再去，再想吃牛肉烧饼，宁可去四五公里远的回民小区。

或许是因为对平等和秩序的要求过于强烈，我难以容忍这样的事。让我感到欣慰的是，36路公交车的始发站在郎茂山，每天，公交站牌前，人们都在整齐地排队，这让我感觉很舒服。

小区的大路边，还有一个修自行车的小摊，修车师傅浑身黝黑，摊边常年摆一副象棋，棋盘为木板所刻，和棋子一样，裹着一层黑色的油浆。修车的人不见有多少，却常年围着一圈下棋的人，都是四周居民，修车师傅有时也亲自上阵，袖子一撸，就坐到了马扎上。他们的棋局往往开始就是一通拼杀，吃得睁不开眼，等棋子剩下一半时，才开始点上一支烟，仔细斟酌。围观的人也经常支着儿，给一方支完给另一方支，支着儿的之间互相不服，干脆胡噜了残局，抢过马扎坐下，重下一盘，又在众人的支着儿中，拼个你死我活。没事时，我从这里路过，会停下来，看一盘，比在网上下棋好玩多了。有时候想，自己将来退休了，就到这里来锤炼棋艺，实在是其乐融融的事。

就这样，我在郎茂山住了六年。尽管没有上过几次山，但吹着山风，望着山景，闻着这座山的气息，看着这座山的枯荣，仿佛也听到了这座山的心跳。

有山相伴，人能找到高处；有人相邻，山也不会孤独。

有一年春节，父母从老家到济南过年。除夕夜，到了 12 点，我和父亲到郎茂山的山坡上，俯瞰着满城焰火的济南，绚如夏花，灿若星辰，那一幕，似乎在童年的梦里出现过。

我成长的那个县城地处平原，到济南之前，我从未见过山。因此，从我打算留在济南之时，就想买一套离山近的房子，不光离山近，还要离人近，和自己熟悉的生活相近。住到郎茂山后，我发现，一切都很近。

自己，和另一个自己也很近；异乡，和故乡也很近。

那时山艺

那时山艺（山东艺术学院），在文化东路91号。山师东路和山大路之间，没有一条叫山艺的路。山艺，是一座很小的大学。

论占地面积，许多中学都比山艺大；论学生人数，有的小学都比山艺多。我在那里读书时，山艺只有两座教学楼，北院一座，南院一座。只有两座宿舍楼，前面一座小的，两层，后面一座大的，五层，男生住一二层，女生住上面三层，分别走不同的楼梯。男女生之间严禁串宿舍，二楼的楼梯处设了一排铁栅栏。熄灯前，两边站满了男生和女生，他们看不够的脸，说不完的话，拉不腻的手，诉不完的儿女情长，来不及等到天亮，仿佛就这样站着入梦。

那时山艺，有一座琴房楼，有一片小操场，挨着琴房楼，在操场踢球时，能听到钢琴声、二胡声、唢呐声，还能听到有人在练声："冰雪覆盖着伏尔加河，冰河上跑着三套车……"在操场上跑着的人，偶尔会停下来，在音乐中出神。
操场没有草坪，一圈是二百米，运动会没有百米短跑项目，
只有九十米跑。没有橡胶跑道，为了防滑，撒了些炉灰渣子，
发令枪一响，就看到一排人蹬出一溜黑烟，穿过滚滚尘埃，
嚎叫着向终点冲刺，如天兵下凡。看台上的啦啦队刚喊了两
句加油，就吃了一嘴土。

那时山艺，学生少，男生更少，篮球凑合，凭技术，不
靠力量；足球踢不过山师附中。学校每年也有联赛，艺苑杯，
我们系常垫底。因为全系只有七十多人，男生不到三十个，
凡能跑的，基本都得上场，跑不动再下来。还可以上一名系
里的老师当外援，我们系上场的老师，后来去了中国足协管
理女足。主裁判是我们系的书记，他执法过甲 A 联赛，给我
们做主裁时，尽量偏着吹哨，也阻挡不了我们总被淘汰的命
运。据说后来扩招，我们艺文系成了第一大系，分出两个学
院来，足球夺冠已是平常。

那时山艺，女生多，漂亮女生更多。不整容，没美颜，
更不是千篇一律的网红脸，不刻意减肥，大都素面朝天，环
肥燕瘦，姿态万千。别的高校的男生来转一圈，看花眼，分
分钟遇见心动女生。山艺的男生到别的学校去，感叹的是山
大的树，羡慕的是山师的饭，至于女生，当然还是山艺的好。
有诗为证：天涯何处无芳草，最美还是窝边草。

恋爱这件事，山艺的学生都是见过世面的。什么大款、
中款、中小款，自以为成功人士的，都爱去山艺追女生。然
而山艺的女生并不好追，她们可选项太多，潘驴邓小闲俱全，

才有可能。至于那些风月场所里，多是拿假冒的山艺学生证骗钱的人而已。最好的女生，恋爱的对象一定是山艺的男生。近水楼台，才能和月亮相印。

那时山艺，引领了山东各个高校的时尚，长发的男生，光头的女生，花被单剪裁做成的裙子，穿身上并无一点俗气。破烂一排洞的牛仔裤，每一处都似乎破得恰到好处。山艺的学生是很容易分辨的，即使毕业多年，也都能认出。和驻济的各个高校相比，山大的学生，骨子里总有掩饰不住的骄傲；山师的学生，能看到浑然一体的朴实；山艺的学生则带着擦不去的文艺范儿，玲珑之中，透着几分微微的清高，浑浊之时，流出些许难得的清澈。遇上校友，一概师哥、师姐、师弟、师妹地称呼着，亲昵，又不油腻。

山艺的学生特点鲜明，在校园里，什么专业，远远一看，就能猜个八九不离十。那一排排穿着练功服走路的，瘦却挺拔，一定是学舞蹈的；说话压着嗓子，爱用丹田之气发声的男生，差不多是戏剧系的，播音或表演专业；美术系的学生年龄明显要大一些，尤其是油画和雕塑专业的，有的学生考了好几年才考上，腮帮子上永远有刮不净的胡茬子，衣服常邋里邋遢，裤子上还沾着油彩；学乐器的手指长，眼睛亮，若高矮胖瘦的几个人走在一起，应该是民乐班的。实在从外形上难以分辨，基本上都是我们艺文系的。

那时，我们系的同学常冒充山师学生。近在对面的山师，每到周末，都有舞会，各系轮着主办，只对山师的学生开放。在一间大教室里，有个彩球灯转着，男女生围坐在四周，音乐响起时，男生请女生跳舞，三步或四步，中间也蹦会儿迪。我被同宿舍的一个哥们叫着去过一次，进门时被几名男同学拦住询问，我称自己是山师中文系的，他们就放行了。那个哥们又高又胖，绷着脸说自己是体育系的，差点被揍一顿。

那几名男同学全是山师体育系的。

那时山艺，图书馆很小，却有借不完的书。阅览室不大，倒也没有抢座之忧。教室不多，课排得一点也不少。专业考试没什么压力，让人头疼的只有英语。记得大学第二堂英语课，老师提问第一篇课文后的作业题，按名单，第一个被点名的同学站起来，说不会，坐下了。第二个同学站起来，说不会，坐下了。直到第五个同学，是我们宿舍老大，一名尤其羞涩的男生，他通红着脸，扶着黑框眼镜，说："I'm sorry……"英语老师暴怒："Don't say sorry to me！"

几年后，这名英语老师调到山大去了。她肯定不知道，她在山艺的学生里，有一个我的老乡后来从事了英语教育出版工作，做得风生水起；她更不会知道，那个说着"I'm sorry"的男生，毕业后自学英语，一年后考上了北京电影学院的研究生。但我相信，她最难忘的应该是在山艺教英语那段时光。

那时山艺，秘密都在熄灯后的宿舍里，花朵一样悄悄绽放，又凋谢。男女生的八卦，老师的口头禅，新编的黄段子，每日都有人憧憬，每晚皆有人心碎。

每到毕业前的夏天，都能看到喝醉的学生，从山师东路的小酒馆，晃晃悠悠，拐到文化东路，再拐到山艺的校园里。这段路很短，喝醉了，就显得那么长，有的人根本走不回去。

我曾看到一名男生喝得吐了血，被几名同学架到出租车上，也曾看到一名女生蹲在马路边捂着脸痛哭，旁边站着的男生一脸茫然。

那时山艺，绽放着许多人爱憎分明的青春。那时山艺，芬芳着许多人一生难忘的记忆。

那时山艺，常看到于希宁教授在小花园边散步，他已满头白发。那时山艺，还是青年画家的张志民先生在画室写下：求画者拿酒一瓶。那时山艺，我常在宿舍走廊里看见一个皱着眉头的年轻人，毕业多年才知道是"野生作家"大冰。

那时山艺，和现在一样，叫山东艺术学院。更早的时候，叫山东艺术专科学校。

校史载，1978年12月，改建为山东艺术学院。我恰好出生于那年那月，和改建后的山东艺术学院同龄，和最早的山艺差二十岁。后来，在诸多高校合并时，山艺依然保留了下来，我觉得这是一种幸运，因为不管和哪所学校合并，山艺都不再是山艺，不再是我们留恋的山艺。

2019年，山艺建校六十周年了。四十周年时，我正在山艺读书；五十年时，我专门回去过一次；时光荏苒，六十年的山艺依然年轻，而我们的年轻似乎永远留在了山艺。

谨以此文纪念属于我们的山艺，那时山艺。

那时，我在山艺，你在山艺。那时山艺，永远山艺。

曼陀铃酒吧及阴影往事

一

1998年，学校举行了一场卡拉OK比赛。我来自县城的发小老武凭一曲《晚秋》，荣获三等奖。

这更多是对他台风的鼓励，他善于模仿刘德华，摆腰款步，频繁互动，看起来颇似毛宁。为办好那次比赛，学生会主席到处拉赞助，跑遍学校周边，搞到各种兑换券。我是比赛的主持人，赛后，领了一张价值二十元的咖啡卡，名片大小，盖着曼陀铃酒吧的红章。

那是我第一次去曼陀铃，在山师东路的中段，忘了二十元是一杯还是两杯咖啡的价格。除了用券兑换了咖啡，我什么也没敢点。昏暗的灯光总让我觉得是黑店，墙上的涂鸦仿佛鸳鸯楼上"杀人者，打虎武松"。酒吧人不多，能看见几个长发的小伙子走来走去。当时我和一个女孩一起，内心忐忑，又故作镇定，端杯子的手微微打颤，咖啡没喝出什么味道，

济南的酒吧

就慌忙走了。

那时，我对济南的摇滚乐队也不了解。记得一名大学同学刚买了盘面孔乐队的《火的本能》，边听边说，济南搞摇滚的都吃不上饭，有点钱就去扎啤摊，空腹一气儿喝五杯，顶晕了拉倒。

我专门去听过一支济南本土乐队的演出，具体地点想不起来了，是一个地下室，可能是音响的问题，主唱的声音很小，在震耳欲聋的鼓声中，就像蚊子在哼哼，根本听不清唱什么，让我不由感慨：看来，空腹喝扎啤确实伤身体。

我至今也不知道这支乐队叫什么名字，虽然给我留下了摇滚的阴影，但应该不是当时已小有名气的阴影乐队，他们当时已经出了单曲，其中有首《生命中的阴影》，里面描写了曼陀铃花，象征着美和死。曼陀铃酒吧的名字就是这么来的。

曼陀铃酒吧，是阴影乐队和济南结缘的地方，更是这座城市一段光阴的影子。

二

阴影乐队是在河南一座小镇成立的，小镇是典型的工业移民小镇，有一个采油厂，聚集了天南地北的石油人，他们和家属、子女占据了小镇最多的人口。通常，这样的地方都讲普通话，人们的视野相对开阔，和原住民存在天生的文化隔阂，或许，这是让那几个年轻人摇滚起来的原因之一。

小镇便宜的物价也支撑了乐队最初的生活。羊肉串一毛钱一串，直到 2006 年，甚至有摊主贴出告示：私自降价，死全家。后来慢慢才涨到两毛钱一串。

乐队最初的名字不叫阴影，好像叫过"僵硬"，那些年，几乎所有的乐队都要取一个冷冰冰的名字，来证明自己的与众不同。当然，名字经常改，比如成立一年后，阴影乐队吃不上饭，接受了三箱宜康牌速食面赞助，更名为"宜康重金属摇滚乐团"。

贝斯手北川的回忆录中，乐队在河南的日子窘迫而又魔幻。比如他们为了买磁带，想尽办法挣钱。有一次，听人说王八很贵，就去农村称了几斤火药，根据 007 系列小说里的描述，自制了土炸弹，准备炸王八致富。他们先是在家门口的臭水坑试验，爆炸成功后，选一个风和日丽的日子，兴高采烈骑着自行车，带着土炸弹，去附近的沙河炸王八。到那里后，发现河岸边漂满死鱼，一个扛锄老头告诉他们：前两天有人来过，先电击，又下毒，现在水里王八毛都没有。

在绝望中，他们在水坑里引爆了带来的所有土炸弹，水浪腾起半空，如同青春在死水中咆哮。

1995 年，这几个年轻人进了北京，穿着皮夹克和黑军靴，留着长发，吃着方便面，靠冬贮大白菜解决温饱，凭豆豉鲮鱼解馋，日子清苦，理想不灭。一年后，录了《生命中的阴影》等三首单曲，被收入到一些合辑里，比如《非常摇滚》《摇滚特快》《摇滚工厂》等。

如果，那些歌早出几年，可能就赶上了中国摇滚最好的年代。黑豹、唐朝、魔岩三杰，从工体到红馆，摇滚乐队在离主流一步之遥时，遭遇了二十世纪末的"寒流"。几乎一夜之间，再没什么让人记住的新的乐队。摇滚乐在中国的短暂辉煌，仿佛一个人流手术的广告：开始了吗？不，已经结束了。

或许，再晚些，他们也会有不同的命运。几年后，汪峰就离开"鲍家街 43 号"，开始"飞得更高"，生命得以怒放。许巍也不再只唱《两天》，还可以唱佛系的《蓝莲花》，每一刻也都崭新起来。再晚几年，就到了一地民谣的时代，他们音乐里的苍茫和空旷，兴许就有了广阔的出口。

但，这些假设并无意义。当时整个唱片行业日渐衰落，创立了北京汉唐唱片公司的黄燎原也只能靠写各种艺术评论谋生，他的公司在西黄庄，阴影乐队经常过来，每次开饭时，都躲在企宣张敏的屋子里。张敏假装一遍遍去厨房加菜加饭，拿回屋给他们吃，做饭的阿姨一度觉得张敏一定有病，这姑娘也太能吃了。

汉唐唱片公司散伙前，黄燎原带着公司的几名企宣出了本《中国流行音乐十年》，摇滚乐部分是张敏写的。那时，公司里的员工纷纷自谋出路，有一位在西单开了家乡谣酒吧，还有一位也开了非常火爆的民谣酒吧，聚集了很多当时境遇和阴影乐队相仿的歌手。阴影乐队在张敏同事开的酒吧里驻场，算是站住了脚。有一天，酒吧来了一名陌生的年轻人，鼓起勇气上台，唱了一首歌，被老板指着说："这是谁？赶紧下来！太难听了！"

张敏和阴影乐队来济南开了曼陀铃酒吧后，这名年轻人常来演出。直到他和另一个叫胡海泉的年轻人，成立了一个组合，来得次数就少了。

三

开曼陀铃酒吧是张敏的提议，她觉得如果在济南开一家现场演出酒吧，应该能火，于是游说阴影乐队一起。他们立下志愿，在济南最多待两年，攒够了一张专辑的钱，立刻回京，继续实现音乐梦想。这件事张敏并未食言，还倾其所有，给吉他手小毛买了一把在当时很昂贵的 Gibson 吉他。

小毛和张敏在北京就开始恋爱了。他们在 1995 年 "中国首届不插电音乐会"上相识，当时张敏有首原创歌曲，叫《我要是个影子该多好》，和阴影乐队 "影影相印"，有情人终成家属。

因此，阴影乐队里，小毛最早来到济南，和张敏一起把酒吧操持出了模样。过程也相当艰辛，因没钱装修，只好去偷隔壁工地的砖头水泥，墙上的画和铁艺是山艺美术系的学生义务来设计绘画的，那些学生如今好多都已扬名立万，比如雕塑家李富军、设计师王建宁和周平等。

这些年，因为经常在第二场酒遇见，我对王建宁最熟悉，他设计了济南很多的餐厅，比如小广寒电影院、和彩日料、巴山夜雨、柿子树下、果然、天镜园等，风格各异，情怀始终。原来，他学生时代还在曼陀铃练过手。

张敏做曼陀铃酒吧的经理，再适合不过，她比《武林外传》的佟掌柜还要精明干练。酒吧分工也很明确：小毛和主唱先明负责演出，同时搬运酒水和打扫卫生；北川是吧台服务生，负责打酒、开酒、洗杯子，演出时段上台弹贝司。

因为张敏曾在北京唱片公司工作，曼陀铃酒吧常请歌手从北京来驻场，比如民谣歌手钟立风、万晓利、杨嘉松……

在那个年代，曼陀铃的艺术气息浓厚得让人惊叹。艺术家、音乐人、诗人、导演，在曼陀铃你来我往。油画家阎平就住在曼陀铃楼上，偶尔到酒吧坐坐，高氏兄弟也常来。曼陀铃的常客里，还有彼时的山影职工孔笙、孙墨龙，如今引领着中国电视剧市场的正午阳光团队。

曾经在山东做电台主播的杨樾，在曼陀铃里开过一个卖唱片的货架，卖的都是当时国内和全球最新锐的唱片，比如左小祖咒和陈底里的唱片，比如天场乐队唯一的一张唱片，还没红的 Beck 和 Prodigy 的第一张唱片，全是海外原版 CD，进货价都要 120 元一张，因为太贵，所以几乎一张也没卖出去。后来，他和朋友联合开了天音无限，堪称山师东路上的音乐坐标。

1998 年世界杯期间，杨樾连续一个月在曼陀铃看球，每次天快亮了，就和阴影乐队把酒吧的桌子拼一拼，躺上面睡到中午。他记忆最深刻的是 1999 年的一天，正在曼陀铃喝酒的他，忽听得外面山呼海啸，周围几个大学的学生都冲出来了，敲脸盆，敲塑料桶，那天，中国驻南斯拉夫大使馆被炸……

曼陀铃酒吧每天还聚集了形形色色的醉鬼。有一位大哥，连续来喝了几晚，喝着喝着，突然从衣服里掉出一个尿袋，原来他在附近住院，忍不住偷跑出来泡吧。当然，也有喝多了闹事的，有时，阴影乐队也不得不自卫，大家都挂过彩，进过派出所，小毛还被打断过鼻梁骨。当时，有的客人还经常见义勇为，比如有一身手不凡的好汉，几次帮酒吧主持正义，出手相助。他太喜欢曼陀铃了，后来曼陀铃停业，他觉得实在无处可去，干脆在济南开了一家同样带演出的酒吧，就是今天的班卓。

四

十几年后，我认识小毛时，他早就摆脱了窘迫的生活，拥有自己的音乐工作室，在自己家的地下室，里面摆满了国际一流的各种设备，有一天我喝多了，在他那儿敲着鼓胡吼了几句。他也喝了不少酒，但是说什么也不唱，大概是专业音乐人对自己的要求总是很高。

有一年我们一起去河南，晚上到开封的夜市，他走进一家小超市，买了一瓶八十多块钱的酒，递过一张百元大钞，用河南话说："甭找啦。"潇洒地转身而去，消失在灯火阑珊处。

那天最后还去 KTV 唱歌，刚关了灰姑娘的三哥专门给小毛点了首他曾经的单曲，电视屏幕里，放着简单的动画，一切恍若隔世。

五

主唱先明和贝斯手北川第一次来济南时，小毛请他们在贝林酒店吃饭。说是酒店，其实很小，就在曼陀铃酒吧对面，一人一份米饭，一块把子肉，又炒了盘苜蓿肉，吃得很带劲。那时他们饭量大，曾把一家原本米饭免费的湘菜馆吃得挂出"米饭一元"的牌子，还在湖山路（现在的泺文路）逼得厨师放大招，在皮蛋豆腐上猛撒了一把粗盐，用以延缓他们吃的速度。

他们也接过一些外地的演出，记忆似乎都和吃有关。一次在广饶，一次在保定，同是盛产驴肉的地方，因此被戏称为驴肉巡演。

广饶演完，主办方给提溜了三斤驴下水。到了保定，早上起来吃了一堆驴肉火烧，大家一致称赞超过广饶驴肉。

他们还请田震的御用词曲作者杨海潮吃牛肉面。在山师东路靠近和平路的一家三江源，杨海潮吃了那里的牛肉拌面之后，誉之为天下第一，后来专程从北京来吃。再后来，面馆搬家，下落不明，有一次在历山路的一家面馆，北川仅尝了一口带着辣椒油的面汤，就断定那里和当初那家三江源有"血缘"关系，一问果然如此，只是当初的老板回了化隆。

在曼陀铃，北川和先明也陆续陷入爱情。

通常来说，摇滚乐手的爱情不会那么稳固，阴影乐队似乎例外。

北川在济南的爱情是从办吉他培训班时开始的。当时为了尽快攒够出专辑的钱，他们打算办培训班挣外快。乐队写了几张招生海报，去附近的大学到处贴，据说小毛因为贴海报，差点和山艺的保安打起来，就这样，前后不过招了六名学员，其中有一位，是北川如今的妻子。

2004 年 4 月 9 号，北川和妻子从婚姻登记处出来，先明请他们俩去回民小区，吃了顿羊肉串，算是婚宴。去之前拍了张照片，前面是先明，北川在后面，相机遮住了脸。

说起来，北川的妻子还是我师姐，比我大四级，当年至少也算"系花"，个头似乎比北川还高（其实没有，只是气场强大）。如今虽经常拍出神似老狼的照片，但并不影响她曾经徐静蕾一样的气质。据说她对北川管控极严，动不动就家法行事，所以北川常借酒浇愁。其实，师姐对北川出去喝酒的要求很简单，就是冬天别躺街上，夏天别躺快车道。北川已经很久不躺了，因为年龄大了实在不好意思。

另外，师姐还是才女，策划出版过许多书，我那本《吃了吗》就是她责编的。发布会之前，我们只在签合同时见过一次，当时她带了北川的诗集给我，用 A4 纸打印装订的，看似简单，却非常别致，诗很冷：

食欲的形状

在货站的隔壁
老板正在盛面汤
那些蒸腾的雾气
在门口搞出一团团食欲

网上搜北川的诗，显示全是汶川地震时的诗，写北川的，不是北川写的。

有一天下午，曼陀铃酒吧还没有上客，乐队打扫完卫生，正在闲聊，进来一个漂亮女孩，要了杯茶，靠墙坐着，说是山大的，在山师东路看见电线杆子上的曼陀铃酒吧拐弯小箭头，临时起意，进来瞧瞧。乐队里先明最能聊，看来了博学的大学生，大家就派他出马。聊着聊着，茶不喝了，改喝青啤小棕金，几瓶后，女大学生发现自己没带钱，就打电话给他哥，他哥过来结了账，然后提议出去喝扎啤。后来，女大学生嫁给了先明。

那天来结账的，先明未来的"大舅哥"堪称传奇人物。相对乐队成员，"大舅哥"当时算是"大款"，结识后，他常请客吃饭，通常在贝林，连吃带喝一百块钱之内就能搞定。乐队再次进京前，"大舅哥"在和平路的老乡村摆海鲜宴送行，为营造更好的聚餐氛围，乐队商量好，从头天中午开始就没进食，忍到第二天中午，奄奄一息来到老乡村，一道道海鲜端上来，一箱箱啤酒启开盖儿，众人纷纷举杯痛饮，很快掀起一个又一个高潮。喝到黄昏时分，通知厨房把中午菜单重炒一桌。

阴影乐队酒量最大的是北川，北川和"大舅哥"酒量的差距，大概是小毛加上先明。先明最不能喝，经常被讽刺说用瓶盖喝啤酒正好，或用根筷子蘸点啤酒就能醉。当然，在"大舅哥"频繁的组局下，后来先明酒量有了剧增，有一天竟然喝光了一瓶啤酒，为此，"大舅哥"又专门设宴庆祝。

去曼陀铃之前，"大舅哥"对中国摇滚并不熟悉，平常听欧美流行乐，以及罗大佑等。乐队有时翻唱欧美歌曲，很多单词不懂，"大舅哥"就帮着翻译。乐队的人并不知道"大舅哥"从事什么，直到有一天，"大舅哥"说自己拿到奖学金，要去美国读博士了，北川才恍然大悟，原来"大舅哥"不是山师东路的混子啊。

后来，我和"大舅哥"认识了好几年，也说不清他的专业。为写这篇文章，我给远在美国的他发微信，才大概搞清楚，他研究的是，在人的大脑中植入芯片用来恢复或增强记忆的科技。我听了有点后怕，因为有一次他回济南，我们在一个胡同里练摊，我说我能记住1994年世界杯所有比赛的比分，但上届世界杯的冠军竟然想不起来。然后他拿着铁扦子，盯着我的脑袋看了半天。

六

阴影乐队再次去北京，录了专辑《一斤理想》。

但是不久，就解散了，因为，靠音乐无法维系生活。小毛回到了济南，和张敏一起经营曼陀铃酒吧。先明暂时留在了北京，和女朋友继续恋爱。北川开过网吧，写过小说，做过木匠、图书出版人、杂志执行主编、职业奶爸等。友谊、爱情和曾经的音乐一直保存至今。

曼陀铃酒吧一直开到 2002 年。有两个特别有钱的曼陀铃常客，非要把酒吧买下，张敏和小毛当时正好要去做别的事，就把酒吧卖给了他们。他们经营了两三个月，发现完全失控，又非要把酒吧免费还给张敏，张敏又被迫经营了一段时间，曼陀铃终于和那个世纪相交的时代一同画上了句号。那样的酒吧，在这座城市，已不会再有。因为，那样的人，已渐渐老去；那样的时代，已不再。

那个时代的济南，其实还是挺摇滚的。1997 年的春天，山东建工学院曾有一场济南本土乐队的演出，当时，几乎全部济南有名的乐队都参加了：本能，黑冰，同志……那也是阴影乐队在济南印象最深刻的一次演出，现场气氛热烈，颇有音乐节的感觉。可惜，我没有看过。

或许，济南这座城市并不需要摇滚。流行音乐，似乎也很难发芽。许多年前，黄群和黄众兄弟的《江湖行》一度成为城市民谣的代表，上了央视《东方时空》的音乐电视栏目，只是后来他们都离开了音乐圈。这些年，偶尔在酒桌上遇到黄群，作为一名编剧，他说对于在台上那种"表演唱"的感觉，他一直不习惯。

今天看来，《江湖行》的歌词写得依然很好：

> 沿着一条乡村到城市的路，
> 看到一片光明和飞扬的土。
> 不知不觉我已经走出了很远，
> 回头再也不见家的炊烟……

阴影乐队的成员已不再年轻，但是，年轻时的事更难以忘却。比如那次炸王八之后，过了很久，北川去先明家闲坐，偶然从他床底下扒拉出一个巨大的土炸弹，竟然是炸王八剩下的，当时他们全吓出一身冷汗，幸好大家从不抽烟，否则后果不堪设想。那天正好是元宵节，他们商量了一下，决定把土炸弹当烟火放掉。于是，他们把土炸弹拿到野外，放在一个高岗上，接通电源，砰的一声，土炸弹从中间炸开，发出闷响，同时，燃起一团巨大的橘红火焰，在冬夜里，看起来如此绚丽……

（感谢北川、大胃、张敏、宋东、杨樾、小毛、三哥等朋友对本文提供的帮助，愿这些文字可留住那段生命中最美好的回忆，它们不是阴影。）

告别鱼翅皇宫的年代

　　鱼翅皇宫不是皇宫，是一家大酒店，没有住宿，只经营餐饮，准确地说，算是一家大饭店。在济南，二十年时间里，鱼翅皇宫是最大的一家饭店。中国有没有比鱼翅皇宫还大的饭店？也许有，但，我未曾见过。

　　鱼翅皇宫之大，是真的大，大得像皇宫。曾有一百六十八个包间，八个超豪华总统包房，六个大厅，将近三千个餐位。记得第一次去吃饭，停下车，远远看见服务员开一辆游览车过来迎接，载上一段路，才到立着蟠龙巨柱的门口，再有专人领着，从金碧辉煌的回廊穿过，拐几道弯，方进房间。那一刻，我想，一定少喝些，否则走的时候，恐怕连大门都出不去。

　　有许多关于鱼翅皇宫的传说。比如每天营业额过百万，就会放鞭炮庆祝，往往根本等不到晚上，刚过中午，鞭炮声就迫不及待地响起来了。所以，有几年，佛慧山下，天天都是过年的动静。

里面就更热闹了。差不多得有十几年，单间天天爆满，名流云集，大桌之前觥筹交错，厕所门口称兄道弟，饮食男女暗流涌动，烈火烹油、鲜花着锦之盛，仿佛《红楼梦》中的情景。

从鱼翅皇宫出来，如按济南习惯，再去地摊上撸串喝扎啤，大口吃肉大杯喝酒，就成了"水浒传"了。当然，也有选择"金瓶梅"的。鱼翅皇宫的每一个夜晚，都有古典照进现实。

鱼翅皇宫里，藏着这座城市十几年的秘密。那些年房价飞涨，收入猛增，一些人暴发，一些人高升，未来看似无限美好，因此可以无所顾忌。那些年人们沉醉于眼前，忘记了昨天的痛苦，不担心明天的生活，就像那里菜单上的一个金色的圆球，富贵逼人，却一捅就破。

皇宫让人萌生幻想，从我是济南的，变成济南是我的。鱼翅让人长出翅膀，仿佛永远可以在自己的天空中飞翔。

那些年，我也去过不少次鱼翅皇宫，只是，对那里的菜品没有什么印象。甚至回想起来，当时在那里一起吃过饭的人，就记得一两个，也是早就认识的。这样一想，突然觉得很魔幻，那个庞大的建筑里，对我来说，竟全是陌生人。

像鱼翅和皇宫一样陌生。

后来，突然有一天，这里门可罗雀。全国从上到下地要求厉行节俭，鱼翅皇宫改了店名，变成了家常菜，却再没有了昔日辉煌。

一个时代过去了，一个餐饮时代也过去了。即使把鱼翅改成鸡翅，皇宫改成黄焖鸡，也没有办法阻止时代的车轮碾过。

"眼看他起朱楼，眼看他宴宾客，眼看他楼塌了。"到如今，曾经的一切，都随着建筑化成一阵烟尘。

不知道未来是否有人怀念，但听说就要拆除的那一刻，我还是没忍住一声叹息。

尽管，鱼翅还有人吃，皇宫还有人爱，然而，这么大的酒店，可能再也没有了。

想问山上的大佛头，你曾俯瞰过这里的灯火，也曾感受过这里的喧闹。这里的浮华和奢靡，你能宽恕吗？

佛头无语。

对近千岁的他而言，那些年只是一瞬。

我的剧院

　　在济南，我常去大剧院，套用那句不知从何而来的名言：我不在大剧院，就在去大剧院的路上。尽管，路有点远，偶尔有些堵。

　　对于剧院，我的情结或来自童年。小时候，真没少去了曹县剧院，看演出，听报告会，还参加各种活动。有一年，全县小学生"故事大王"比赛在那里举行，班主任推荐我参加，我没当回事，临时从《365夜故事》上选了个《国王长出兔耳朵》的故事，到校长那里，就被淘汰了。我不但背不下来，还操着一口方言，而隔壁班推荐的一个女生用普通话，像鞠萍姐姐那样，边讲边表演，表情又哭又笑，动作有蹦有跳，不光让我惭愧得像是长出兔耳朵，她还在剧院的舞台上勇夺全县第一名。

　　她涂着红脸蛋戴着小红花领奖那一幕我永生难忘，台下的我第一次感到了失落。

　　很多年后，我有个老同学遇上了这个女生的哥哥，聊起来，她哥哥说不光和我认识，还非常熟，我还去她家吃过饭，他亲自下厨做的。我却怎么也想不起来，就像那次比赛一样，如同剧院里的一场梦。

　　那些年，曹县剧院也有不少演出，最多的内容是戏曲。作为曹县老乡，马金凤先生来唱过几回，还有就是一些到各地跑场子的歌舞团。海报上印着"广州霹雳柔姿"之类，我去看过一次。某年春节前，听说这次演员尤其专业，到现场发现，此言不虚，演员们穿着闪闪发光的服装，一个个连唱带跳，十分卖力。其中有一名歌手，特别深情地唱完一首歌时，突然双膝跪地，单手指天，静止不动，这时音乐停了，只有一道追光，渐渐暗下。观众正准备鼓掌，突听到舞台上电光一闪，砰一声，不知道是哪个瞎包孩子点了个炮仗，扔到了台上。

　　让我吃惊的是，炮仗响的瞬间，那名歌手竟纹丝不动。山呼海啸般的哄笑中，我听见有人赞叹：你看这演员多专业！

　　曹县剧院拆除前，我和朋友从那里路过，朋友在剧院门口遇到个熟人，上台阶聊了两句，我推着自行车，在路边等。他回来，故作平静地说，刚才那个人叫某某某，这几年你不在家，可能没听说过。我点点头，其实，我听说过某某某，是一个社会大哥，在县城大名鼎鼎，后来大概和剧院一样，消失在了岁月中。

　　在济南，我最早去过的是历山剧院。那里离学校近，周末还放通宵录像，每周都会提前印发一些宣传单，往我们宿舍里发，宣传单上的词写得特别生猛。有一次，宿舍的老六拿着一张宣传单，一边用勺子敲着饭缸，一边用博兴方言念上面的文字："够骚够火够刺激！"众人哄堂大笑。多年以后，再见到他，依然能想起他当时的语气和表情。

说实话，由于学校宿舍管理严格，禁止夜不归宿，所以录像只能偶尔看看，也没遇上过"够骚够火够刺激！"的名场景。冒着被通报的危险去看通宵，还是因为 1998 年法国世界杯，那里汇聚了诸多周边的大学生，重要比赛几乎全场爆满，尽管是看投影，但气氛极好，有点在体育场的感觉。当时最受欢迎的足球解说是黄健翔，比赛开始前，当大家听到是他的声音，一片欢呼，甚至掌声雷动。那应该也是黄健翔第一次解说世界杯，充满激情。到了 2006 年德国世界杯时，就感觉他一直昏昏欲睡，直到意大利和澳大利亚那场比赛的最后时刻，突然爆发出了那一段"灵魂附体"语录，让人不知所措。

在历山剧院，1998 年阿根廷对英格兰那场比赛让我永生难忘。十九岁的天才少年欧文横空出世，年轻气盛的贝克汉姆被红牌罚下，阿根廷神出鬼没的任意球，以及最后激动人心的点球大战，我一直觉得，后来再没有哪场球能让人如此激动，或许，这种激动，仅属于青春。

和历山剧院的缘分并不止于此。某一年秋天，在这里上演了我编剧的话剧《把日子提前过》……

说起话剧，最熟悉的，还是济南儿艺的剧场。十年前，我写了几部小剧场话剧，在那个地方演了几十场，其中《神马都是水浒》作为贺岁话剧，连续几年跨年演出，我尽管没有场场去，但每次在现场，那些掌声和笑声，都让人觉得特别有成就感。至少，两个小时的时间里，那么多陌生人可以聚集在一起，与舞台密切接触，被快乐感染，时空伴随的是幸福。

在这之前，我第一次参与组织演出，还是在山东剧院。当时刚到报社工作不久，单位接了一场钢琴音乐会演出，请了两位外国演奏大师四手联弹。我对钢琴一窍不通，却接到领导给我布置的任务：宣传、卖票，外加借两台演出用的三角钢琴，免费。当时年轻，直接冒着大雪，去一家家琴行推门，还真联系到了两家，一家出一台，不但没要钱，后来还凑一起喝了顿酒，两位老板把来回搬运调配的钱也免了。

那次的票卖得很好，上座率几乎百分之百，门口也有倒腾票的黄牛。于是，领导决定再办一场演出。那是一个外国音乐组合的表演，当时正在全国巡演，为了宣传好，派我到演出的上一站采访。于是，我到了宁波。

说实话，在宁波，我第一次体验到了大剧院的魅力，刚刚建成的宁波大剧院实在气派，和之前剧院的差别，就像过去的电影院和现在的影城一样。回去的火车上，我在卧铺车厢里喝了半夜啤酒，心想，不知道济南什么时候才会有大剧院。

五年后，济南才有建设大剧院的消息；八年后，山东省会大剧院才建成。

值得欣慰的是，这几年，省会大剧院已开展各类丰富多彩公益文化活动超过 2000 场，参与人数超过 25 万人次，公益文化普及品牌项目近 20 个。正在长成公益为心、传承为魂、内容为王的泉城文化地标。

这十年，在省会大剧院看了太多演出，印象特别深刻。孟京辉导演的话剧，我当初在北京订不上蜂巢剧场的票，《恋爱的犀牛》《两只狗的生活意见》都是在济南看的，票价比北京便宜很多。说起来，北京的观众坐高铁来这里，甚至比在北京看还要方便，出了站，步行过去就行，省下的票钱也够住酒店的了，没事的话，第二天还可以逛逛趵突泉，再回去。

前阵子，又在大剧院看了《只此青绿》，三层的剧场，观众坐得满坑满谷，这部剧因春晚而广为人知之前，就在大剧院演出过，可见大剧院运营团队的选剧眼光。大剧院彰显的既是城市的硬实力，也是软实力，演什么，则是软实力中的软实力。

除了引进剧目，本土原创的演出也非常精彩，有歌剧《沂蒙山》、话剧《英雄山》、话剧《孔子》，还有前几天老友张博的《鹊华秋色》音乐会。大剧院是一个会讲故事的"人"，坚持讲好济南故事、山东故事，就是讲好中国故事。

上一次去大剧院，还是济南广播电视台策划的"泉声曲韵"京剧名家名段演唱会，现场观众气氛火爆，掌声喝彩声不断。唯一遗憾的就是，因为天津疫情，康万生和孟广禄未能登台，据说，为防止健康宝弹窗，于魁智和李胜素要在演出完连夜赶回北京，所以，听他们唱《四郎探母》时，我略有恍惚，仿佛他们唱的是："北京离此路途远，这一夜之间你怎能还？""北京虽然路途远，做完核酸一夜还。"

或许，每个人心里都有一个剧院，上演过鲜衣怒马的青春，也终会承载中年的广阔和慈悲，老年的沧桑和超逸。在那里，生旦净末丑轮番登场，一滴年轻的泪流下来，瞬间，就成了老泪纵横。

今天的大剧院，如同过去的戏台。从现存最早的金代戏台开始，我见过诸多戏台，有的还在用于民间演出，有的则只剩下了一个空空的台子。我最喜欢看戏台两侧的楹联，既有趣，又耐人寻味。印象最深刻的是衡山南岳大庙的楹联：

上联：凡事莫当前，看戏不如听戏乐

下联：为人须顾后，上台终有下台时

横批：古往今来

往事

我从有记忆就开始遗忘
甚至遗忘了最初的记忆
我记不住应该记住的事
却总有些想忘的事
无论如何也忘不掉

扫码看视频
《往日济南》

五龙潭神秘往事

一

　　五龙潭，其实是泉，有泉池，也有泉群，在济南的名泉中最深。不像别的泉那样"名副其实"，五龙潭叫五龙，却看不到龙，因当年此处有过一座可求雨的小庙，供五方龙神，故称五龙潭。

　　五龙潭位于济南旧城西门外，南临趵突泉，北接大明湖。北魏时，水域广阔，是大明湖一角，亦称"净池"，并有大明寺、客亭等建筑。《水经注》载，从客亭观景："左右楸桐，负日俯仰，目对鱼鸟，水木明瑟。"

　　距此景一千四百多年后，五龙潭虽变小了，依然是个好去处。门票一度最便宜，现在竟也免了票。和趵突泉、大明湖不同，这里外地游客很少，难得保持了一份清幽。

　　济南市内的公园，我尤爱五龙潭，因为泉眼众多，透澈喜人，尤其是夏天，一场雨后，清泉石上流，人在石上走，深感天然之乐。

不过，去过五龙潭的人，大多却不知道，此处有许多颇为神秘的传说。甚至，不仅仅是传说。

二

《济南区域文史存珍》记载，2006 年 10 月 28 日午夜，五龙潭突然发出一声巨响，泉池中央裂开了一个大口子，长五米，宽半米，越来越多的鱼聚集在裂口处，不肯散去。

这件事的具体时间，网上有不同的记录。有说是 2007 年 10 月 29 日凌晨 3 点，最准确的应该是 2004 年 10 月 28 日凌晨 3 点，因为这一年 10 月 29 日的《齐鲁晚报》报道了此事，当时，旁边一家茶楼的主人被巨响惊醒，第二天一早，和晨练的老人看到五龙潭上涌着串串水泡，之后，潭底塌陷了下去。

一个多月后，《新京报》还采访了此事，其中，五龙潭的工作人员讲述了一个奇怪的现象：2003 年，济南泉水全部停喷干涸，五龙潭的池子里有许多鱼龟，有的鱼甚至身长一米，但是，当水面缩至十平方米左右时，大家发现，偌大的池子里，鱼和龟都不见了踪影。后来，等泉水复喷，又一下子都回来了。

在此之前，五龙潭也发生过类似事件，由于时代久远，传得更神秘。比如，1938 年的某一天，五龙潭泉水咆哮，彻夜不断，次日早晨，水面漂浮起大量古书，被一教员目睹。《山东志》上说（见《济南区域文史存珍》，本人没有查到），

1908 年，五龙潭深夜突然沸腾起来，呈现出一座唐代府院。还有更玄乎的说法，比如市民经常在潭边捡到古物与器件，不知从何而来。

三

这些神秘传闻的源头应该来自于六百多年前的一位济南人。就是写出"兴，百姓苦；亡，百姓苦！"的张养浩。

《复龙祥观施田记》中，张养浩提到了一个他听人讲过的故事，和另一位济南人有关："闻故老言，此唐胡国公秦琼第遗址，一夕雷雨，溃而为渊。"

五龙潭下，曾是大唐开国名将秦琼的府邸？

当然，这件事张养浩只是耳闻，但或许给他增加了一些诗词中的想象。比如他写趵突泉时，推测："无乃沧溟穴，漏泄元气精。不然定鬼物，搏激风涛惊。"把趵突泉的成因说成直通大海的地穴，还泄露了大海的元气。要不就是藏有鬼怪，才激起惊涛骇浪……

而且，在张养浩的记载中，让五龙潭得名的五方龙神并不是仅仅因为求雨，而是因为这里突然的溃陷让百姓惊恐，不敢就近修筑民舍。这时有人提出，深渊乃为龙的居所，适宜建道观，祀五方神龙，以镇守本土，祛除灾难。

有一点，张养浩肯定没有错，五龙潭和秦琼一定是有关系的。清代训诂学家桂馥也在《潭西精舍记》中写："历城西门外，唐翼国公故宅，一夕化为渊，即五龙潭也。"

更关键的是，1982 年，筹建公园的济南园林局工作人员在清理五龙潭时，发现一块石碑："唐左武卫大将军秦叔宝宅。"这块石碑背后，到底有什么故事？

四

秦琼，字叔宝，唐太宗李世民的大将，凌烟阁二十四功臣之一，评书里的好汉，戏曲里的英雄，百姓家的门神。

历史上真实的秦琼，更牛。秦琼身上，有济南人典型的性格。比如不喜欢藏着掖着，什么事儿都愿意摆在明面上。当初，他从王世充那里离开，直接策马过去，"自顾不能奉事，请从此辞"。从上下级到死敌，秦琼也能如此磊落地处理。

秦琼也具备济南人的弱点：因为牛，所以显得有些自负。

当然，自负是需要资本的。据《新唐书》记载，每当敌人中有骁将锐士在军前出入，一副很牛的样子，李世民就派秦琼去战，秦叔宝"跃马挺枪刺于万众中，莫不如志"，谁牛灭谁，秦琼这实在是太牛了。

因为秦琼屡立大功，多次被重奖，唐高祖李渊甚至说过："如果朕的肉能吃，都可以割下来给你尝！"

或许，有芥末和酱油的话，秦琼就可以吃皇帝刺身了。

秦琼死后，被陪葬昭陵。

李世民特意下令在秦琼墓前造石人马，以彰显秦琼的战功。那么，秦琼生前在济南的家，究竟在何位置？

五

《新唐书》记载，秦琼是齐州历城人。

　　隋唐时的齐州，正是今天的济南。当年的历城县，和今天历城区的范围大有不同。

　　1995年，济南经七路小纬六路一银行宿舍的施工过程中，发现一座石室墓葬，墓主人秦爱，正是秦琼的父亲。根据墓志铭所载，秦氏故宅与秦爱墓地都在齐州历城县怀智里，因此，有人断定五龙潭和秦琼并无关系。

　　但是，济南文化学者周长风先生对此事则有更明晰的判断。他认为，经七路小纬六路与五龙潭中间虽隔着许多街巷，实际上两者直线距离尚不到三公里。

　　在唐代，"里"则是按照行政原则确定的基层行政组织，百户为一"里"，有三四个村庄应算正常。所以，同在历城以西的五龙潭与秦爱墓址，当时同属怀智里地界也不无可能。

　　而且，可能性更大的是，怀智里也有可能就在后来的五龙潭一带，因为水位太浅，又临近居民区，不适宜较大的墓葬，所以秦父葬到了靠西不远的郊外，因为墓志铭很有可能是当时的京城高手刻就，运至济南，又录有皇帝诏书，所以来不及更改。

　　因此，秦氏宅邸在五龙潭，还是很有道理的。

　　到了明清，依然有很多可以考证的史料。清嘉庆年间，尹廷兰在《华不注山房文集》中还专门说，五龙潭一带因为曾是秦宅，现在成了花店，但秦氏裔孙会来收花税。

　　可见，秦家出了秦琼，后世也不会落魄到卖马的地步了。

六

不过，即便五龙潭位置确定是秦氏宅邸，也确实寻不到什么踪影了。五龙潭出现一次次裂陷，其实都是地质原因。

山东省地矿工程勘察院环境地质处研究员刘爱国曾说："不能排除五龙潭下面存在熔岩空隙，并正处在一个小型断裂带上，而塌陷则为断裂活动引发的小地震所致。"

甚至，五龙潭的形成，就是因为一次次的裂陷。周长风先生曾撰文指出，往昔济南地下水富且浅，易于形成湾潭。即使人工掘得一坑，便有泉水涌出，宛如天成。旧时济南内城里外湾潭很多，比如灰湾，还有三娘子湾、回龙湾、贺家湾、白龙湾，这些湾的形成原因或许和五龙潭差不多，大概时间更早，没有记载罢了。

不过，如果真的全部用科学解决了这些疑问，或许就少了一些可以想象的空间。尤其是对于有那么多神秘传说的五龙潭来说，有的传说虽然无法证实，却让我极其着迷。

比如其中有一个故事。有一个人喝醉了，在深夜到了五龙潭，不小心掉了进去，发现深水之中，竟然有一座水晶宫，门额上写着"胡国公府"四个字……

后来，这个故事没有后来，更请勿模仿。也许，他是一个伤心的人，也许，这是一个梦，一个属于五龙潭的美梦。

我只是觉得，五龙潭是一个非常好的地方。在济南，它美丽又安静，神秘而迷人。

等下雪了，我一定再去看看五龙潭。

孝堂山『郭巨埋儿』小考

济南出二环西四十里，为长清。长清区西南四十里，为孝里。孝里镇有一山，名为孝堂山，不高，有一墓一祠。石祠不大，却是中国现存最早的石筑石刻建筑，石壁与石梁上全是精美的线刻画像，距今已近两千年。

石祠里保存了许多汉唐以来的游人题记，最早的是东汉永建四年，石祠山墙外侧，还刻着北齐陇东王的《感孝颂》，论文物价值，在宋代赵明诚的《金石录》中就给予了充分肯定。今天，更是国宝中的国宝。

然而，把这里和"二十四孝"中埋儿的郭巨联系在一起，实在太委屈了此地，也使千里迢迢到这里来的人，先产生一种心理抵触。前几日，因文化乐旅齐鲁行，我提前去探，一进孝里镇，就看到一尊高高的郭巨像，像不像郭巨不知道，却让人有些不忍观视。

郭巨埋儿的故事，已被批判了许多年。这个被树立的"孝子"典型成了"二十四孝"中最大的槽点，让人对"愚孝"极其反感，甚至对"孝"也质疑了起来。为了让母亲吃饱，郭巨要把自己三岁的孩子埋了，如此残忍的事让人实在难以接受。难怪鲁迅先生说："我最初实在替这孩子捏一把汗，待到掘出黄金一釜，这才觉得轻松。然而我已经不但自己不敢再想做孝子，并且怕我父亲去做孝子了。"

关于郭巨埋儿的"光荣事迹"，公认的最早出处在东晋的《搜神记》，其本身没多少真实性可考。即便确有此事，反人伦的"埋儿"也有作秀之嫌。汉代举孝廉，为做官装孝子的例子很多。端木赐香在《河南民间文学集成安阳故事卷》中看到一篇《郭巨真孝母假埋子的传说》，说郭巨因为做了响马，抢了富人的金子，为了让其名正言顺，自编自演了一起埋儿得金事件。该故事虽然来自河南林州横水镇一位老农民的口述，但似乎更符合常理。

不管是《搜神记》，还是康熙年间的《内丘县志》，其中，郭巨都是河南人，一种说法是林州，一种说法是温县。郭巨怎么就到山东来了呢？按照道光年间的《长清县志》，郭巨原本就是孝堂山人，闫平编著的《济南民间传说》中则说，郭巨是和兄弟分家后，带着妻儿老母，要饭到了长清。孝堂山原名巫山，因郭巨改成现在的名字，山下的水里铺也因此改为孝里。然而，早在北魏时期，郦道元的《水经注》就有"今巫山上有石室，世谓之孝子堂"的记载，那么，孝子堂的那个孝子真的就是郭巨吗？孝堂山石室的主人是否姓郭？

最早把"孝子堂"坐实到郭巨身上的，是北齐的陇东王胡长仁。他所撰写的碑文至今还在石祠的外墙上。其中有"访询耆旧，郭巨之墓，马鬣交阡，孝子之堂，鸟翅衔阜"。然而，这篇文章比石祠晚了五百多年，胡长仁的断定有些草率。而且，贸然在五百多年前的石祠上刻字，在今天看来也属于破坏文物，不值得提倡。

胡长仁，字孝隆，时任齐州刺史，其妹为皇后，权倾一时。他如此看重孝，要把郭巨精神通过前人留下的石祠发扬光大，也可能是有私心的。

赵明诚也认为胡长仁的考证不靠谱，作为济南女婿，他说："世谓之孝子堂，亦不指言为何人之冢，不知长仁何所据遂以为巨墓乎。按颂有孝子堂之语，故知即水经所载也。"

更有意思的是，关于郭巨的画像石历史久远，东汉延光二年的登封太室山南麓启母阙上就有"郭巨埋儿"的画像。北魏时期也有五例郭巨画像，但是，在孝堂山石祠内的画像中，有伏羲与女娲，有周公辅成王，有西王母和东王公，有秦始皇泗水捞鼎，却没有孝子郭巨。

所以，考古学家认为，这座石祠的主人，或许是东汉的济北王刘寿。石祠里"大王车"和"二千石"的一列完整的车骑出行图，这样的生活属于宫廷出来的皇子，不属于民间传说的孝子。

当然，汉朝尤其重孝，皇子也是孝子。后来被袭封济北王的刘次就是一位著名的孝子，受到了当时太后的嘉奖："济北王次以幼年守藩，躬履孝道，父没哀恸，焦毁过礼，草庐土席，衰杖在身，头不批沐，体生疮肿。谅暗已来二十八月，自诸国有忧，未之闻也，朝廷甚嘉焉。"

　　这样的孝子一定会常来离济北王刘寿的陵墓五公里处的石祠祭祖，因此，石祠被称为"孝子堂"，巫山改为"孝堂山"自然是顺理成章的事。这支遵循着"百善孝为先"的汉代皇族，成为当地人的"孝榜样"，让那里成为孝里。

　　这也是我对石祠的一点推测。

　　那天上孝堂山的时候，我有些忐忑。一直觉得，传统的孝文化似乎正被解读成两种极端，一种认为其思想可怖，愚昧可憎，又是"埋儿"，又是"尝粪"，反人性，反人类；另一种则是表面化模拟，如让孩子集体给父母洗脚等。这两种极端把人误导入两个方向，一是反对传统文化，认为其腐朽糟粕；另一种表演传统文化，更确切地说是表演"传统没文化"。这两种方式，对传统文化都是伤害。

　　还好，传统文化有着无穷的魅力和生命力，如果那么脆弱的话，早就灰飞烟灭了。就像这座小小的石祠，不管怎样被误解，都是这么坚硬牢固，精美结实，默默无言，在风风雨雨中矗立了近两千年。

蒙古帝国的
汉人济南王

一

    这个叫张荣的济南人，若早生四十年，命运或许大不一样。

    比如，那位比张荣大四十一岁的同乡，祖父因"累于族众"，无法随宋室南下，只能仕于金国。但是，那颗属于宋朝的心，随着祖父的信念一直传给了他。当祖父带着他一次次"登高望远，指画山河"时，他就立下了报国雪耻的远大志向。等到二十一岁，他聚集了两千人马，加入一支声势浩大的起义军，与金国作战两年，二十三岁，投了南宋朝廷。

    同样生在历城县，张荣没见过辛弃疾。或许，他的父亲能和辛弃疾有些交集。史料记载，张荣的父亲叫张衍，以周济困急，称于乡里。按说，张衍的年纪应该比辛弃疾也小，张家和辛家是否有交集，无从考证，但在一个历城县，辛弃疾的事迹，张荣一定是听说过的。辛弃疾南下，也不过是张荣出生前不到二十年的事情。

那是公元 1161 年，冬天，金朝的第四位皇帝完颜亮率大军南下，准备一举灭掉南宋。完颜亮下了死命令："三日渡江不得，将随军大臣尽行处斩。"严酷的军令激起兵变，在自己的军帐内，完颜亮中了一箭，接着被叛将缢杀。金元气大伤的次年，辛弃疾南下，与南宋朝廷联络，归来途中，听到自己的义军首领被叛徒张安国所杀、部队溃散的消息，便率领五十多人袭击几万人的敌营，把叛徒擒拿，带回建康（今南京）。

完颜亮不是一个好的统治者，但他诗词水准颇高，雄浑遒劲，气象恢宏，上承苏轼、黄庭坚等人，下启蔡珪、辛弃疾等人。其雄霸之气非凡人所能企及。"蛟龙潜匿隐沧波，且与虾蟆作混合。等待一朝头角就，撼摇霹雳震山河。"

接替完颜亮的，可以说是金朝最优秀的一个皇帝完颜雍。他执政期间，通过与南宋和谈，为金朝争取了和平发展的契机，金国人口二十年间从三百多万猛增至六百七十余万，"家给人足，仓廪有余"。这就是历史上著名的"大定之治"，其本人也被称为"小尧舜"。

张荣就出生在这个时期，应该有一个富裕优渥的童年，同时代的济南文人王绘，也在诗句中抒发过自己的好心情："梧叶重胜迎日露，荞秧薄要护霜云。"可惜，在张荣八岁时，完颜雍去世，金朝的黄金时代过去了。

有时，我会感慨我们这代人，经历过童年的贫瘠，又赶上了一个跨越发展的大时代，是一种难得的幸运。正因如此，也很难理解，甚至不愿去想象，一个拥有美好童年的人，当他历经沧桑，发现时代非但没有进步，日子反而一年不如一年，会是怎样的心态？

张荣，就赶上了这么一个时代。

人没有办法改变时代。就算是刘邦、朱元璋这样的人生逆袭，也不可能让他们的时代出现相对论，发明互联网。但时代可以成就人，不管是什么样的时代，都会有人在风云际会中脱颖而出。

那个时代，造就了猛人张荣。

二

张荣猛到什么程度？《元史》记载，年轻时，他曾有一段军旅生涯，一次战斗中，他被箭射中脸部，没有办法直接拔出来。于是，他让人用脚抵着自己的额头，把连着血肉的箭，生生拽出来，整个过程，他神色自若。

这个故事难免夸张，即使他在剧痛的时刻面不改色，也有可能是被满脸的鲜血遮罩了痛苦的表情。但，毫无疑问的是，这件事让他有了巨大的名声和值得信赖的资本。后来，在群盗蜂起的山东，张荣以乡民为基础，拉起了一支队伍，率领众人上了黉堂岭。

黉堂岭的具体位置，今天有诸多说法。据说东汉大学者郑玄曾在此著书立说，宋代的范仲淹也曾在这里生活。因为名气甚大，所以，就连不同年代的《章丘县志》，说法都截然不同。

明代至清乾隆年间的《章丘县志》认为"簧堂岭"位于梭庄以东、簧山前村以北，是一处高峻的山岭。而自道光《章丘县志》开始，以后的史料记载都认为"簧堂岭"位于石龙庵以西、东皋村以东，是一处不起眼的小土阜。

张荣所在的簧堂岭，应该像元代李裕的诗中所写："危峰茂草木，险径蚀苔藓。方踰重岭高，又涉清溪浅。"否则，他很难以此为根据地，占据了章丘、邹平、济阳、长山、辛市、蒲台、新城及淄州之地，不管是金兵还是蒙古部队，都拿他没有办法。

彼时的金朝，最大的威胁并非此起彼伏的民变，而是蒙古人的铁骑。公元 1226 年，蒙古人即将灭掉西夏，成吉思汗临终前定下"联宋灭金"的战略。这个战略对于南宋王朝来说，就像北宋当初联金灭辽一样，为后来的加速亡国埋下了伏笔。对于张荣来说，则面临着一个充满矛盾的选择。

从民族大义上来看，他也许应该像曾经的同乡辛弃疾那样南投宋室，然而，他一定知道辛弃疾人生的高光时刻，其实止于投宋，然后一直不得重用，郁郁而终。辛弃疾临终前还大呼杀贼，但那颗热血澎湃的心或许已经凉透了。据说，辛弃疾身故之后，仅留下生平诗词、奏议、杂著、书集，并没有留下余财给子女，只是嘱托孩子们：自己不像陆游那样"但悲不见九州同"，不过"万事云烟忽过，一身蒲柳先衰。而今何事最相宜，宜醉宜游宜睡"，你们好好生活，"早趁催科了纳，更量出入收支。乃翁依旧管些儿，管竹管山管水"。

张荣没什么文才，论武功，却不比辛弃疾逊色。他的理想，不像辛弃疾那样"金戈铁马，气吞万里如虎"，而是早早就照进了现实，对他来说，"一刀一枪搏个封妻荫子"，才是最重要的。

所以，划地割据多年，当蒙古大军攻克东平府、顺天府，几乎占了整个山东的时候，张荣归顺了蒙古人。

通过引见，他见到了成吉思汗。

成吉思汗嫌他归附太晚。

张荣很实在，说："地广人稠的山东都归了您，我没有办法继续独立，也没有倚恃，否则，仍然不会归附。"

成吉思汗喜欢张荣这样的性格，让他走近，抚拍着他的背，说："真赛因拔都儿也。"

不知道张荣是否能听懂，成吉思汗的意思就是："这哥们，牛！"

成吉思汗给张荣封了官职："授金紫光禄大夫、山东行尚书省，兼兵马都元帅，知济南府事。"张荣也终于有了一方诸侯的名分。这个名分，身心俱疲的金朝不会给，纸醉金迷的南宋也不会给，能够被一代天骄赏识，张荣还是幸运的，尽管，他身上流淌的是汉人的血液。

在知济南府事期间，张荣做了一件很重要的事，就是禁止盗墓。"时贸易用银，民争发墓劫取，荣下令禁绝。"那时，他不知道，自己的墓，会在未来的日子里多次被盗，直到 2022 年，在济南才被无意中发现。

三

张荣的墓，已经不是第一次"被发现"了。

2005 年，济钢一工地施工时，突然挖出一些石雕人像、墓碑等元代古物，其中的一个碑帽上，有篆体书写的"张公之墓忠显校尉"八个字，据考古人员介绍，极有可能与张荣有关。

2017 年，济南历城区唐冶街道原章灵二村东北部龙骨山发现一座古墓，当时认为是张荣的墓，后经过发掘，确认此墓年代更早，并非张荣之墓。

这一次，是在 2022 年，在济南历城区凤凰路附近，雪山万科城 A13 地块，发现了全国最大的元代砖雕壁画墓。济南市考古研究院原院长李铭在接受《齐鲁晚报》记者采访时说："我们初步断定这是张荣的墓葬。"

因为这座墓被盗掘过，目前还没有办法认定张荣是万科的"老业主"，文物保护部门正在进行考古发掘，工地现场封闭，我们不必打扰，可静候佳音。

继续说张荣，在蒙古灭金的战争中，他一次次立下大功。

四

公元 1230 年，成吉思汗的第三子窝阔台成为新任蒙古大汗，派遣三路大军攻打金国，张荣自告奋勇做先锋，窝阔台大喜，赐衣三袭，位列诸侯之上。

一次次浴血奋战，一回回攻城拔寨，对张荣来说，胜利的欢乐或许能让他感到复仇的快感，但内心深处，一定有别人难以体察的阴影。

历史聚焦的永远是一将功成，其实，万骨不仅会枯在青山荒冢，也会枯在胜利者的心里。

虚构的小说反更让人觉得真实。比如金庸的《射雕英雄传》，蒙古的金刀驸马郭靖就曾感叹："我中原锦绣河山，竟成胡虏鏖战之场。生民涂炭。"悲从中来，不禁泪下。在济南府的一个小镇，丘处机告诉郭靖："蒙古兵与金兵在山东一带鏖战，当地百姓久受金人之苦，初时出力相助蒙古，哪知蒙古将士与金人一般残虐，以暴易暴，烧杀掳掠，也是害得众百姓苦不堪言。"

张荣不是百姓的救世主，但他尽力保护了这片土地上的人。公元1232年，蒙古大军至黄河边，张荣率死士晚上渡河，守者溃走。到了早上，敌兵整阵至，张荣驰之，望风披靡，夺战船五十艘，大军抵北岸，渡过黄河，众军继进，乘胜破寨，俘获万余。

蒙古大将阿术鲁恐生变，准备把俘虏"尽杀之"，张荣"力争而止"。第二年，蒙古大军攻克汴梁，张荣随阿术鲁为先锋，攻打睢阳，阿术鲁又准备杀俘虏，"烹其油以灌城"，张荣再次阻止，破城之后，张荣单骑入城，安抚其民。

金朝很快就灭亡了，然而，对于张荣来说，等待他的不是解甲归田，安享余生，而是继续上战场，帮助蒙古消灭南宋。

公元1236年，张荣随蒙古大军攻打南宋枣阳、仇城等三县。这时，河南的流民北徙济南，张荣立刻下令，"分屋与地居之"，并资以树畜，将旷野辟为乐土。当年的朝廷中书考核，张荣为天下第一。

对于蒙古人建立的王朝，张荣是一片赤胆忠心。曾有汉人将领暗地拉拢他，被他拒绝了送来的马蹄金，并义正词严地呵责："身既许国，何可擅交邻境！"

张荣的国，是属于蒙古人的国。他知道，汉人的《史记》上写着："以国士待之，必以国士报之！"

给张荣送马蹄金的，叫李璮。和张荣不同，他尽管和蒙古人进行了政治联姻，但一直"恫疑虚喝，挟敌国以要朝廷，而自为完缮益兵计"。公元 1262 年，李璮出兵济南，这时的张荣已经八十二岁了，守济南城的是张荣的孙儿张宏，因兵力不过千，张宏带着爷爷张荣弃城出奔，途中遇到蒙古大军，遂充前锋回攻济南。

几方重围中，李璮全力作围兽之斗将近一月，先"取城中女子赏将士，以悦其心"。以后粮饷日渐不支，又"分军就食民家，发其盖藏以继"。直至粮尽力竭，城破之日，他手刃爱妾，乘舟跳了大明湖。

李璮的结局有些黑色幽默。那天，大明湖并未接收他这个不安的生命，水浅，李璮未死，又被蒙古大军捉获。因为弃信背盟，他被砍去两臂，次除两足，开食心肝，割其肉，方才斩首。

本想死成一个"饺子"，最终还是被吃了"刺身"。

原本，李璮占领济南时，盼着北方的汉人能够响应，共抗蒙古大军。但那时的北方，以宋为正朔的观念已然淡漠。历时近六年的襄阳大战即将开场，宋军里没有会降龙十八掌

的郭靖，更没有神雕大侠，终因孤城无援而失陷，被蒙古大
军打通了南下的重要通道。再过六年，就是那场灭亡南宋的
崖山海战，丞相陆秀夫背着小皇帝投海自尽，汉人王朝退出
了历史舞台。"海角崖山一线斜，从今也不属中华。"

张荣没有看到这一切。他也不像辛弃疾那样倔强，"廉
颇老矣，尚能饭否"，六十一岁时，他乞致仕，皇帝不许。
元世祖忽必烈即位后，授张荣济南路万户，封为济南公，才
允许他告老还乡。

五

张荣很长寿，活了八十三岁。公元 1263 年，张荣病逝，
追封"济南王"，谥号"忠襄"。

他的七个儿子，四十个孙子都享其荫佑，有的在济南袭
爵位，有的在各地做官。

在济南养老时，张荣营造了一处府邸，就在今天的珍珠
泉，修建了著名的白云楼。这座今天已经消失了的建筑，至
少存在了一两百年，直到明代，还有诗句写道："白云楼下
水溶溶，滴滴泉珠映日红。渊客泣来无觅处，恐随流水入龙
宫。"

张荣死后的第七年，寒食节前后，张养浩在济南历城县
出生。尽管同姓张，张养浩的祖父也曾有过一段戎马生涯，
但也无从考证和张荣的交集。

公元 1288 年，十九岁的张养浩登上白云楼，作《白云
楼赋》。文章写成后，人们争相传抄，山东按察使看到，眼

晴为之一亮，破例接见了张养浩，并推荐他做了东平学正，
从此，张养浩正式走上仕途。

　　"又疑大鹏九万失羊角，踞兹胜境而不去兮。翼截华
鹊之烟雨，背摩霄汉之日星。"华丽的辞藻，豪迈的气概，
在这个天才少年的笔下发挥得淋漓尽致。对张荣的功绩，他
也充满了崇拜："忆昔我公分符握节尹东土，声名遐迩流芳
馨……惜余才疏生晚后，机会不及奋笔为拟燕然铭。"

　　那时的张养浩意气风发，直到一天，他才明白："千古
转头归灭亡。功，也不久长；名，也不久长。"

　　这一点，张荣早看透了。

济南民国往事

——没有文化的人不伤心

一

1922 年，济南发生了一件大事。当时，这件事或许并不算太大，做出决定的人也没有想到，这件事深远地影响到了今天。

这一年，济南教育界开了一个会。会上决定，将小学七年改为六年，中学四年改为六年，初中和高中各三年。当时正在济南新育小学读书的季羡林将在第二年毕业，爱吃油旋的他还不知道，提议"六三三"方案的人里，有一名三十一岁的年轻学者，姓胡名适。

这至少是胡适第三次来济南。两年多前，他陪同在哥伦比亚大学留学时的老师杜威来过，主要做翻译，但掩饰不住自己的锋芒，最后的招待晚宴上，他当众驳斥了山东省教育厅厅长，搞得气氛有些紧张。三个月前，他也来济南参加过一次会议，行程远比第一次要愉快。那次一同来的，还有北大校长蔡元培，他们住在非常高档的石泰岩饭店。饭店在经一纬二路口，是这座城市最早的西餐厅，分前后两个院，前面是两层楼房，后面是平房，有五六十间客房，可住宿，房费每天四到八个大洋，相当于北大图书馆助理管理员的月薪。

　　石泰岩的店主是德国人，各式菜品中，牛肉和香肠尤其突出。店里的大厨最擅长制作黑森林火腿肠，肉从附近的万紫巷商场（今天依然在原址）进货。

　　做出的香肠呈玫瑰色，切成薄片，平整坚挺，鲜香醇厚。想必胡适也应吃到，但他并没有留下评价。十五年后，一位德国人路过此处，在自己的日记里称赞了这家西餐厅："香肠香肠好香肠，济南府有好香肠；牛肉牛肉小牛肉，济南府有好牛肉……"那时，卢沟桥事变爆发，正在北戴河度假的胡适和妻子从天津坐船到烟台、青岛，又坐火车到济南，辗转回南京。胡适没有想到的是，到了南京不久，就发生了惨绝人寰的大屠杀，那些日子，就是这位德国人和一些传教士、教授、医生等共同发起建立"南京安全区"，让二十多万中国平民暂时得以栖身避难。这位德国人就是约翰·拉贝，他那本著名的《拉贝日记》里，写济南的美味之后没几页，就是其目睹的日军暴行。

二

　　第二次来济南，让胡适最为惊奇的是这座城市报业的发达。当时人口不足五十万的济南，竟有大大小小十几家报馆，《法报》《商务日报》《平民日报》《山东时报》《大东日报》《大

民主报》《大鲁日报》《群商日报》等十三家报馆共同设宴，
在经三纬五的商埠公园一家叫作海国春的西餐厅招待胡适。

　　海国春对胡适来说，显然没有鲁菜更对口味。在北京时，
他去得最多的，是八大楼之首的东兴楼，绝对是正宗的鲁菜
馆子。他不光喜爱那里的油爆虾仁、酱爆鸡丁，对肝尖腰花
之类的下水也赞不绝口。到了济南，鲁菜当然少不了，报馆
之后，商务印书馆济南分馆又做东，在二马路上的百花村，
民国文人范烟桥对百花村的评价是"如北地胭脂，未经南化"，
说明口味正宗，招牌菜有奶汤蒲菜、清炒虾仁、清汤燕窝等，
让胡适大快朵颐，第二天又专程去吃了一次。

　　这次在济南的一周，胡适去参观了建于清末的广智院，
那里有一副巨大的鲸鱼骨骼，还有各种精心设计的模型以及
文物。

　　胡适留心看了广智院每天统计的参观人数，"自四月
二十六日起，至今天（七月七日）共七十日，计来游的有
七万九千八百一十七人。"

　　广智院在今天的齐鲁医院里，平常大门紧闭，很少有人
知道，这处寂寥院落，曾是山东最早的博物馆，从清末开馆
以来，就闻名全国。络绎不绝的参观者里有坐轿子的达官贵
人，也有赶着驴车的贩夫走卒，门口的"车位"和今天一样
紧张。有位民国作家曾在自己的作品中描述："去济南的人，
山水的胜景少领略一点倒不要紧，可是广智院是不能不去参
观一下的。"

　　十年后，在济南教书的老舍常去广智院，那里离他住的

小院子不远。他在一篇散文里总结了广智院的性质："是历史地理生物建筑卫生等等混合起来的一种启迪民智的通俗博物院。"只是，这篇散文远不如他另外一篇流传更广，那篇散文篇幅也不长，却让济南的冬天被天下人向往。

胡适也感受过济南的冬天。他第一次来济南，就是隆冬季节。第二次来济南，正好是夏天，恰好，全国农业讨论会也在济南举行，胡适和梁启超、黄炎培也见了一面。

济南的名胜里，梁启超最喜欢的是灵岩寺。这一次，他在千佛殿的泥塑前流连忘返，还留下了"海内第一名塑"石碑。

他的老师康有为最爱华不注山，在一年后，甚至撰文提出应迁都到华不注山前，当然，这不管是在当时还是现在看来，都显得不太靠谱。

梁启超和胡适在济南邂逅这次，他在大明湖畔的山东省议会礼堂做了一个演讲，题目叫《教育与政治》。

梁启超确实是天生的政治家，不过，同样在这个地方，十年前，站着另外一位政治家孙中山，他似乎更有激情："以人民为民国主人，既为主人，应有为主人之资格，为主人之度量。政府为人民之公仆，既为公仆，必须主人之信任，然后可以有为，否则进退失据。要之，政府既为人民所建设，不可不信任政府……"

不管是梁启超、康有为，还是胡适、蔡元培，他们在济南都远达不到孙中山受到的礼遇。听说他来，在火车站等候迎接他的，就有一万多人，包括党、政、军、学各界代表，还有市民群众。据《民立报》报道："道旁观者若堵，争欲识先生面，附近车站一带几无隙地。"

后来，先生去世后，济南各界为悼念他，将"商埠公园"改名为中山公园。很多年后，我在那里讲过一次先生和济南的故事。

孙中山先生那次来，住在津浦铁路北段总局驻济办事机构所在地，是座立面呈"凸"字形的德式建筑，位于馆驿街西口、纬一路西侧。胡适第三次来济南时也住这里，当时津浦铁路完工，此处改名为津浦铁路宾馆，正式对外营业。胡适觉得很不错，"这家宾馆，开张不久，建筑还好，陈设也很好，在北京也只有少数能比得上它。"

一年半之后，这家宾馆迎来了印度诗人泰戈尔。

三

泰戈尔访华，是应胡适、蔡元培、梁启超等人之邀。不知是否因为他们的缘分，还是这座城市对文化的热情，济南成为其行程中重要的一站。在这里，泰戈尔做了三次演讲，正谊中学的学生季羡林听过，那时他对诗歌和印度都所知甚少，却认定泰戈尔是个伟人，或许这对他后来研究印度语和梵文产生了一定作用，但中学尚未毕业的他完全听不懂泰戈尔的语言。

担任泰戈尔随行翻译的是徐志摩。在徐志摩为泰戈尔翻译的过程中，坐在台侧的一名眉清目秀的姑娘常有异议，出现这种情况，徐志摩就走过来，和她商讨一番，再上台对译词进行纠正。彼时的徐志摩已名满天下，有一次，听众强烈

要求他朗诵自己的新作，坊间传说，他朗诵了那首《你去，
我也走》：

> 你去，我也走，我们在此分手；
> 你上哪一条大路，你放心走，
> ……
> 直到距离使我认你不分明，
> 再不然我就叫响你的名字，
> 不断地提醒你有我在这里。

当时，林徽因已经许配给一同来济南的梁思成。传说，
徐志摩让泰戈尔代为求情，却没有使林徽因动心转意。泰戈
尔也爱莫能助，只是作了一首诗：

> 天空的蔚蓝，爱上了大地的碧绿。
> 他们之间的微风叹了声："哎！"

那是林徽因第一次来济南。她万万没想到，这名深爱着
自己的诗人，济南不光葬了他的心，还葬了他的身。

1931 年 11 月 19 日，徐志摩搭乘中国航空公司的一架"济
南号"邮政班机，从南京飞往北平，要去参加当晚林徽因在
协和医学院礼堂举行的学术讲座。上午 11 点 35 分，飞机飞
至济南上空时，遇到大雾。为寻找航线，驾驶员不得不一再
降低飞行高度，飞机不幸撞到今天济南市长清区的西大山，
机毁人亡。

次日清晨，林徽因就从《晨报》看到了这一消息，执意

老城往事

赶往济南探视。她当时体弱多病，又有孕在身，家人和亲友都担心她无法承受惨痛的场面，一再劝阻。最后，梁思成从北平赶到济南。去事故现场收尸时，梁思成带去了林徽因连夜亲手制作的希腊式铁树叶小花圈，林徽因特意把她珍藏的一张徐志摩照片镶嵌在花圈中间。

徐志摩纪念公园奠基时，我恰好去了。回到酒店，我还向现场讲话的牛汉先生求了一幅字：爱情诗经。或许，那代人之间的爱情，如诗，如经。

后来，在给胡适的信中，林徽因回顾与徐志摩的感情："这几天思念他得很，但是他如果活着，恐怕我待他仍不能改的。事实上太不可能。"

四

胡适想必难理解林徽因这种复杂的感情，他的行程排得很满，尤其是出差在外地，时时刻刻都在忙个不停。比如，1922年10月9日，他坐火车从北平出发，到济南站，已是晚上10点多。第二天，他全天闷在津浦铁路宾馆写《除非》一文，反复修改到晚上。其间，傅斯年的同学聂湘溪来找他谈事情，晚饭后，他又去拜访教育界人士，顺便绕行了几条繁盛的街。

11日上午，他接待了几位朋友，又给蔡元培写了两千多字的长函，下午在第八届全国教育联合会上演讲。那个会开得火药味十足，浙江代表许倬云上台痛骂教育部。12日，胡适终于忙里偷闲，雇船游了大明湖。

　　胡适对大明湖的印象平平，他到了历下亭、北极阁、张公祠、汇泉寺，因为风太大，他连铁公祠都没有去，最大的收获是写了一首诗："哪里有大明湖？只看见无数小湖田，无数芦堤，把一片好湖光，划分得七零八落！"

　　风大或许只是借口，胡适应该是受了蔡元培的影响。蔡元培的女儿曾"带了《老残游记》去游大明湖，看到第二回写铁公祠前千佛山的倒影在大明湖里，她不禁失笑。千佛山的倒影如何能映在大明湖里呢？即使三十年前大明湖没有被芦田占满，这也是不可能的事。大概作者有点误记了罢？"所以，胡适在《〈老残游记〉序》中，说"《老残游记》里写景的部分也有偶然错误的"。

　　这一点，胡适的考证是偏颇的。十二年后，郁达夫来济南，就清楚地看到了佛山倒影。他在日记里写："大明湖的倒影千佛山，我倒也看见了，只教在历下亭的后面东北堤旁临水之处，向南一望，千佛山的影子便了了可见。"

　　郁达夫来济南时，吃了泺口供应的黄河鲤鱼，小清河两侧种出的粳米，最让他恋恋不舍的，是大明湖的蒲菜。

　　逛大明湖时，望着眼前的菰蒲莲荷，他还在回味："蒲菜、莲蓬的味道，的确还鲜。"在他身边的，是"杭州第一美人"王映霞，作为郁达夫的夫人，此时他们的感情还甚为甜蜜，不知看惯了西湖的她是否喜欢此处，然而，对于他们的感情来说，未来的岁月远不会像大明湖那样风平浪静。

　　胡适那次逛完大明湖，去司家码头的雅园饭庄吃饭。当时，雅园有一种"自磨刀"的吃法，每人两块大洋，由堂倌随意来安排看膳，"四盘八菜，清冽可口"。不过，雅园最有名的，是烤乳猪，山东某军阀娶儿媳时，在这里大摆宴席，上了这道菜。《老残游记》写道，山东抚台送老残的一桌酒席中，就有"烧小猪"，不知道胡适是否也用嘴巴考证了。倒是后来，臧克家对雅园的烤乳猪十分难忘，"济南的烤整猪，蒲菜炒肉，我都尝过，至今皆有美好的回忆"。

在雅园饭店吃了午饭，从下午五点开始，胡适执笔起草新学制方案，到凌晨一点半。第二天一早，胡适继续审定并誊写草案，随后拿给刚到济南的黄炎培过目，和黄炎培一起吃了顿饭，下午，大会针对这份方案，讨论了一下午。傍晚，胡适实在太困顿了，去理发的时候都睡着了，最后洗头时，胡适让师傅用冷水，觉得这样可以清醒一下。

五

只是，清醒之后的胡适，觉得有些无聊。这天晚上停电，他觉得无事可做，就去考察一下济南的"红灯区"。引用他日记里的话："看看济南的窑子是个什么样子。"

胡适去的地方叫济源里，在纬七路和纬八路之间，南抵经四路，北接经三路，有一条名为大生里的小巷，当年是著名的红灯区。其中有名的有"红楼""凤楼""月楼""安乐""红珠""爱玲""三荣"等，这些妓院大部分都是扬州帮所开。

从胡适的住所，走到济源里差不多要半个小时，可见胡适这一天虽疲惫，但兴致还是颇高。

胡适在日记中并不避讳这些，他说那天进了三家妓院，可能因为他见惯了繁华，觉得济南的妓院过于简陋。"都是济南本地的，简陋的很，大都是两楼两底或三楼三底的房子，每家约二人至四人不等。"由于这一天停电，妓院里点的是油灯，昏黄的光线让胡适不太适应，"十时半回寓，早睡。"

推断一下时间的话，胡适去理发的时候是傍晚，在十月份的济南，应该是六点到七点之间，按七点计算，理发最多半个小时，十点半回来，再减去来回一个小时的路程，胡适在妓院待了两个小时左右。

年轻就是资本。

六

这一次，胡适在济南停留的时间最长，大概得有十天。他还去了黑虎泉和千佛山，他对黑虎泉的印象和后来的郁达夫恰恰相反。或许是期待太高，他对黑虎泉印象比较平常，不像郁达夫，认为"家家泉水，户户垂杨的黑虎泉一带，风景最为潇洒"。

倒是千佛山，给胡适带来了极好的印象："千佛山很好，山上有寺，有隋开皇时造像。我们爬上山顶，可望见济南全城、黄河及泰山一角。我们坐在山顶上大谈，很高兴。回到寺里，又大谈。一时半下山，到和丰楼吃饭，又大谈。"

其实，胡适来济南并非这三次。可以考证的，还有1931年的一次短暂之行。那次他来济南和何思源会面，做了一个演讲。1934年，胡适再次路过济南，在一列呼啸的火车上，胡适记下："七点过济南，披衣起来，望车窗外清晨景况，凄然有感。"

那一年的胡适心情有些黯然。在第二年的上海《东方杂志》"新年特大号"上，胡适发表了一篇题为《关于民治与独裁的讨论》的文章，流露出对当时局势的失望、对政局的不满以及对政治改革的不同意见。

很多年之后，听新裤子乐队在唱："没有文化的人不伤心——"不知为什么，我突然想起了胡适先生，不知道济南这座城市是否让他伤心过。还有那些让人敬仰的民国大师，他们会伤心吗？

附：

1949年10月，爱国华侨陈嘉庚在从北京返程途中在济南专程下车，慕名赶往广智院参观，大受启发，一回到厦门老家他便买下了一座小岛，于1950年兴建起一座以教育为功能的博物馆，起名曰"集美鳌园"。

1992年，胡适、蔡元培、康有为、梁启超等人来济南时的津浦铁路济南站被拆除。它曾是亚洲最大的火车站，被战后西德出版的《远东旅行》列为远东第一站。

1997年，济源里八卦楼完全拆除，"第一楼"就此全部消失。如今的济南地标"第一楼"，以形状独特闻名。

2009年3月，济南有着近60年历史的中国电影院被拆除，7月，普利街14处老建筑倒下。

2010年4月，苗家巷独具晋商特色的济南版"乔家大院"消失。

2011年4月，被列为近现代重要史迹的宽厚所街58号院一个多小时被夷为平地……

那些年的万水千山

——山东省立医院往事

公元 1897 年，是清光绪二十三年。这一年，几名德国传教士创办了一家医院，在济南经二纬二路口的一所民房里，面积很小，门口挂着万国缔盟博爱恤兵会医院的牌子，连院长带医生仅有五六个人，病人来时，他们先传教，再诊治。每天来的人络绎不绝，但没有人会想到，这家医院会和这个国家一起，在未来要经历一段极其曲折的历史，伴随着沦陷和战争，曲折前行，抵达光明的岸。

四十年后。四十一岁的叶挺流亡海外归来，受命改编新四军，他特意从上海邀请沈其震同行，并委以重任。沈其震是医学博士，对一支军队来说，医疗工作至关紧要，沈其震专门挑选了一批精英，用了几个月时间，成立了军医处。军医处的医政科长，就是后来济南解放后山东省立医院的首任院长宫乃泉。

山东省立医院有一位九十多岁还在坚持坐诊的老人，

叫季海萍。大学毕业后，她把行李打包在一个纸箱就从上海来了山东。这些年，每年大年初一，医院里都会出现她的身影，她至今清楚地记得新四军军歌，每次说起来都热泪盈眶：千百次抗争，风雪饥寒；千万里转战，穷山野营……为了社会幸福，为了民族生存，一贯坚持我们的斗争！

新四军最初建立军医处时，年轻的宫乃泉也是如此义无反顾。那时，宫乃泉的家乡山东已在日寇的炮火中沦陷。德国人创办的那家小医院，一战时就被日本人夺走，数次迁址、更名，成为同仁会济南医院。

与其相比，新四军的第一个门诊部太寒酸了，在南昌的筷子巷，包括宫乃泉在内，只有八名医生。

他们有医学院毕业的大学生，有中国红十字会救护总队的志愿者，分别来自不同的地方，却有着同样坚定的信仰。为了抗日救国，他们放弃了原本安逸的生活，走进枪林弹雨，踏入刀山火海。

危难关头，不是所有人都能有这种精神。比如国民革命军第三集团军总司令韩复榘，他从山东撤军时，焚毁了省政府各机关、高等法院等地，称其为"焦土抗战"。熊熊火光中，同仁会济南医院除仁和楼还保留着主体，其他建筑都成了一片焦土。

燃起的大火可以毁灭建筑，内心的火光则可以照亮理想。1938年4月，新四军军部从南昌转移到皖南岩寺地区，在一座典型徽派风格的祠堂里，办起了一个拥有五十张床位的休养所，前来看病的人不光是新四军战士，还有当地的百姓。

那里至今还流传着一个故事。有一名叫汪五婆的孤老太太患了肺气肿，无钱就医，叶挺听说此事，就派军医上门。叶挺本人还常去探望，嘘寒问暖。汪五婆康复后，带了一篮新鲜的鸡蛋去看叶挺，还常对人说："叶挺军长真好啊，要不是他，我早就入土了，骨头恐怕也烂成泥了！"

像汪五婆这样的百姓绝不是一个，叶挺的这一做法，成为新四军医务工作的传统。新四军所有的医院和救护站，替军队官兵医病，也替老百姓医病，许多病人，都是从很远的地方跑来求治的民众。

后任新四军军长的陈毅说，医务人员工作特殊，适合于做群众工作，特别是因为给群众看病，在群众中非常受欢迎。

军民的鱼水情，通过救死扶伤交融，让共产党和广大群众血脉相连。曾被任命为新四军后方医院院长的崔义田曾回忆，战争情况下，伤病员分散在老百姓家中，有医务人员分村包干进行巡回治疗，需手术者，也在居民家进行，根据地群众不仅仅为新四军掩护伤员，还帮助解决医药问题，并提供医疗场所。

这种深厚的情感一直在延续。随着新四军军部从岩寺迁至土塘，又进驻云岭，新四军终于正式建立了最早的医院。宫乃泉担任前方医院院长，崔义田担任后方医院院长。前方医院 170 张床位，后方医院 200 张床位，均设有门诊部、化验室、手术室、X 光室、药房。漫山遍野的竹林成为医院的建筑材料，药盒、药盘、镊子都是竹子制成的，淋浴室也是用竹筒作管道，因此又被称为"竹子医院"。

这是让美国作家史沫特莱感到惊奇的医院。令她赞叹不已的，绝不仅仅是硬件设施，而是其中的医生和护士。她用笔记录了一幕幕感人的画面：医生坚持每天巡诊，护士卫生员为病人洗脸、擦澡，并为重伤病员翻身、喂水、喂饭。护士做到每天按医嘱送药给病人看他服下，每天检查伤口，换药、手术，不论白天黑夜，都有医护人员值班，细致观察病情，做到及时处理。伤病员和医护人员有说有笑，互相学习，有时一起进行文体活动，如唱抗日歌曲、出墙报、做游戏等，医患关系十分亲密。

"真了不起！这是我在中国见到的最好的军医院！这是世界上少见的伤兵医院！我要向全中国全世界报道，呼吁他们支援你们！"

在这里，史沫特莱还见到了风尘仆仆的周恩来。他于1939年到新四军军部视察期间，多次到医院来看望伤员和医护人员。许多医护人员很激动，纷纷拿着纪念册找周恩来题字。一名护士说，题字时，周恩来特意问她老家是哪里，得知是宜兴后，在纪念册上写下：打回宜兴去！

国破山河在，城春草木深。那些回不了家乡的人，恰恰是因为深爱着这个国家，在每个人的心中，都有一条通向家乡的路。没有执着的信念，就无法克服路上的艰难险阻。然而，就在中华民族全力抗战之时，发生了震惊中外的皖南事变。新四军遭遇重创后，于1941年，在盐城重建军部，又随着日寇的残酷扫荡，迁至盱眙县黄花塘、千棵柳等地。医院一路跟随，还创办了新四军军医学校，培养了大量医学人才。

抗战胜利后，根据季海萍老人回忆，医院驻扎在淮阴一所很大的红房子教会医院里，只是落脚不久，因国民党的大举进攻，新四军军部再次北移山东临沂。1946 年 12 月，为争取国际援助，新四军卫生部直属医院改名为华东国际和平医院，新四军军医学校更名为华东白求恩医学院，在山东省沂水县略疃村。一批具有爱国情怀的医学人才来解放区工作，陈毅亲自去临沂机场迎接他们。

显然，这家医院和国民党政府接管的同仁会济南医院是没法比的，国民党政府将同仁会济南医院改名为山东省立医院。同一时期，那里已成为"鲁省卫生机构之巨擘，规模之大华北称著"。尽管，华东国际和平医院是华东解放区的医疗中心，但正如国共军力的悬殊一样，在外界看来，胜负已分。

然而，在人民心中，真心拥护的，是热爱人民的一方。从医院就能看出来，曾经，新四军医院的房子不够用时，老百姓知道了，这家出木料，那家出泥灰，为医院建造房屋，还给受伤的战士洗衣送菜。莱芜战役后，华东国际和平医院随军区卫生部转移，辗转数地，解放胶东后，组成一百四十多人鲁中防疫大队，赴临朐、沂北、沂中各县疫区抢救灾区群众，开展的回归热、恶性疟疾、痢疾等疫病的防治工作，共救治七千余名病人。他们在救治百姓的同时，救治的更是伤痕累累的中国。

1948 年 9 月 16 日，济南战役打响，华东国际和平医院离火线最短距离只有 1.5 公里。当时，医院利用全部医疗技术力量和设备，采取多种治疗措施，积极救治伤员。

那是解放军的一个经典战役，系解放战争中第一次攻克十万重兵据守的大城市，因此，战争也异常激烈、残酷，每天，都有大量伤员从前线抬下来。一名卫生员回忆，有一次，因为伤亡惨重，担架员不够用，和他一起在阵地上的另一个卫生员就跑去帮忙。结果，这名卫生员刚和担架员抬起伤者，一发炮弹就落下来，担架员、卫生员和伤员三人都不幸牺牲。

八个昼夜，华东国际和平医院的医护人员轮番工作，手术一刻也难以停歇。与此同时，解放军像一把锋利的手术刀，外围消毒后，从今天的解放阁划开济南，这座城迎来了解放的那一刻。

1948 年 11 月 19 日，济南经五纬七路一所大院门口，同时挂起了两块牌子，一块写着"山东省立医院"，另一块写着"华东国际和平医院"，同时，这里还是白求恩医学院的教学医院，由宫乃泉兼任院长，张祥任副院长。

无论是对 1897 年的那几名济南民房里的德国传教士，还是对 1938 年南昌筷子巷里的新四军第一个诊所里忙碌的医生来说，这一刻，都意义非凡。

这个济南人都熟悉的地址，看似岿然不动，却有一段如此漫长的路。南昌、岩寺、土塘、云岭、盐城、黄花塘、千棵柳、淮阴、临沂、胶东、济南，每一个地址都留下了红色的足印，感动并激励了无数人前行。那段红色的历史如一束光，照进今天的现实，照亮未来的征程。

济南电影院简史

你有多久没去过电影院了？

一周，四个月，还是很多年？

在济南，这座城市，我亲历了这些年电影院的变化，也曾采访过许多人对电影院的记忆。这篇文章，写的是一座城市的电影院变迁历程，也是一个人和电影院的故事，和这座城市的故事。

我写了很久，献给在这座城市的你们。

也献给我们生活的这座城市。

一

按现在所能看到的史料，中国人第一次看到电影，是在1896年8月11日，上海徐园内有一茶楼，大号"又一村"。当时，电影算是"西洋法术"。穿插在唱戏、杂耍、戏法这样的节目间放映。看客们一边喝茶，一边嗑瓜子。在他们的身边，小贩们不停叫卖着小食。

这种热闹的场面以情景再现的形式拷贝到了八年之后的济南。

1904 年，济南的闻善茶园开始放映电影，那里的茶客有幸成为山东第一批电影观众。对于他们来说，眼前的光怪陆离简直就是"西洋京剧"，竟比谭老板或梅老板的绝艺还惊人，当他们看到外国皇帝驾车出游、印度农民执棍跳舞，甚至金发少女洗浴嬉水时，不由得会叫一声："好！"

现场气氛，如同今天的德云社，就差给角儿送礼物了。

电影放映出现在济南，比上海要晚八年，但是，中国第一家专业电影院却并非如此。

电影毕竟不同于唱戏，它的光影须置身于黑暗之中，方得以显现，于是，在上海那些放映电影的茶楼中，开始为看电影开辟了单间，单独售票。然后电影的生意越做越好，茶壶里的水渐渐养不下这条大龙，出现了"活动影戏院"这个专门的名词，其从戏园、茶馆脱身而出，赢得自己独立的地位。1908 年，西班牙人雷玛斯用铅铁皮搭建成虹口活动影戏院（又名虹口大戏院），位于上海虹口海宁路乍浦路口，被认为是上海甚至中国最早的电影院。

我在《济南志》上看到："1906 年前后，建立了放映无声电影的小广寒电影院。"如果"小广寒"真的是在 1906 年修建的话，济南的专业电影院历史比上海要早整整两年。

《山东文化志》上则说："山东最早的电影院是济南的小广寒电影院，1904 年至 1906 年改造成明星电影院，专门放映无声电影。"如按此来推算，小广寒的历史则更悠久些。

从茶楼放映到专业电影院出现，在上海有十二年的历程，济南却只有两年。纵然这个结论我们无法确切地考证，但是，如从宏观推断，济南是从 1904 年开商埠的，从那一年开始，济南的政治、经济、文化、城市建设都发生了历史性变化，在一座古老、保守的城市里，新生事物开始层出不穷，这很可能就是济南专业电影院迅速出现的重要原因之一。

我没在小广寒看过电影，那里经设计师王建宁等人的改造，已成为济南一家电影主题餐厅，修复费了许多心力，格调也颇高。我喜欢吃那里的鲤鱼炖豆腐，鲤鱼是在泉水里养干净的，豆腐来自南山，老汤来自内蒙古，味道如同建筑，使人迷恋。

二

济南开埠后，影剧院的发展经历了一个高潮。

1930 年前后，济南市影剧院曾达到 21 处，座席万余个，影院有山东、大华、春光、济南、新济南、民众、东海、国泰、大观、新新等十三处。

徐北文教授生前，我曾专门请教，他说自己上中学时每周看一次电影，旧军门巷的济南电影院主要放国产片。德国人在经二纬三建的新济南电影院放很多美国电影，档期基本和好莱坞同步，有《人猿泰山》等，那些电影就是当时的大片了。

鲁迅先生当年在上海，也是看类似影片。他大概看过

144部，其中，至少有124部来自好莱坞，他喜欢怪兽片，从他文章和日记里，有如此观影名单：《金刚》《金刚之子》《人猿泰山》《泰山情侣》《虎魔王》《万兽之王》《兽世界》……

有一次，鲁迅和许广平带海婴去看《仲夏夜之梦》，为了赶时间，饭也没吃就打车过去，结果观众爆多，只买到下一场的票，只好带着娃"回寓，饭后复往，始得观"。可能因为期望值过高吧，鲁迅看完略感失望。

济南的电影院当时生意也非常好。据徐北文教授回忆："我每次去，里面满满的全是人。"其实，很大一个原因是票价便宜，济南把看电影的门槛放得较低。而当时在上海，已经出现了很多高档影院，据说二十世纪二三十年代上海最高级的大光明影院一场电影的门票从六角到两元五角不等，而当时一担米的价格是八元，对于一般市民而言，一个月的饭钱也就在六到八元之间。由此可见济南的电影观众是多么幸福。

三

抗战时期，济南沦陷，日本人在济南建了几家电影院，比较有名的是青光电影院，在经二路老邮政局斜对面，主要演一些日本片，类似《新加坡总攻》。这家电影院如今已无一砖一瓦，被一场大火烧得干干净净。

过去的电影胶片，片基是用硝化纤维塑料（俗称赛璐珞）制造的，成分与火药棉近似，极易燃烧。1904年，慈禧因为英国公使进献的电影放映机在宫中放映中途突然爆炸，下令从此不准再在宫里放电影。中国第一部电影《定军山》的拍摄方丰泰照相馆，也因一把大火成为灰烬。今天，都盼票房火爆，对那个年代的电影院来说，火和爆都绝非好事。

济南有很多家电影院都失过火，如按察司街的"新新"等，最惨的就数"青光"了。当时可能是检票员图省事，检完票，等电影开场就不愿再等，索性把影院的门给锁上了。失火以后，因为门锁着出不去，许多观众从窗户往楼下跳，光摔就摔死不少人。

有个传说一度在济南流行，说影院着火是因为放了《火烧红莲寺》，哪家放《火烧红莲寺》哪家就失火，传得还特别神。

《火烧红莲寺》拍摄于1928年，导演张石川和郑正秋的这部电影带动了中国电影史上第一次武侠热。只可惜当时被冠以"武侠神怪片"的恶名，因为当时全国只有百分之三的民众接受过近代科学教育，而百分之九十五的人都相信有"怪力乱神"的存在，以至国民党政府下属的电影检查委员会下令查禁《火烧红莲寺》。这两位中国武侠电影的开山鼻祖万万没有想到竟有后人用武侠片《卧虎藏龙》捧起了小金人，让世界掀起了中国武侠电影热；更没有想到自己的心血之作在济南竟成了让人又恨又怕的纵火凶手。

四

电影院里有情侣包厢，大概是二十世纪八九十年代的事。

二十世纪四十年代初期，男女看电影都要"分行就坐"。据一名"老济南"介绍，比如当时场内有三行连椅，女的坐在右边一行，男的坐在中间和左边两行。如果男女一同去看电影，进场就要"暂时分手"，散场以后再喊着"找人"。

我们不难想象出这样一个今天看来比较滑稽的场面：七十多年前的济南，大观园电影院门口，当《渔光曲》或者《马路天使》放映结束后，散场的人们在门口大声喊着自己情侣的名字："李翠花！""张富贵！"

当年的"李翠花"和"张富贵"多已不在，那滑稽、荒诞的叫喊也消逝得无影无踪，但是，那些声音却让我们重新进入那个一去不返的时代。

我采访过原胜利电影院丁经理，他说，济南电影院的名字也是紧随着时代的发展而变化："比如说胜利电影院，日本鬼子来的时候改名为'明星'；鬼子投降，又改名为'明光'；解放后叫'青年'；二十世纪五十年代后期又叫'中苏友好'；和苏联的关系崩了，影院改成'反修'；'文革'时又改回'胜利'。"

1952年，明星电影院刚刚重建好，当时在部队的一名解放军女战士经常从这里走过，她的战友打趣说："将来你会不会到这里来工作？"这名女军人没想到，后来她真到这里来工作了一年。

1955年，复员后的陈素兰在济南电影发行站当文秘："当时农教电影在济南的展映工作特别突出，经常是把电影送到农村去，露天电影院给农民带来了新的科技。"

陈素兰说，"文革"前，市电影发行站（后改为济南电影公司）在市中医院（原红旗医院）的后面，每周六，市领导都会去看电影。有一次，电影院突然来了特别多的保卫，陈素兰很纳闷："今天这是怎么回事啊，来了什么大人物？"

一部电影放完后，领导让陈素兰去前面问一个人，是否还要再看一部。"他特别客气，也很和蔼，说再看一部。"陈素兰对记者回忆那一幕，"他走了之后，我才知道是杨成武将军。"

那可能是杨成武将军人生最后的辉煌时刻，因为很快，"文革"就到来了。

五

最早改建为立体声宽银幕影院的，是大观影院。立体电影《魔术师的奇遇》，让很多人进入"见证奇迹的时刻"。每人发一副"立体眼镜"，戴上以后，如身临其境，一场电影下来，惊呼连连。可惜，当时的立体影片很少，一直到二十一世纪，大量的 3D 电影，包括假 3D 电影才再次席卷而来。

我来济南读书时，大观影院差不多是济南最好的影院。我在那里看过几部电影，票价不比现在网上卖得便宜。那时大观园也热闹无比，旁边的小吃店满满都是客人。每次看完电影，去坐公共汽车，要过人行天桥，我总是下错口，反复几次，才能找到 18 路公交站牌。

位于成丰桥的光明电影院，也曾红极一时。该影院最初由十五户商人合资建设，1966年改国营，1988年进行了内部装修，铺上了红地毯，安装了航空座椅，引进了先进的音响设备，成了省内第一家模拟立体声电影院。装修完毕后，放映的第一部电影是《霹雳舞》，票价创下了一块五的新高，轰动全城。

后来，我在光明电影院看过一场通宵电影。那年我十八岁，一个人来济南玩，晚上无处可去，又舍不得住酒店，就去电影院蹭一宿。所谓通宵电影，前面大概有两部是电影，后面就是录像带投影，多是香港片，成龙、李连杰、周星驰主演的最多。后来上了大学，偶尔也会去看通宵，最常去的，是历山剧院。

历山剧院于1978年筹建，主要以演出为主。我在这里看过许多场戏曲、话剧，我编剧的话剧《把日子提前过》也在此首演。

不过，印象最深的，还是读大学时候，宿舍经常收到历山剧院的通宵电影宣传单，上面印着各种让人想入非非的片名，还有"够骚够火够刺激"的广告语。

后来我才知道，三哥在开灰姑娘酒吧之前，是最早在历山剧院承包通宵电影播放的人。但看当时宣传单的文风，不太像出自他手。

有一次我去历山剧院，看《阳光灿烂的日子》，在二楼一个小厅，观众只有我自己。临开场前，工作人员走过来说，由于观影人数太少，不够空调电费，问我能否去楼下看通宵。我问他几个人可以放这部电影，他说七八个吧。第二天，我们宿舍八个兄弟一起来看了个专场。

那是中国电影的黄金时代，电影院有很多优秀的华语电影，《霸王别姬》《有话好好说》《一个都不能少》《甜蜜蜜》《大话西游》，我都是在电影院里看到的。有人说，新冠疫情会让中国电影倒退二三十年，如果论电影质量，倒退到那时候，或许是好事。

不过，作为一名学生，去电影院相当奢侈。学校里的电影院就便宜多了，比如山师礼堂，每周末会放一次电影，一次放两部。其中，一部是新片，比院线略晚；另一部则会特别烂，烂到无法想象，但必须要放映，算是看一赠一。关键是要先放烂片，才开始新片，所以，每次去山师礼堂看电影，都会有种先卖身再私奔的感觉。

有一年，张艺谋带着董洁为《幸福时光》做宣传，在山师礼堂。主持人是辛凯，当时气氛极其热烈，到了提问环节，我第一个举手，问了张艺谋两个问题：一是对盗版的看法；二是很多人喜欢《活着》，都是通过盗版，对这件事怎么看？

记得张艺谋叹了口气，说："这是中国电影的悲哀……"

年轻时，眼睛里始终闪烁着锋芒，而今，锋芒藏于心，罢了。

六

我刚到报社工作时，在文化部，所有的新片都有提前的媒体场，看了太多电影，也去了太多电影院。不过，那时的电影院的生意并没有那么好。

经营最好的，要数鲁艺影剧院。

2004年，有一次，我和当时报社的领导一起，同济南电影公司的朋友吃饭，其中，听他们说起，要建一座影城，由时任鲁艺影剧院的经理刘芝保负责。

因为工作关系，我对刘芝保经理的印象非常深刻。他平日话不多，做事踏实、利索，而且敢想敢干。在他的带领下，新世纪影城济南第一家店，在2004年的西门开业了。

济南的电影院，从此进入了影城时代。

2005年去新世纪影城工作的董文欣，负责影城的策划和宣传，我们联合搞过很多活动。印象最深刻的是2008年《泰坦尼克号》十周年纪念专场，黑漆漆的影院里，苏格兰风笛声一起，就听见有人抽噎。

那次最后和观众互动，让人模仿杰克和露丝的船头经典造型。照片后来在报纸上刊登出来，还闹了一点麻烦。有一对互动的观众并不是情侣，气冲冲打电话过来，说侵犯了他们的肖像权。我心想你们不是情侣还上台互动啥啊，现场又不是不知道要拍照。他们非来报社找摄影记者理论，我说找我就行。那天下午，总编突然打电话给我，说楼下有对男女气势汹汹，仿佛要闹事。我简单说了一下情况，总编嘱咐我一定要心平气和，别吵架。一会儿，他们来到了会议室，几句话下来，我看出了玄机，两人其实在恋爱，只是女方家里还不知道，所以生气的是照片上的"露丝"，而"杰克"无所谓，但表面上要和"露丝"一起义愤填膺。我便好言相劝，说你们能有这个缘分，不容易，本来就已经夹生了，早晚煮成熟饭，说不定照片还能加把柴火。"杰克"不住点头，"露丝"一会儿也不生气了，临走前，我还送他们一本我的长篇小说，祝他们早结良缘。

这么多年过去了，我还挺惦记，不知道他们的爱情是靠了岸，还是沉了船。至少，在那张照片上，他永远是她的"杰克"，她也永远是他的"露丝"。

后来，济南的影城也多了起来。鲁信、万达、橙天嘉禾、耀莱成龙……2011年，董文欣去了百丽宫，那里的电影放映因此增加了许多文艺气息。

一些小众的电影，在百丽宫会有专场和活动，比如我参加过的《冈仁波齐》《村戏》《大河唱》等。

《村戏》聊出来的全是戏，《大河唱》现场变成了大合唱。《冈仁波齐》的导演张杨酒量特别好。

还有几次活动，印象也尤其深刻，比如在鲁信影城，见到了我特别喜欢的贾樟柯导演。

师妹王鲁娜出品的《十二公民》，老乡路伟出品的《大圣归来》，都让我一次次走进济南的电影院。

七

找一个去电影院的理由，对我来说，越来越难。

影片质量是一回事儿，时间成本和交通成本，让我觉得，每去一次电影院，都是奢侈。宁肯充网站会员，等影片下了院线，再看，不迟。很少，能有哪个片子让我觉得，不在第一时间去电影院看就可惜了。

但我知道，没有任何地方可以取代电影院。那是一座城市最浪漫的地方，灯光暗下时，会涌起无数秘密的心事。灯光亮起时，又有多少青春散场？

让我们共同期待，济南的电影院越来越好。它们是这座城市，唯一可以让梦颤抖的地方。

1921，济南觉醒年代

一

1921年7月1日，一架飞机降落在济南。这架大维梅型"舒雁号"飞机装着邮件、包裹和七名乘客，由英籍飞行员巴德森·路易斯驾驶，从北京南苑机场，历经两个小时，到济宁和泰安转了一个弯，在济南张庄机场落地。如《申报》云："鼓大地之风轮，循岱宗之天路，下临洙泗，喜近圣人之居……"

这是中国民航史上首次载客货飞行，济南成为国内第二个和北京直航的城市，同时，还开辟了中国第一条邮运航线，发行了中国第一套航空邮票。

并且，在此之前两个月，北京政府交通部与英国政府签订《国际邮汇改进办法》，宣布济南与英国伦敦及爱尔兰直接通邮。

彼时的济南，经过十几年的开埠，发展之迅速，如同二十世纪八十年代的深圳、九十年代的浦东。1921年，上海食物公司在济南商埠经二路中段开业，主要经销上海、南京、扬州等地的风味食品；新民织布厂在麟祥门外开设；边业银行济南分行在经二路纬五路设立；合盛祥榨油厂开设于商埠经三路；普泰工厂成立在经二路；丰华制针厂设立于南关龙凤街；"义合东"在纬六路成立，主要制造新式砖瓦。日商济南银行开业，办理货币存放汇兑和储蓄；英商在济南开设"太阳公司"，经营保险业务。

这一年，最值得一提的，还有桓台人苗杏村与堂弟苗星垣合作，在济南创办了成丰面粉厂。

之前，济南并非没有机器面粉生产厂家，比如，1913 年，张采丞在纬三路创办的兴顺福机器磨面公司；还有 1915 年在济南西关东流水开办的丰年面粉厂，包括无锡荣氏资本在济南陈家楼开办的茂新面粉厂，日本铁岭满洲制粉会社在济南设的分厂等，但成丰面粉厂无疑是这座城市工商业的一个新传奇。

翌年，成丰面粉厂正式投产，一百六十多名工人，日产面粉五千袋，产量最大时一度达到八千袋，堪称山东省面粉生产业的半壁江山。

1921 年，成丰面粉厂的董事长兼总经理苗杏村整五十岁。二十二年前，他还是一名靠毛驴送客的"赶脚"，跟随二哥来到济南后，他在泺口从粮栈的伙计做起，到自己创办了恒聚成粮栈，然后，遇到了一个前所未有的机会。

那是十年前，辛亥革命，清帝垮台，济南人心惶惶，许多粮栈急于转手，物价大跌，苗杏村四处收购了二百多万斤粮食。中华民国成立后，市场秩序恢复，津浦铁路很快通车，南方粮商云集济南购粮，苗杏村赚了八千银圆的净利，在经一路纬四路北首盖起营业大楼，在津浦、胶济两条铁路沿线设立分庄三十余处。

1921年，铁路是济南这座城市的发展命脉。但是，对于津浦铁路济南机厂的一千多名工人来说，生活并不快乐。他们每天工作十四到十六个小时以上，一个月工资不过五六元，只有监工的几十分之一，厂主的百分之一，即便如此，还经常被厂主和监工克扣。

当时，已在这座工厂工作六年的宋子元目睹了许多惨剧，工人被监工、把头毒打。"他们的家眷、亲属甚至本族远亲的婚丧嫁娶，娘生日、孩满月，都要工人送礼……架车场的吴师傅因为没有给监工送礼，两年没给涨薪，他摔了家伙去找监工讲理，结果不但没有争到工资，反被借故除了名。"

工人们盼着有"能人"出现，给自己指条明路。

1921年，到处都是路，到处都有人觉得无路可走。

这一年，通往津浦铁路济南机厂的路上，出现了一位年轻人，他怀着一腔热血，带着坚定的信仰，要去为工人们指路，他就是来自山东省立第一师范学校本科第十一班的王瑞俊同学。

二

王瑞俊是在二十岁时来济南的，1921年，他二十三岁，改名为王尽美，取"尽善尽美"之意。据同为"一大"代表的毛泽东回忆，"王尽美耳朵大，长方脸，细高挑，说话沉着大方，很有口才，大伙都亲热地叫他'王大耳'"。

二十三岁的"王大耳"，其实在南赴上海开会之前，已在济南颇具影响力了。

他来济南的第二年，就赶上五四运动，作为山东省立第一师范学校北园分校代表，王尽美带领同学们到街头讲演，慷慨陈词，并参与起草《罢课宣言》，还和其他同学一起创办了《山东省立第一师范学校学生周刊》。那是一本完全由学生自筹资金创办、自己编写的刊物，宗旨是"唤醒同胞，协心戮力以救亡"。

史料记载，五四运动时的济南，学潮汹涌，"每校组织讲演团四到十团，共五十余团，均持讲演团白布标志，轮流在城内外各街露天讲演，劝告同胞速醒爱国，以救国危。学生哀切陈词，声泪俱下。听者无不感动愤恨，齐呼'誓死救国'"。

中国到处都在呐喊"还我山东"，作为山东省会，济南的声音更是英勇悲壮。

7月25日，北洋政府看了山东督军张树元的专电，宣布济南戒严，委任济南镇守使、第二师师长马良为戒严司令。马良枪杀了三名运动积极分子，又到各学校召集学生训话："国家大事用不着你们管，不好好念书，这是造反！"学生们却据理力争，"我们是受良心的驱使！""是中国人就应该爱国，试问爱国何罪之有！"于是，马良恼羞成怒，下令士兵对学生们动手。

五四运动中，王尽美结识了济南省立第一中学的一名水族学生，他叫邓恩铭，两人一见如故，成为那个时代的学生领袖。

邓恩铭出生于贵州荔波，叔父在山东做县官，十六岁那年，邓恩铭来山东投靠叔父，并在叔父的资助下，考入济南省立第一中学。

对于自己这名叔父，邓恩铭是很佩服的。在他的家书中，曾经写过："二叔做官数年，一清到底，百姓没有不爱戴的……父亲千万要像二叔一样才好，……千万别和贪官共事，至要，至要！"

1921 年，像邓恩铭叔父这样的好官当然不止一人，他们可以廉洁奉公，也可以一心为民，但对于一个风雨飘摇的国家来说，他们显然无力回天。

一代人终将老去，可总有人正年轻。一个崭新的时代，只能由一代年轻人来开创。

邓恩铭离别家乡那年，就曾写下：

男儿立志出乡关，学业不成誓不还。
埋骨何须桑梓地，人间到处是青山。

关于这首诗的作者，目前存在一定争议。在那个时代，很多热血青年都曾写过"男儿立志出乡关"，正是这种远大的志向，一去不返的决心，才改变了后来的中国。

后来，邓恩铭被国民党杀害于济南纬八路刑场，葬于原济南南门"贵州义地"，遗骨已无处可寻。直到 2004 年，济南革命烈士陵园收集了邓恩铭当年穿过的马甲等遗物，为他修建了衣冠冢。

三

1921年1月，王尽美、邓恩铭等人组织的"励新学会"成立了两个月。之前的成立仪式在商埠公园（今中山公园）举行，北京《曙光》杂志代表王晴霓专程到济南祝贺。

励新学会办公处设在齐鲁书社。齐鲁书社的创始人王乐平曾是同盟会会员，参加过二次革命和讨袁战争，对学生运动十分支持。陈独秀在早期组织各地建党时，邀约他在济南建党。王乐平收到信后，自己并未担此重任，而是推荐了王尽美和邓恩铭。

新的政党，更需要年轻人，才有更火热的激情。就像这些年轻人创办的励新学会，宗旨是"研究学理，促进文化"，听起来温和，却充满着对时局的揭露和批判。

1920年12月15日出版的首期《励新》中，王尽美发表文章《我们为什么要发行这种半月刊》，表示："对于从前一切的制度、学说、风俗等都发生了不满意，都从根本上怀疑起来。"

邓恩铭也曾在《励新》发表《改造社会的批评》："中国的社会一定是要改造的，但是我们去改造非脚踏实地从事不可，若是不然，恐怕我们改造社会不了，倒被恶社会支配。"

或许是因为王尽美和邓恩铭都是学生，许多批判的矛头都指向了教育。王尽美在第二期发表《山东的师范教育与乡村教育》，邓恩铭在第三期发表《济南女校的概况》。之前，王尽美就曾在省立一师的《泺源新刊》上撰写文章，先后发表了《乡村教育大半如此》《我对于师范教育根本的怀疑》等文。

五四运动后，王尽美和邓恩铭还掀起过一次学潮，要求废除腐朽的旧教育制度。那次，山东省省长对学生做了安抚，撤换了省立一师的校长，辞退了部分老举人出身的教师。

但，这似乎也无法改变教育的根本问题。所以，很多人都在探索，是在传统教育的基础上改造，还是彻底否定传统。1921 年夏天，山东省教育厅以"济南暑期演讲会"名义，邀请梁漱溟到济南讲演《东西文化及其哲学》。据说，开讲那天大雨倾盆，穿着黑色长衫的梁漱溟走上讲台，表达的核心观点就是：对于西方文化及其带来的冲击，东方文化应该在保持自信的前提下，有选择性地学习有利于提升生活品质的东西，而非盲目否定自我、全盘西化。

当时，梁漱溟 28 岁。他的观点受到了思想学术界的高度重视，也受到很多批评。批评他的人中，就有胡适。1919 年底，胡适第一次来济南，驳斥了山东省教育厅厅长袁道冲提出的"旧的教育方法不应尽废、办教育的应该教学生效法、使学生的行为不致太出格"等主张。1922 年，胡适又来济南两次，一次是参加中华教育改进社第一次年会，做了题为《中学的国文教学》演讲，第二次是出席第八届全国教育联合会。

中国的教育应何去何从，在济南争辩得火热。

1921 年，后来的国学大师季羡林正在济南三合街南首的新育小学读书，他课余参加了两个学习班，一个学古文，一个学英文。不过，季羡林似乎并不爱读书，至少没有"产生过当状元的野心"，他最爱的，还是秋游去爬佛慧山，或下河捕虾捉蛤蟆。

四

1955年，济南第六区改称槐荫区。那里有一个大槐树庄，槐树遍地，槐花飘香。据说，是明朝初期的山西洪洞县移民，为了怀念家乡，开始种植槐树，才有了后来的规模。

津浦铁路济南机厂位于槐村街，建厂的标志中，就有一棵大槐树。厂里的工人，有很多也来自全国各地，可以说是那个时代济南的新移民。厂西门不远，就是一片"红房子"，住着一百多名携家眷来济南的技术工人。

据《山东革命历史档案资料选编》第二辑记载："济南的产业概况，以济南津浦大厂为最大，新城兵工厂次之。工人们的生活最苦。"下班后，工人们无处发泄苦闷，有的互相串门吐槽在厂里受到的虐待，还有的则赌博，或借酒浇愁。

有一位姓张的老师傅为这些年轻人着急，"要想办法给他们寻点乐，再苦也要活下去"。于是，他招揽大家去自己家里散心。张师傅和他们下棋，教他们武术，给他们讲《三国演义》《西游记》的故事。张师傅是天津人，说话哏，深受年轻人喜欢。不久，他家就形成了一个工人们自娱自乐的公共场所。于是，工友们就自己动手为张家大院盖了门楼，并在门楼上挂出了"公所"的牌子，还立了公所的规矩："一不信教，二不拜佛，三不吸烟，四不喝酒，五不赌钱，六不嫖娼。”

时间一长，张师傅的故事也讲得差不多了，能教的也都教了，自觉技穷。常来公所的一名油漆工李广义带来了一名年轻人，就是王尽美。

王尽美的故事全是新的，而且格外吸引人。他给工人们讲的是苏维埃革命，号召工人组织起来，争取做社会的主人。

浦镇机车厂的工会会长王荷波也到这里，亲自教大家认字读书。第一课，他教给大家“工”这个字，把上面一横说是天，下面一横说是地，中间一竖说是一根顶天立地的柱子：没有它，就要天塌地陷。

通过王尽美和王荷波的讲解，工人们明白了社会不应该是“我们种麦子，人家吃白面，还嫌白面不好吃；我们忙蚕桑，人家穿绸缎，还嫌绸缎不美观”，而是要建立一个自由公平的社会，让工人们都能吃饱穿暖，过上好日子。

1921 年 6 月，津浦铁路大槐树机厂工人俱乐部正式成立，这是山东第一个具有工会性质的组织。

俱乐部在中大槐树北街租了五间房子，购置了乐器，还请了一个人称“戏篓子”的御戏子教戏，“公所”里要把式、说书的工友也全搬到了这里，很是热闹。工人们的学习热情空前高涨，下了工吃罢饭，就急匆匆赶往俱乐部，有的学戏，有的学武术，有的学认字，有的下棋，其乐融融。

1921 年的济南被称为曲山艺海，仅新市场内，就有戏院、剧场四处，茶园、茶社、茶棚多达二十余家，每天上演着南词北曲数十个曲种，锣鼓喧天，纸醉金迷。

　　这里距工人俱乐部不到五公里，在那边，夜幕降临时，经常能看到王尽美的身影，他不会唱《响马传》，也不会《刘公案》，却让《天下工农是一家》传唱在津浦铁路济南机厂的工人中间：

> 天下工农是一家
> 不分你我不分他
> 不分欧美非亚、英美日法俄德和中华
> 全世界工农联合起来吧
> 世界太平
> 弱小民族开放自由幸福花

五

　　1921 年 6 月，王尽美与邓恩铭同时接到共产党上海发起组的通知，寄信的地址是法租界环龙路渔阳里 2 号，邀请他们赴沪开会。紧接着，他们收到发起组李达汇寄的路费，每位代表一百元，会议结束后，还可以领到五十元返程路费。

　　这是一笔不少的经费，但对王尽美和邓恩铭来说，每一分钱都要用在革命上。后来，邓恩铭任中共山东地方执行委员会书记时，家乡受灾，弟弟来信希望他能寄钱回家，他回信说：“我从济南回到青州，就知道家乡米贵。但是我没有分文汇回去，使老少少受点穷苦，实在是罪过！”

　　正当王尽美和邓恩铭准备动身南下时，张国焘路过济南，王尽美、邓恩铭约集八名济南共产党早期组织成员，在大明湖上与张国焘畅谈了一天，就建党问题交换了意见。

张国焘对王尽美、邓恩铭的虚心好学印象极深，"他们视我为他们的先进者和老朋友，向我提出许多问题，不厌其详地要我讲解。他们一面静听，一面记录要点，并商谈如何执行的方法。他们来到上海以后，仍本着学习的精神贪婪地阅读有关书刊，有时向到会的代表们请教。"

1921 年 7 月 15 日，邓恩铭临出发前，去齐鲁大学与好友张汇泉话别，告诉张汇泉："我要去上海办点事。"张汇泉问他："你自己去吗？什么时候回来？"邓恩铭说："办完事就回，下午三点钟的火车。"

午饭后，张汇泉把邓恩铭送到济南火车站，在那座现已消失的哥特式建筑里，邓恩铭突然问张汇泉："你知道马克思吗？"张汇泉有些惊讶，回答道："我不知道，似乎是俄国人吧？"火车汽笛长鸣了一声，邓恩铭与张汇泉握手告别。

上车的一刹那，邓恩铭拍了拍张汇泉的肩头："好好学习，有为的青年要为国家、为工农大众效力啊！后会有期……"

后来，张汇泉成为一名医学家，回忆这段经历，他感叹那竟是和邓恩铭的永别。

四十年后，董必武在赴武汉的火车上写下《忆王尽美同志》：

　　　　四十年前会上逢，南湖舟泛语从容。
　　　　济南名士知多少，君与恩铭不老松。

六

　　1921年9月，王尽美、邓恩铭从上海、嘉兴归来，在济南建立了马克思学说研究会。这是在中共济南地方组织直接领导下的一个公开学术组织，以励新学会会员为骨干。会址设在济南贡院墙根街山东教育会院内，门口挂着"马克思学说研究会"牌子，公开吸收会员，公开进行活动，每名会员发一枚瓷质圆形徽章，上面印有马克思头像。

　　与励新学会相比，马克思学说研究会已不再是一个单纯的青年知识分子团体，会员的吸收范围进一步扩大，不仅有革命知识分子，还吸收有鲁丰纱厂、津浦铁路济南机厂的工人、手工劳动者、店员等，会员最多时有五六十人。

　　济南马克思学说研究会的主要任务是组织会员读书，举行报告会。研究会每周六集会一次，有时举行演讲会，有时分组讨论，学习王尽美、邓恩铭从党的一大会议带回的《共产党宣言》《马克思主义浅说》和一些宣传社会主义、共产主义的小册子。会员们在集会时，经常热烈讨论，交换看法。据马克思学说研究会的成员回忆，"王尽美、邓恩铭二同志从上海带回来的一些有关马克思主义的小册子和马克思、恩格斯的相片、纪念章等，很快地被人们抢购一空了"。

　　这批《共产党宣言》中，应该有中文首译本，印刷时封面错排为"共党产宣言"。

　　两年后，经王尽美和邓恩铭介绍入党的延伯真就有这么一本，他和妻子刘雨辉回家乡探亲时，带回了广饶县刘集村。这本小册子在鲁北这个小村庄，因为当地多位共产党员的保护，流传至今。

1921 年，马克思学说研究会在济南开展活动的同时，滨州人杜秉宾在上新街南端建立了"世界红万字会济南母院"，又称"济南道院"，会员主要是军阀、官绅等。

不同的人，不同的理想，在 1921 年的济南风云际会，在 1921 年的中国猛烈碰撞。正如苏珊·桑塔格所说，时间并不给人以多少周转余地：它在后面推着我们，把我们赶进现在通往未来的狭窄的隧道。但是空间是宽广的，充满了各种可能性、不同的位置、十字路口、通道、弯道、180 度大转弯、死胡同和单行道。

1921 年 11 月 12 日开幕的华盛顿会议，美、英、日、法、意、中、荷、葡、比九国派代表参加，中国在会上解决山东问题的希望落空。

1921 年，在济南开设三年的美国领事馆经过三次搬迁，迁至经七小纬二路东北角。

1921 年，爱因斯坦获了诺贝尔物理学奖；加拿大多伦多医学院一位 28 岁的青年教师和他 22 岁的学生发现了胰岛素；墨索里尼宣布法西斯政党成立。一战结束刚刚三年，世界上零星的枪声依然此起彼伏，距二战还有十八年，国家的格局飞速变换：白俄罗斯和乌克兰加入苏联；蒙古独立；宣布独立的，还有爱尔兰、土耳其共和国、里夫共和国、格鲁吉亚苏维埃社会主义共和国。

1921 年，中国共产党成立。

1921 年，我们还没有出生，他们改变了我们出生后所看到的世界。

三年前，王尽美动身来济南读书时，看着家乡的潍河水，写下一首诗：

沉浮谁主问苍茫，古往今来一战场。
潍水泥沙挟入海，铮铮乔有看沧桑。

1921 年，王尽美把这首诗修改为：

贫富阶级见疆场，尽善尽美唯解放。
潍水泥沙统入海，乔有麓下看沧桑。

1931，济南血雨腥风

2019 年夏，新冠疫情前的武汉，正逢小龙虾最火之季，我在当地图书馆和华中科技大学做了两场讲座，结束后，和一名中学时的师兄吃饭。他在武汉科技大学工作多年，对那座城市的了解，我是从他开始的。

那天，汉口的一条老巷子里，我们一人吃了一碗牛肉粉，随后在中山大道溜达。中山大道相当于一座巨大的近代建筑博物馆，有武汉国民政府旧址、汉口水塔、汉口总商会暨中华全国文艺界抗敌协会旧址等。路过一座名为民众乐园的建筑时，他特意带我进去转了一圈，一楼大厅展示着各种汽车，不仔细看，几乎没什么岁月痕迹。

他说，当年，顾顺章就是在这里表演魔术后，被抓走的。

顾顺章？我有些惊诧，那可是"中共历史上最危险的叛徒"，曾掌握着共产党的大量核心机密。

1931 年，顾顺章这名"致命魔术师"被捕后，立刻叛变了。

一

　　杨奎松在《"中间地带"的革命》中写道："无论对于中国共产党，还是对于中国革命，1931年一开始就明显地充满了危险和灾难。"

　　这一年，中国共产党成立了十年。

　　1927年，第一次国共合作破裂，蒋介石和汪精卫先后"清共"，8月7日，中共中央政治局在汉口召开紧急会议，选举产生了以瞿秋白为首的新的中央临时政治局，会议上，政治局候补委员毛泽东先后七次发言，第一次提出"枪杆子里出政权"的主张。

　　这次会议上，一年前刚刚回国的顾顺章当选为政治局委员。

　　顾顺章工头出身，曾混迹于青帮，在上海滩颇有名气，被当时领导上海工人运动的中共领导看中，发展入党，又在"五卅运动"中显示出过人能力，就被重点培养，送到苏联受训，学到一身本领：化装易容、魔术表演、操作和修理机械、心理学等。

　　据说，顾顺章尤其擅长双手开枪、爆破，可在室内开枪而让室外听不到声音，并能徒手杀人不留痕迹。后来，中统老牌特务万亚刚在回忆录中称他是"全能特务"，并自愧不如："顾顺章之后，特务行列中，无人能望其项背。"

　　"四一二"反革命政变后，顾顺章协助周恩来领导中央特科并兼任第三科（行动科）的负责人。第三科也称红队，俗称"打狗队"，负责镇压叛徒特务，使敌人闻风丧胆。

　　1931 年 3 月，顾顺章由上海经武汉，护送陈昌浩和张国焘到鄂豫皖苏区，返程时，在汉口住下，不知是由于技痒，或别的原因，他每天都去新市场游艺场（今民众乐园）公开表演魔术，还用了一个艺名：化广奇。

　　4 月下旬的一天，顾顺章被叛徒认出，当晚，被国民党逮捕，立即叛变。为表明自己的身价，他一口气供出二十多个秘密机关，中共在武汉的地下组织几乎无一幸免，上海等地的地下党机构几乎完全被摧毁，多人被捕杀。若不是国民党汉口方面急于邀功，往南京发了电报被中共地下党及时获知，不知会牺牲多少同志，甚至，连周恩来都难逃此劫。

　　顾顺章指认了当时在南京狱中的恽代英的真实身份，原本化名为"王作林"的恽代英因此牺牲。

　　顾顺章还供出了共产党当时主要的领导人之一、中央政治局主席向忠发，向忠发被捕后迅速叛变……

　　即便到今天，回忆 1931 年的往事，依然觉得不寒而栗。年轻的中国共产党，一度到了最危险的关头。

二

　　1931 年 4 月 5 日，清晨。济南纬八路东南的一片草地上，二十二名年轻人被押往刑场，他们来自各地，年龄最大的四十一岁，最小的二十岁，每个人都伤痕累累，却目光坚定，他们戴着沉重的手铐脚镣，走路依然昂首挺胸。他们有一个共同的身份，就是共产党员。

　　慷慨赴死的路上，他们唱着《国际歌》，高呼：中国共产党万岁！

这些烈士中，有一位贵州人，叫邓恩铭，中共一大代表。或许，在就义之前，他脑海中闪过的，有遥远家乡的大榕树，更有十年前南湖的烟雨。

这十年，对邓恩铭来说，漫长如同一生，这名体弱多病的书生，始终没有停止过革命活动，包括最后在狱中的两年。

邓恩铭和当时山东的党组织，是被叛徒王复元出卖的。邓恩铭在济南的山东省立一中读书时，王复元是学校的电工兼传达员，曾积极参与过革命活动，1925 年被派往青岛，任中共青岛市委书记，中共山东省委组织部长。

王复元是中共第一位因贪污而被开除的党员。1927 年，他去武汉出席党的"五大"，把拨给山东党组织的一千元经费据为己有，并谎称被窃。1928 年，他又以去上海与党组织联系工作为由，从直属中共山东省委机关印刷部的集成石印局拿走两千元，导致石印局因经济困难被迫停业。

邓恩铭发现了王复元的严重问题，将其开除出党。怀恨在心的王复元投靠了国民党，担任"捕共队长"，和胞兄王用章一起，秘密抓捕了邓恩铭等同志。

原本，邓恩铭有机会躲过去。在纬一路的一条胡同里，负责秘密联络的同志要他马上离开济南，被邓恩铭拒绝。为保护和安置济南更多的革命力量，他落入敌手。

在国民党的监狱里，邓恩铭组织成立狱中党支部，领导绝食斗争，还前后组织过两次越狱。第一次只有一人逃出；第二次则有六人冲出监狱，可惜他因受刑过重，身虚体弱，又被捕回。

1929 年 7 月 25 日的《民国日报》记录了这段历史：
"二十一日，放风之际，甫开看守所之门，有共犯五六人，乘着守人不备，暗取石灰，猛向三看守人眼部撒去，即将其枪支夺去，并用刺刀扎伤二人。该所所长朱子厚竭力阻拦，亦被其刺伤。法院门警恐其逃逸，将院门铁栏槛关闭，该犯等均纷爬铁栏。"

邓恩铭写过许多家书，最后一封，是在狱中写下的《诀别》：

卅一年华转瞬间，壮志未酬奈何天。
不惜惟我身先死，后继频频慰九泉。

三

邓恩铭被捕时，任中共山东省执行委员会书记，被捕不久，齐鲁大学来了一名新的助教。

这名助教很年轻，是一名眉清目秀的平度人，借住在东西菜园子街 5 号，大家都管他叫"黄先生"。

根据"黄先生"房东的孩子回忆，"黄先生"来济南不久，"黄太太"也来了，小夫妻为人和善，和街坊邻居和睦相处。"黄先生"的工作比较忙，要经常出差，"黄太太"是打理家的能手，常挑着扁担去打泉水。

1929 年夏，一天，"黄先生"的房东感觉出了一丝异样，她突然发现，附近多了一个巡逻的警察，还有两个便衣模样的人，更巧的是，出差多日的"黄先生"提着篮子回来了。房东赶紧对刚进院子的"黄先生"使眼色，说："你太太说出去买东西，都一个月了，还没回来。"

"黄先生"很镇静，说："她可能一个人闷得慌，住到朋友家了，我去找找她吧。"接着，把手中的篮子递给房东，转身出门。

房东又追出门口，告诉"黄先生"东面街口小关帝庙处有警察站岗，让他往西走。

可惜，"黄先生"还是没有逃脱危险，在坐火车经青岛再转上海向党中央汇报的路上，在明水车站被捕，特务认出了他的真实身份：中共山东省委书记。

"黄先生"就是刘谦初。原本，他是一名"学霸"，两次投笔从戎，一次是为了反对袁世凯复辟，参加了中华革命军东北军第三支队炮兵团。第二次是参加北伐军，在第十一军政治部宣传科社会股任股长。

1927年1月，30岁的刘谦初正式加入中国共产党。1929年初，他临危受命，从福建到山东，重新组建中共山东省委，任省委书记兼宣传部部长。

刘谦初被捕入狱后，把"监狱当学校，法庭变讲坛"，并以惊人的毅力，在阴暗的光线下，翻译了《反杜林论》，还写诗鼓励妻子：

> 无事不必苦忧愁，应把真理细探求。
> 只有武器握在手，可把细水变洪流。

刘谦初的妻子叫张文秋，二人相识于黄埔军校武汉分校。当时，刘谦初受邀去做演讲，二十四岁的张文秋正好在台下，被刘谦初非凡的气度所吸引。

那时的张文秋是中共京山县委副书记，专程去武汉购买枪支，顺便看望任黄埔军校政治主任教官的恽代英，恰巧遇到了刘谦初。看完演讲，张文秋去恽代英住处，发现刘谦初也在，二人相谈甚欢，如久别重逢。

在恽代英的鼓励下，刘谦初写信向张文秋表白："盖自晤芳颜，神魂迷离，举止动定，往往若有所失，虽一饮一食之间，亦恍若倩影在我眼中。每一成寐，则魂梦萦绕于左右。"

不久，二人在武汉结婚。后来，张文秋跟随刘谦初到山东，任省委妇女部部长兼机要秘书。

刘谦初被捕后，张文秋也被捕了，被党组织营救出来时，已有七个月身孕。在狱中，刘谦初为自己尚未出生的孩子取名"思齐"。

刘谦初一生都没有见过女儿，他牺牲时，女儿一岁一个月零三天。他不会知道，在未来，自己的女儿也嫁给了一名最终牺牲在朝鲜战场上的烈士。

四

和邓恩铭、刘谦初一同走上刑场的，还有一名奇女子。

她叫郭隆真，河北人，原名郭淑善，隆真是她自己改的名字，意为从落后中隆兴，勇敢追求真理。

郭隆真对得起她这个名字。

她拒绝缠足，小学毕业后，就和父亲在家里开办了全县第一所女子小学。后来在天津读书期间，被骗回家中成亲，婚礼当天，她着一袭学生装，白衣黑裙，当众演讲，呼吁婚姻自主、男女平等，把婚礼变成了宣传妇女解放、婚姻自主、救国图强的演讲台。

五四运动爆发后，郭隆真和邓颖超等一起筹备成立了"天津女界爱国同志会"，并成为周恩来等领导的觉悟社的骨干。邓颖超对郭隆真十分敬佩："在她一生的革命工作中，都证明她是一位坚决勇敢，不顾一切，专诚不懈的奋斗者。"

邓颖超和周恩来的婚姻，郭隆真也起到了一定的作用。觉悟社里，有好几个男青年对邓颖超有好感，其中还有人对她表白，郭隆真像她的姐姐一样成为挡箭牌："要是对我的小妹做出什么事来，我决不饶恕。"

1920年，郭隆真和周恩来、张若名等赴法勤工俭学。1923年，经周恩来、尹宽介绍，郭隆真加入中国社会主义青年团，同年转入中国共产党。

郭隆真一生入狱六次。多次遭遇刑讯逼供，不曾吐露半点党的秘密。

最后一次，她是在青岛被捕的。

1930年秋，郭隆真到山东任省委委员，青岛市委常委、宣传部部长等，主要任务是领导工人运动。关于她被捕的详情，还有这样的记载：为了做工人的工作，郭隆真经常与工人私下交流。一次，就在四方村河边（有一种说法是四方公园旁），郭隆真找到了正在洗衣的林福昌妻子林杨氏，与她谈话。由于林家的孩子不时跑过来打扰她们谈话，郭隆真随手掏出来一元钱给孩子，让他去买糖果吃。这一切，被当时的青岛市公安局第五分局局员陈寄尘看在眼里，他早就盯上了郭隆真，加上贫苦女工对孩子出手如此大方，肯定有事，所以他立刻向上汇报。

郭隆真被捕后，青岛公安局用尽伎俩，却连她的真实姓名、身份都搞不清楚，更别说获得有价值的线索。

郭隆真被押到济南后，直到行刑前，国民党特务还不死心："现在你只要说出共产党的秘密，便可获得自由。"郭隆真坚定地回答："宁可牺牲，绝不屈节！"

1931 年 4 月 5 日，郭隆真一出门就高呼口号不止，又被押回狱中杀害，尸体没与其余二十一位烈士倒在一起。

如四年前牺牲的李大钊所说：高尚的生活，常在壮烈的牺牲之中。

五

"四五烈士"的刑场，在今天的中共山东省委党校槐荫校区。展馆里，陈列着他们短暂的一生事迹，一次次感动着到这里参观学习的人们。

前几天，我到那里参观，遇到山东文旅传媒集团党委书记庞道锋先生，好久未见，互相寒暄一番，结束后，他专门说："'四五烈士'里有你的两个老乡。"

是的，曹县人。

1928 年秋天，曹县县城开了一家书店，店名为"曙光"。

　　和别的书店不同，曙光书店里，有大量马列经典著作和进步文艺书籍。书店的创始人，是中共党员孔庆嘉。

　　孔庆嘉是曹县孔道口人，二十岁时参加北伐，曾到毛泽东主办的中央农民运动讲习所学习，不久，加入了中国共产党。1927年，他在郑州被捕，被保释出狱后，回到家乡曹县，继续开展革命运动，深入到农村，在孔道口、桃园等村镇秘密建立农民组织。

　　为了传播马列主义，他和任守钧共同发起组织了"曹县社会科学研究会"，秘密组织学习《共产党宣言》《国家与革命》等进步书刊，探求真理。

　　任守钧曾在国民党开办的曹县青年会工作，对国民党的弊政，深有体会。受孔庆嘉影响，任守钧加入了中国共产党，凭着一腔热血，通过在曹县民众教育馆通俗讲演所做讲演员，他在听众之间宣传共产党的革命主张。包括对他的家人，他也经常说："穷人受压迫受剥削的日子应该结束了，到时候我们都要参与到这个伟大的事业当中去。"

　　1931年1月18日，孔庆嘉和任守钧在曹县石蛤蟆街被捕，曙光书店被查封。十几天后，二人被押解到济南。

　　据孔庆嘉的后人回忆，临行刑前，孔庆嘉的夫人把家里的地基本上都卖了，换了八百块银圆，只为给他留个全尸，拉回曹县安葬。

　　孔庆嘉的夫人从未后悔过当年卖田的选择："虽然我不知道他是共产党员，也不知道他在干什么，但我知道一点，那就是他不会做伤天害理的事情，这就够了。"

任守钧是家中老大，他牺牲后，二弟受其感染，也毅然投身革命事业，曾任中共单县县委书记。1942年12月21日，他在湖西革命根据地遭遇日军包围，突围时，和湖西专署专员李贞乾先后中弹牺牲。

六

1931年，血腥气息在黑暗中弥散，历史被浸得鲜红。

年初，蒋介石在对江西中央苏区的第一次"围剿"失败后，又组织第二次"围剿"。国民党山东省主席韩复榘为保存实力，不愿被蒋介石调到江西"剿共"，借口"山东共匪也很猖獗"，拒绝出兵。为了证实自己的话，对被捕的山东共产党人进行了大屠杀。

如果韩复榘没有打这些算盘，"四五"烈士都有被营救出来的可能。比如刘谦初，周恩来托人往狱中送了毛毯，在中共中央积极营救下，形势原本已经明朗，却最终未能逃过韩复榘的疯狂屠杀。

1931年4月6日傍晚，纬八路的刑场，从东到西，陆续走来几拨看起来很普通的人，他们似乎也互不认识，彼此无言，在刑场停留了一会儿，就匆匆离开。

其中，有一个人事后回忆他看到的场景：二十一位战友的遗体纵横倒卧在草地上，流出的鲜血已成赭色。他们的面目表情：有的怒睁双目，有的大口张开。由此可以想象，他们在临刑前是何等的愤怒、壮烈……

这个人就是负责恢复和重建济南党组织的胡允恭，那一天，他带领同志化装分组去向烈士告别。在如此惨烈的情景之前，他们一声也不能吭，刚走出不远，立刻就有人按捺不住大哭，胡允恭担心有密探跟踪，捏了一下他，并赶紧指挥大家散去。

全世界没有哪一个政党遭受过中共这般炼狱地火似的考验。正是因为这样的考验，共产党才在大浪淘沙后，被历史所选择。正如有人所说：怀抱理想主义做事业，多数时候会头破血流，但如果能够成功，必定是一个伟大的事业。

今天的中国没有辜负他们，更没有忘记他们，让我们记住他们的名字：

中共山东省委书记邓恩铭、刘谦初；中共山东临时省委书记吴丽实；中共山东省委妇委书记郭隆真；中共山东省委秘书长雷晋笙、刘晓浦；中共山东临时省委常委兼宣传部部长党维蓉；中共山东省委秘书长、共青团山东省委书记宋占一；共青团山东省委书记兼团省委创办的《晓风》周刊主笔刘一梦；中共青岛市委组织部部长朱霄；中共济南特支书记李敬铨；中共青岛市委常委孙守诚；中共淄川特支书记车锡贵；四方机车厂工运领袖、中共山东省委委员纪子瑞；中共曹县支部书记孔庆嘉；中共党员任守钧；中共济南党组织成员李华亭；中共山东省委视察员、鲁北特委负责人王凤岐；中共蓬莱县党组织负责人赵鸿功；中共潍县县委委员兼县委秘书于清书；中共青岛市委代理书记陈德金；共产党员王锡三。

他们被称为"四五烈士"。在他们的纪念碑上，中共山东省委原书记梁步庭在一侧题词："垂范后来。"

　　模范这个词，最早来自青铜器的铸造。"模"用来做"范"，"范"则在青铜器铸造好后打碎，正是因为"范"的粉身碎骨，才使得大器方成。

后　记

　　叛徒，自然没有好下场。

　　出卖邓恩铭及山东党组织的王复元，被上级派出的中央特科人员张英枪杀于青岛中山路。

　　当时，在全国发行量最大的《申报》报道说："……自首共产党员王复元，16 日下午 6 时 25 分左右，在青岛中山路被人暗杀，中三枪，当即殒命，凶手逃走。"

那些年，老舍吐槽过的济南

济南人尤其应该感谢老舍，这座城市被很多人向往，多是从《济南的冬天》开始的。从 1930 年初抵济南，开始任教，再到 1934 年赴青岛，最终于 1937 年从济南离开，先生成家立业、娶妻生子、扬名文坛都是从这里开始的。

然而，老舍对济南的深情，绝不仅仅体现在那些被后人耳熟能详的赞美之中。更多的文字中，充满了对当政者无能的讽刺、对民众愚昧的批评，这些，我们更不应忘记。

一

济南的夏天很热，1930 年也如此。那年七月，济南火车站的人群中，挤出来一位年轻人，提着沉重的行李箱，汗流如浆，他第一次来到这座城市，擦着汗感叹："若有一点小伤风也治好了。"

这名年轻人叫舒庆春，三十一岁，四年前，还在英国留学的他开始写小说，连载期间，自取笔名为老舍。

　　回国不久的老舍算是一名文坛新秀，在他出生的北平，大学教授一个月可以领到三四百大洋的薪水，收入高的兼职教授，月薪上千。那时，北京的鱼翅席十二元一桌，鱼唇席十元一桌，海参席八元一桌。不过，这对老舍来说，还是显得奢侈，在北平，找到一份优越的工作确实也不太容易，接到齐鲁大学的邀请后，他还专门写信，给时任校长的林济青，希望可以预支部分工资，作为赴济的路费。

　　出车站后，老舍差点挨宰。站前停着拉客的马车，大部分马看起来不但拉不了车，甚至需要人抬着才能移动，堪称"马国之鬼，车之骨骼"，好不容易上了辆车，赶车的说了个价格，让他忍不住说："我并不是要买贵马与尊车。"话音未落，行李就从车中飞了出来。"再一看，那怒气冲天的御者一扬鞭，那瘦病之马一掀后蹄，便轧着我的皮箱跑过去。皮箱一点也没坏，只是上边落着一小块车轮上的胶皮；为避免麻烦，我也没敢叫回御者告诉他，万一他叫我赔偿呢！"

　　尽管，很快林济青就来了，但老舍对济南的第一印象确实没有那么好。尤其是济南的道路，极其坎坷，路上的石头被他戏称为"是否古代地层变动时，整批的由地下翻上来，直至今日，始终原封未动，不然，怎能那样不平呢？"

　　三十一岁的老舍，如果参加脱口秀大会，不管是李诞，还是李雪琴，都会自愧不如。他吐槽济南坐车颠簸，说自己虽未坐过汽车，但看到过"汽车里的人们接二连三地往前蹿，颇似练习三级跳远。"还说要是坐洋车，最适合便秘的时候，不用吃泻药，饭前喝点开水，坐上半个小时，其效如神。但是饭后就不要坐了，不得胃病，也得长盲肠炎，要是胃口像林黛玉那么弱，完全不要坐车，因为什么时间也不合适。

二

  趵突泉，老舍是极其喜欢的。他在《趵突泉的欣赏》中写"设若没有这泉，济南定会丢失了一半的美"，但同时又对泉边的市场、货摊极其反感。尽管他很喜欢曲艺，也在齐鲁大学说过相声，但对泉边茶棚里的梨花大鼓评价颇低："一声'哟'要拉长几分钟，猛听颇像产科医院的病室。"

  大明湖更是"既不大，又不明，也不湖"，因为已经成了被坝划开的多少块"地"，但老舍深知这个湖的意义："上帝给济南一些小山，也给它一个大湖，人定胜天，生把一个湖改成了沟，这是因为穷而忘记了美的结果，不是自然的错。"

  所以，他提出，要没有一种"诗意的体谅"，去逛大明湖和趵突泉，"单是人们口中的葱味，路上吱吱扭扭小车子的轮声，与裹着大红袜带的小脚娘们，要不使你想悬梁自尽，那真算万幸"。

  说是这么说，但他其实还是很爱去这几个地方的，离开济南后，他回忆道："趵突泉、大明湖、千佛山等名胜，闭了眼也会想出来，可是重游一番总是高兴的：每一角落，似乎都存着一些生命的痕迹；每一个小小的变迁，都引起一些感触；就是一风一雨也仿佛包含了无限的情意似的。"

  之所以批评济南，是因为他恨这里市政的敷衍，淹没了城市天生的丽质。天色那么清明，泉水如此方便，大路上灰尘飞扬，小巷里污秽杂乱，让人因爱生恨。"济南本来是极美的，可惜被人糟蹋了。"

他在《吊济南》中质问：有人说，这种种的败陋，并非因为当局不肯努力建设，而是因为他们爱民如子，不肯把老百姓的钱都花费在美化城市上。假若这是可靠的话，我们便应当看见老百姓的钱另有出路，在国防与民生上有所建设。这个，我们却没有看见。这笔账该当怎么算呢？

三

政府无能，民众自然也麻木。

比如当时所谓抵制仇货（日货），"人民所知道的是什么便宜买什么，不懂得什么仇不仇，货不货"。而且在济南，凡是一家估衣店，都有大捆的东洋旧衣裳，从日本运到青岛，再到济南，论斤出售，纬四路上就有二三十家专卖，乡民推着车，拿着扁担，成捆买回家，拆大改小，比买新布便宜好几倍。"看乡民买办的神气，就好像久旱逢甘霖那么喜欢。"

就在老舍到齐鲁大学任教的两年前，这座城市发生了"五三惨案"，日寇在济南的暴行震惊世人。这件事对老舍来说，有着很深的触动。

到了济南后，老舍每在街上溜达，看到西门和南门的炮眼，就会想起此事。于是，他开始打听这起惨案的详情，很多亲历者给他提供材料，借给他看当时的照片，老舍以其为背景，写了小说《大明湖》，寄给《小说月报》。

　　只是可惜，正赶上"一·二八事变"，和日军在上海的战火中，这部小说手稿被付之一炬。

　　在济南的第二年，"九一八事变"爆发，东三省沦陷。不久就是重阳节，老舍看到依然热闹的千佛山，不由心生悲愤："山坡上满了香客，山腰里满了香烟"，卖"好剥的栗子、香蕉糖、咸长果、大麻花"，买柿子的人来回讨价还价，不管是百姓还是官员，都在求福气保平安，没有人在乎这个国家已经大难临头。

　　老舍感慨："从一方面想，中国似乎没有希望；再从另一方面想，中国似乎还是没有希望。"

四

　　1932 年，济南发生了一件大事，和老舍无关。

　　9 月 3 日下午 6 点 22 分，就在老舍印象中那个拥挤的火车站，从第三站台传出了枪声。曾在山东飞扬跋扈多年的军阀张宗昌，被人暗杀。

　　通常，这起暗杀的幕后主使被认为是当时主政山东的韩复榘。一个月前，他在北京和张宗昌结拜兄弟，然后邀请张宗昌来济南，无权无钱的张宗昌迷了心窍，欣然赴约，在韩复榘的府邸喝完酒，去火车站返程时，被刺客乱枪打死。

　　张宗昌在山东一直臭名昭著，其最大的名声，来自几首据说是他写的诗，比如和老舍小说同名的《大明湖》：

　　　　大明湖，明湖大，
　　　　大明湖里有荷花，

荷花上面有蛤蟆，

一戳一蹦跶。

我个人认为，作为一名"狗肉将军"，张宗昌写不出这样童趣十足的诗，多是文人为嘲讽他所编排。也有人说这些诗的作者是韩复榘，但比起张宗昌，韩复榘在山东还是做了不少好事，比如禁烟、兴办教育等，什么"几十个人穿裤衩抢一个球"这样的话，不过是别人编的段子而已。

1931 年，第十五届华北运动会在济南召开，韩复榘亲任运动会会长，教育厅厅长何思源担任运动会委员长，为此，济南兴建了山东省体育场。

喜爱体育的老舍自然也去现场看了，万米长跑开始前，去看热闹的张大娘怀里的鸡突然飞走，于是，张大娘、李二嫂连同童子军、巡警、宪兵全部加入了"捉鸡竞走"，好不容易把鸡抱回来，张大娘就开始对李二嫂发表议论："咱们要是也像这些女学生，裤子只护着腚，大脚片穿着滚钉板的鞋，还用费这么大事捉一只鸡？"赛场上正好有几名准备上场的女运动员脱长裤，旁边的王三姑娘则猛然用手遮住了眼，低声而急切地说："她们，她们，真不害羞，当着这么多老爷们儿脱裤子。"

五

1937 年 7 月 7 日，发生了卢沟桥事变，全面抗战爆发。8 月 13 日，老舍从青岛回到济南，这座城市很多人都已经逃亡，济南几乎成了一座空城。

　　一直到 11 月中旬，老舍都在考虑，到底要不要离开。那时，他的老家北平已沦入敌手，上海的友人也劝他不要来沪。他的大孩子不过四岁，幼女还不满三个月，他实在不知道何去何从。

　　在他的《八方风雨》中，那段时间的济南日子凄凉，"齐鲁大学的学生已都走完，教员也走了多一半。那么大的院子，只剩下我们几家人。每天，只要是晴天，必有警报：上午八点开始，到下午四五点钟才解除。院里静寂得可怕，卖青菜、卖果子的都已不再来，而一群群的失了主人的猫狗都跑来乞饭吃。"

　　对于抗战，老舍是有信心的。他见过许多伤兵，有咒骂救护迟缓的，也有抱怨军衣单薄和饭食粗劣的，却没有听到过一个人怨恨不该对日本人打仗的。伤兵从前线撤下来，只说炮火猛，没有人说日本兵厉害，每个人都十分忠勇。

　　老舍最大的担心不是别的，"我在济南，没有财产，没有银钱；敌人进来，我也许受不了多大的损失"。他担心被日军捉去而被逼着当汉奸，因为，一个读书人最珍贵的东西是他的一点气节。在大明湖附近的山东民众教育馆"山东文化界抗敌后援会"上，他郑重签下了自己的名字。

　　这时的老舍，已不再是七年前那名初出茅庐的文学青年，而是名满天下的作家。对济南这座城市，他已不再调侃，而是满怀深情。

　　但他又不得不离开。虽然，他自己也没有想到，在离开之后，他和这座城市分别会有哪些改变，至少，他没有辜负这座被他称为第二故乡的地方。

他几次把一只小皮箱打点好，又把它打开。"我抚摸了两下孩子们的头，提起小箱极快地走出去。我不能再迟疑，不能不下狠心：稍一踟蹰，我就会放下箱子，不能迈步了。"

那天是 1937 年 11 月 15 日，黄昏，他在朋友的帮助下，来到火车站。那是最后一趟南下的火车专列，站台比他初次来济南时还要拥挤，朋友们托着他，将他从车窗塞了进去，从此他告别了济南这座城市。他反复在心里说："我必须回济南，必能回济南，济南将比我所认识的更美丽更尊严！"

后来的济南的确如此，只是后来的老舍没有再回到他们一家住的小院看看。

那天，济南的爆炸声震天动地，老舍所住的院子里，树木被震得叶如雨下。

后来他才知道，为阻止日军南下，韩复榘炸毁了黄河铁桥，随即率军撤出了山东。

那天晚上，留在济南的几个孩子，反复问妈妈："爸爸去了哪里？"

那一年，济南的鹊华秋色

1295 年，一名威尼斯商人的孩子结束了在中国二十年的游历，回到故乡，开始写《马可·波罗游记》。

那一年的中国，有一个人，在自己的故乡，遇到了一个思念故乡的人。

一

江南的秋天很美，容易让人忘记时间。尤其是南宋的临安城，到了中秋，御街上人群熙攘、灯烛华灿，西湖中，尽是羊皮小水灯，浮满水面，灿如繁星。

这些散碎的记忆，都被周密写进了他的《武林旧事》。

周密出生在南宋的吴兴，属于今天的湖州，是一名典型的江南才子，官宦世家，自己的仕途虽不能位极人臣，却也一直顺风顺水。他先后出任过两浙运司掾属、丰储仓检查、义乌县令等，且游历四方，吟诗结社，创作的诗词中，尽是人间浪漫：

> 秋水涓涓，情渺渺、美人何许。还记得、东堂松桂，
> 对床风雨。

但是，对他来说，这一切美好，终结于四十七岁那年。那一年，流亡到广东一带的南宋小朝廷被蒙古大军围追堵截，最终溃败于崖山。宰相陆秀夫抱着小皇帝跳了海，赵宋皇族八百多人集体蹈海自尽，十万军民一同殉国，南宋自此彻底灭亡。

已被元军俘虏的文天祥目睹这一惨烈情景，写下"腥浪拍心碎，飙风吹鬓华。"

在江南心灰意冷的周密决心不再做官，和当时的许多南宋遗臣一样，学习不食周粟的伯夷、叔齐，回到自己出生的地方，专心著述。

在那里，他遇到了赵孟頫。

二

南宋灭亡时，赵孟頫二十五岁。

和周密不同，他是赵宋皇室后人，赵匡胤十一世孙、秦王赵德芳嫡派子孙。从曾祖父开始，赵孟頫几代人皆为南宋高官，他自己十四岁时，就补缺官爵，并通过吏部选拔的考试，调任真州司户参军，为正七品。按说，他和这个蒙古人建立的新王朝，有国恨，更有家仇，理应不共戴天，但是，他却选择了出仕为官，为元朝服务。

赵孟頫的内心也矛盾过。他身边的人，几乎没有人会这么做。他的忘年交龚开是陆秀夫生前的挚友，画了一幅《瘦马图》，本应是雄健魁梧的骏马，瘦得只剩下铮铮铁骨。

他的老师钱选，亦拒绝做官，画《秋瓜图》表明心迹。赵孟頫当然知道，秋瓜的典故取自秦朝的东陵侯，秦亡后，此人在长安城东种地卖瓜，也不仕汉。

赵孟頫也拒绝过吏部尚书向朝廷的举荐，但对他来说，这个王朝是宋，或者是元，皇帝是汉人，还是蒙古人，似乎并不是最重要的。

总有一些人，会忠于自己的曾经；但也有一些人，只忠于自己的梦想。

赵孟頫十二岁那年，父亲去世，母亲流着泪对他说："汝幼孤，不能自强于学问，终无以觊成人，吾世则亦已矣！"

从那天起，他发奋读书，昼夜不休。

读书，是他摆脱平凡的唯一道路。

蒙古铁骑攻陷临安时，赵孟頫依然在书房挑灯夜战。他没有力量反抗，也没有时间悲伤。母亲还曾说过，一个圣明的王朝，必然会将有才能的人收为己用，他深信，无论是金人辞汉，还是玉马朝周，不过"千古兴亡尽如此"，湖山靡靡，江水悠悠才是永恒。

1286年，元朝政府搜访隐居于江南的南宋遗臣，得二十余人，赵孟頫名列其首。他从扬州登上客船，沿着大运河北上，并单独被引荐入宫，觐见元世祖忽必烈。

路上，他画了一幅《幼舆丘壑图》。画中的主人公，是魏晋名士谢鲲，时人都将他与另一名臣相比，他自己则说，若置身朝堂，做百官的榜样，我甘拜下风；但如果比的是纵情丘壑之间，我毫不谦虚地自谓过之。

赵孟頫尽管也热爱"一丘一壑"，但他毕竟太年轻，怎么甘心让一身才华埋没于山林之间、丘壑之中？

三

周密比赵孟頫大二十二岁。说起来，两个人还都是出生在吴兴，但在周密看来，济南才是他的故乡。他在《齐东野语》的自序中写道："余世为齐人，居历山下，或居华不注之阳。"

但他从未到过济南。他笔下的华不注山，只存在于自己的想象之中。

周密的先祖，是随宋高宗南渡过来的。靖康年间，徽、钦二帝成了金人的俘虏，为了抵抗金兵，当时的东京留守杜充凿开黄河大堤，北流的黄河水夺取了大清河河道，济南一时间洪水滔天。然而，金兵还是包围了济南府，济南府守将关胜战死，传说，这名或许是《水浒传》好汉原型的将军，与敌军血战时，坐骑的蹄子刨地出泉，故名马跑泉。

多年以后，周密能深刻地感受到这种亡国之痛。这种痛，他比自己的先祖还要更深切。金灭北宋，江南的汉人朝廷依然在，他的先祖还可以渡江；元灭南宋，留给追随者的只剩下茫茫大海。

周密虽是一介文人，但身上是有血性的。这种血性，或许和他的故乡济南有关，那里，曾有一名女词人写下"生当作人杰，死亦为鬼雄"。那里，还曾有一名男词人起兵反金，投靠南宋。他们的诗词和经历，周密都非常熟悉，尤其是辛弃疾，如果周密早生三十年，或许还有机会见到。

关于故乡济南的诗词，周密一定非常熟悉。从《诗经》里的《大东》开始，济南始终流淌着诗的韵律："跂彼织女，终日七襄……睆彼牵牛，不以服箱。"

对于周密来说，故乡的面貌更多来自那些诗词，比如杜甫的"海右此亭古，济南名士多"；比如欧阳修的"历山之下有寒泉，向此号泣于旻天"。或许，他印象最深刻的，是李白笔下的两座山：一座是华不注山，"兹山何秀俊，绿翠如芙蓉"；另一座是鹊山，"初谓鹊山近，宁知湖水遥？"曾巩也写过"泺水飞绵束野岸，鹊山溪黛入晴天"。

但，他还是想不出，这两座山是什么样子，故乡到底是什么样子。

直到 1295 年，他遇上了刚刚从济南归来的赵孟𫖯。

四

赵孟𫖯病了。他的病，也许是心病。

他做官这件事，是一直被人戳脊梁骨的。尽管，他确实做了一名好官。

忽必烈对他非常赞赏，但从大宋王孙，到元朝之臣，赵孟𫖯受了太多煎熬。有些汉人看不起他，有些蒙古人也对他看不惯。

忽必烈让赵孟𫖯参与中书省政事，赵孟𫖯坚持不肯。他

327 往　事

认为久在君王身边，必受人嫉妒，是非太多，故极力请求到外地任职。于是，1292 年，赵孟頫外出任同知济南路总管府事，在济南待了将近三年。

在济南居官期间，赵孟頫十分称职，做了许多好事，最值得一提的是他尤其重视教育，"为政每以学校为先务"，夜出巡察时，闻有读书声，"往往削其柱而记之"，并在第二天派人赠酒慰勉；对那些能文之人，他亦必加褒美，使得"三十年后济南俊杰之士，号为天下之冠"。

或许，赵孟頫在那些读书人身上，看到的是曾经的自己。

其实，这时候南宋已经灭亡了十几年，新的王朝，英雄总要有用武之地，这一点无可厚非。就在赵孟頫来济南这一年，有一名济南的读书人遵从父愿，北上京城求仕，当时的蒙古高官看了他写的文章，大为欣赏，力荐他做了礼部令史，后来又推举他进了御史台。

这名读书人就是张养浩。有一年，他在峰峦如聚的潼关感叹道："兴，百姓苦；亡，百姓苦！"

只要心系百姓，何必太在意王朝兴亡？

但在赵孟頫身上，确实有些不一样。他的族兄，同为赵宋皇室后裔赵孟坚就绝不能理解。赵孟頫为官时，赵孟坚隐居吴下，在墨兰长卷中题上"纯是君子，绝无小人"。据说，赵孟頫回江南拜访他，被他百般讽刺，赵孟頫走后，他立刻让人把赵孟頫坐过的椅子擦拭一遍，觉得自己的族弟太脏。

能够理解赵孟頫的人不多，周密是一个。

五

在济南为官时，赵孟頫也遭到了蒙古官员的中伤，不过，当时恰逢朝廷要修《世祖实录》，召赵孟頫还京，这才安全无事。他离开济南的时候，济南开始修建清真南大寺，这座建筑至今屹立。

回京不久，赵孟頫就病了，回故乡吴兴养病期间，遇到了周密。

这两个人，代表的是中国文人的两种处世方式，按说，应该是完全相悖的。只能像鹊山和华山一样对望。但，因为济南，他们在江南走到了一起。

见到赵孟頫时，周密一定问了他许多关于济南的事。赵孟頫自然也知无不言，言无不尽，毕竟刚刚在那里度过了近三年时光。这三年，年富力强的他写了许多关于济南的诗文，比如"云雾润蒸华不注，波涛声震大明湖"，至今还在这座城市流传。

他大概可以告诉周密，济南到底是什么样子的。东城的杨柳桃花很美，"野店桃花红粉姿，陌头杨柳绿烟丝"。西城的泉水很清，"若到济南行乐处，城西泉上最关情"。虽然，他登高远眺的胜概楼没多久便不复存在，但是，他祈雨所到的龙洞山如今苍翠依然。

周密最挂念的，还是华不注山。

江南有很多山，华不注山和那些山完全不一样。周密登过很多山，和华不注山都不一样。

赵孟頫见过。他曾经在那里抱膝独坐，对风孤吟。

登临黄河岸边的鹊华楼，可以鸟瞰鹊山与华山

　　他要把这座山画下来，和鹊山一起，把周密的故乡画下来。

　　画好之后，赵孟頫郑重题款："公谨（周密字）父，齐人也。余通守齐州，罢官来归，为公谨说齐之山川，独华不注最知名，见于左氏，而其状又峻峭特立，有足奇者，乃为作此图。

其东则鹊山也。命之曰鹊华秋色云。"

六

这幅图，是赵孟頫对济南的记忆。

鹊山为淡花青，华不注山为淡青绿，既显示出秋的清旷高洁，亦呈现出人情的和乐安详。他对山的记忆照相机般准确，今天，当我们用这幅图去和两座山比较时，发现形状几乎一模一样。

这幅图，更是赵孟頫对周密的敬意。他尊重像周密这样为前朝守节的文人，尊重他们的品格，尊重他们的爱和怀念，但他无法做到，他只能通过有限的努力，去让世界尽可能更好，而无法和这个世界对抗。

这幅图，也像是赵孟頫内心所向往的世界，那片青山绿水之间的田园，周密回不去，他知道，自己也永远回不去。

许多年后，我在秋天落叶满地的地方看到鹊山，在往返机场的路上远望华不注山，在杭州拥挤的南宋御街，在广东崖山海战的遗址，在济南北园的张养浩墓前，在赵孟頫和周密相聚的湖州，脑海里经常浮现出这样一个情景：

那一年秋天，周密面前，赵孟頫徐徐展开自己的这幅画，两双眼睛都渐渐红起来，但又都忍住了眼泪。三年后，临终前的周密一个人望着画卷老泪纵横时，赵孟頫正于再次赴任的路上泣不成声。

写给李清照的一封信

尊敬的易安女士：

　　您好。

　　此时此刻，我所在的此处，是你九百三十多年前出生的地方。这里有你洗漱时用过的泉水，有你游玩时翻过的小山，还有你的故居和纪念堂。或许，你已认不得这些地方，但你需要知道，近千年以来，这座城市一直没有断了对你的思念。

　　写这封信，我首先得告诉你，我们这个年代，会用毛笔的人越来越少了，一次性的圆珠笔也大都用来签字和会议记录，好多字常常忘了笔画。我这封信是用电脑敲的，苹果笔记本，怎么跟你解释呢？苹果，不是吃的那种水果，而是一个牌子，就像你们那个年代，济南刘家功夫针铺有张图，画着一个捣药兔子，写"认门前白兔儿为记"，苹果就是那个白兔，是乔家老字号专卖的一种电脑，能当笔墨纸砚用。你要想不出来，我再说一个你们那个时代的人，叫毕昇，搞活字印刷的，电脑里就存着无数的活字，可以用很简单的办法，就把字调出来。毕昇找字多麻烦啊，据说有次他把两套活字混到一个版里了，就只好一个人把相同的挑出来，发现一对挑一对，因此还发明了一种叫"连连看"的游戏。

扯远了，我想说用电脑敲字，和用毛笔写，完全是两种思维模式。毛笔蘸着墨，蘸着你精巧的构思，通过手，准确地落到宣纸上，写一个字，就是一个字，写错一个字，就要从头再写。电脑则可以删来补去，移来挪去，拼来凑去。写小说倒方便些，写诗词，实在敲不出你写的韵味，输入法还经常自作主张，比方说，你有句"险韵诗成，扶头酒醒，别是闲滋味"，用电脑敲，"险韵"很容易敲成"闲云"，甚至敲成"先孕"，"诗成"不小心就敲成"师承"，或者"实诚"，我们这个时代的文学，天然具备以下几个特点：简单，粗暴，自信，浮躁，泛滥，毫无节制，和用电脑敲也不无关系。

所以，现在有人用电脑写古诗词更不靠谱。听说还有一些软件和网站，把写好的古诗词输进去，会自动检测出平仄不符的地方，让你一个字一个字地调，即使一个根本就不懂平仄的人，也能弄出一首工整的诗词。就像好多唱歌跑调的人，通过一个字一个字地录音，也能弄出一首听上去还不错的歌。你想象不到吧？对了，现在的歌手都不在青楼了，他们混迹的地方，叫娱乐圈，相当于你们的勾栏瓦舍，像柳三变这样的，在今天就算写不出好词，也可以当选秀节目评委赚钱，不至于混到没有棺材本的地步。

有人说，你们那个年代的词，无非是：小资喝花酒，老兵坐床头。知青咏古自助游，皇上宫中愁。剩女宅家里，萝莉嫁王侯。名媛丈夫死得早，美女在青楼。这种总结像是讽刺，我觉得其实源自不了解。

就拿喝酒来说吧，你一共留下五十八首词，其中二十八首都提到酒，这不光说明美酒在你的人生中重要，酒也让你的作品散发出奇异的芳香。

你确实爱喝"花酒"，菊花开了喝，"不如随分尊前醉，莫负东篱菊蕊黄"；梅花开了也喝，"年年雪里，常插梅花醉"。

酒让你的生活多姿多彩，出去春游喝，"常记溪亭日暮，沉醉不知归路。兴尽晚回舟，误入藕花深处"；酒醒后照着镜子，"昨夜雨疏风骤，浓睡不消残酒"。

酒从某种意义上，支撑了你的精神世界，与老公两地分居，借酒浇愁，"扶头酒醒，别是闲滋味"；老公去世了，国家也要亡了，喝不起好酒了，也要喝，"三杯两盏淡酒，怎敌他，晚来风急"。

看你喝得那么痛快，我也觉得酣畅。如有机会，我应请你喝两杯，或许请不起你去东京的樊楼，去喝银壶暖好的蓝桥风月，倒也可以觅一地摊，要上两桶扎啤，就着烧烤肉串，毛豆花生，喝个"金尊倒，拼了尽烛，不管黄昏"。

我知道，这只是一个奢望。我们现在特别流行"穿越"，就是从一个年代突然"穿"到另外一个年代，这种情结你应该有体会，很多人都有，就像你的老乡辛弃疾想穿越到南北朝，会会"气吞万里如虎"的刘裕；就像你们那个时代的文坛领袖苏轼想穿越到三国，会会"羽扇纶巾"的周瑜；就像你想穿越到秦末，会会"不肯过江东"的项羽。你不知道，有个叫爱因斯坦的人，相当于张衡那样的科学家，提出过一个理论，大致意思是如果速度可以超过光，就能实现穿越。当然，我们目前就是脱光了，也超不过光，"穿越"也只是想想而已。我曾在一首诗里写过，我最愿穿越到你们那个年代：那时，你的故乡有泉水，有荷塘，鹊山和华山不仅仅在画卷中遥遥相望；那时，岳母把"精忠报国"刺在自己儿子的背上，而不是管女婿要车要房；那时，李纲是抗金的宰相，而不是一个儿子仗势撞人的副局长……

　　我也想过，如果你穿越到我生活的这个年代，你还会不会是你。我的担心或许并不多余。以你的家庭背景，你的知识分子父亲一定从小就逼你读书，参加各种培训班，当然，凭你的智商，肯定能考上名牌大学。然后呢？你会选择出国吗？你们那个年代，中国是世界上最好的国家，辽国的道宗皇帝，都写诗说自己后悔生在辽国，希望来世做宋人。现在世界变了，很多咱们的同胞削尖脑袋，要去你们那时候的蛮夷之地，或许你也会去，即使不去，可能也会选择稳定的生活，比如考公务员，现在这个比高考更像科举，每年都有大量秀才参加，先笔试，再面试，男女不限，你要考，应该也轻松，只要你愿意。文学之路实在太窄，我们这个年代的作家里，虽然有个叫莫言的，获了西域以西的一个小国评出的奖，但也有运气成分，你要想这么干，就要先在几乎没人看的纯文学刊物上发表作品，渐渐成为评论家眼中的青年作家或青年诗人，再顺势加入作协，参加各种活动、研讨、会议，从县区到国家，一级一级都认可你，读者认不认可也就无所谓了。

　　相对来说，女作家要更好混一些，你能做到，但我更相信你看不上这个，你的才华不允许你如此沉沦，除了喝酒多了会呕吐，平常时候，你绝不会轻易低头。

　　你还会是打马高手吗？打打够级就罢了。我说过，我们这个年代的女人，能唱卡拉OK，会上网下五子棋，写公众号或者QQ空间，再拿个单反拍几张旅游景点的照片，就算是琴棋书画了。各方面条件都跟不上，比方说你想夏日泛舟，"争渡，争渡，惊起一滩鸥鹭"，这是违反了《治安管理处罚条例》的，那上面第二十条第七款明确写着：不听劝阻抢登渡船，造成渡船超载或者强迫渡船驾驶员违反安全规定，冒险航行，尚不够刑事处罚的，可以处十五日以下拘留、二百元以下罚款。

　　易安女士，这次就写到这里吧，最后，我想解释一点，其实这封信是八年前写的，你没回，不知有没有看到。最近疫病盛行，我们这里天天做核酸检测，做好了发一张小粘贴，上面是一张人物肖像，从扁鹊、辛弃疾，到秦琼，现在轮到你，都说，你会是最后一张了，我很想相信，又不太相信。

　　这多像是一场梦。

　　多么希望，这只是一场梦。

魏　新

壬寅年立夏于泉城